RENE FREUND

Niemand weiß, wie spät es ist

Buch

Nora hat ihren Vater verloren. Das wäre schon schlimm genug, doch dann erfährt sie seinen letzten Willen. Sie muss Paris und ihr schönes Leben in Frankreich hinter sich lassen, um mit der Asche ihres Vaters im Handgepäck eine Wanderung durch Österreich zu unternehmen, ein Land, das sie kaum kennt. An ihrer Seite: ein pedantischer junger Notariatsgehilfe, der ihr täglich das nächste Etappenziel mitteilt. Nora, die lebenslustige Chaotin, und Bernhard, der strenge Asket, folgen zwischen Regengüssen, Wortgefechten und allmählicher Annäherung einem Plan, der ihr Leben auf den Kopf stellen wird.

Weitere Informationen zu Rene Freund
sowie zu lieferbaren Titeln des Autors
finden Sie am Ende des Buches.

René Freund

Niemand weiß, wie spät es ist

Roman

GOLDMANN

Sollte diese Publikation Links auf Webseiten Dritter
enthalten, so übernehmen wir für deren Inhalte keine
Haftung, da wir uns diese nicht zu eigen machen,
sondern lediglich auf deren Stand zum Zeitpunkt der
Erstveröffentlichung verweisen.

Verlagsgruppe Random House FSC® N001967

1. Auflage
Taschenbuchausgabe August 2018
Wilhelm Goldmann Verlag, München,
in der Verlagsgruppe Random House GmbH,
Neumarkter Str. 28, 81673 München
Lizenzausgabe mit Genehmigung des Paul Zsolnay Verlages
Copyright © 2017 der Originalausgabe
Deuticke im Paul Zsolnay Verlag, Wien
Umschlaggestaltung: UNO Werbeagentur, München,
nach einer Gestaltung von Designbüro
Lübbeke Naumann Thoben, Köln
Umschlagmotiv: © fotolia.com
mb · Herstellung: kw
Satz: KompetenzCenter, Mönchengladbach
Druck und Bindung: GGP Media GmbH, Pößneck
Printed in Germany
ISBN: 978-3-442-48723-3
www.goldmann-verlag.de

Besuchen Sie den Goldmann Verlag im Netz

Für Babu

Teil I

Paris

1

Wellenartig entfaltete sich die Wärme in ihrem Schoß, breitete sich aus, die Beine entlang und in den Bauch hinauf. Nora empfand die Heftigkeit der Glut als unheimlich, aber sie hielt still.

Der Taxifahrer fuhr abrupt an, beschleunigte fünfzehn Meter lang auf Hochtouren und bremste ab wie ein Irrer.

»Doucement, s'il vous plaît«, sagte Nora.

Der Fahrer sah missmutig in den Rückspiegel. Ein typischer Pariser Taxifahrer, selbst in seiner Unfreundlichkeit unverbindlich, dachte Nora und sah der Seine beim Fließen zu, scheinbar das Einzige, was sich bewegte im Verkehrsstillstand des Freitagnachmittags. Es regnete in Strömen.

»Was haben Sie gesagt?«, fragte Bernhard.

»Dass er nicht so wild fahren soll«, antwortete Nora.

»Das bringt auch überhaupt nichts«, sagte Bernhard. »Sagen Sie ihm, der Benzinverbrauch steigt um etwa sechzig Prozent, und der sinnlose Verschleiß der Bremsen verringert deren Lebensdauer um bis zu hundert Prozent.«

Nora ignorierte ihn und sah wie ein trotziges Kleinkind zum Fenster hinaus.

Die Hitze in ihrem Schoß wurde unerträglich.

»Hier, nehmen Sie«, sagte Nora plötzlich.

»Ich würde es vorziehen, wenn er hier zwischen uns säße«, sagte Bernhard. »Sie wissen, dass eine Überhitzung des Genitalbereichs bei Männern zu Unfruchtbarkeit führen kann.«

Nora überlegte eine schnelle Antwort, aber zu Genitalbereich und Unfruchtbarkeit fiel ihr in diesem Augenblick nichts Schlagfertiges ein. Erst jetzt wurde ihr so richtig bewusst, dass sie sich mit diesem Typ auf eine Reise begeben musste! Eine Reise, die mehrere Tage, wenn nicht Wochen dauern würde. Es war so unfassbar!

»Was haben Sie da?«, fragte der Taxifahrer streng. Ein typischer Pariser Taxifahrer, dachte Nora, paranoid bis dorthinaus.

»Das ist eine Urne«, sagte Nora. »Die Urne mit der Asche meines Vaters.«

»Ganz frisch?« Jetzt war der Taxifahrer besorgt.

»So frisch, wie Asche sein kann«, antwortete Nora. »Sie müssen es doch wissen, Sie haben uns beim Père Lachaise mitgenommen.«

»Sie kamen direkt aus dem Krematorium?«

»Jedenfalls mein Vater. Aber keine Sorge, wir machen keine Brandlöcher in Ihre Sitze.«

»Mein Beileid«, sagte der Taxifahrer. Ein typischer Pariser Taxifahrer, dachte Nora, weiches Herz unter der rauen Schale. Und sicher kommt jetzt noch ein Witz, denn der typische Pariser Taxifahrer hat auch Humor.

»Muss ein heißer Typ gewesen sein, Ihr Vater«, sagte der Taxifahrer.

»Kann man so sagen«, murmelte Nora, und einen Augenblick lang glaubte sie, die Wassertropfen, die über die Spiegelung ihres Gesichts die Scheibe hinabliefen, wären ihre Tränen.

2

Tags zuvor hatte das ganze Schlamassel begonnen. Nora wusste, wenn der Wecker schon vor sieben Uhr schrillt, ist das selten ein gutes Zeichen. Sie hatte einen merkwürdigen Termin vor sich. Und das am anderen Ende der Stadt. Genau genommen schrillte ihr Wecker nicht, sondern das Handy meldete sich mit einem Harfenton. Den hatte sie eingestellt, weil es der sanfteste Klingelton war, doch sie hatte ihn im Laufe der Zeit zu hassen gelernt. Der Kaffee und die Dusche halfen nicht viel. Schlaftrunken wankte sie durch das Labyrinth der U-Bahn-Schächte.

Im prunkvollen Eingangsbereich des Stadtpalais kam sich Nora winzig und hilflos vor. Sie drehte sich erschrocken um, als der Portier sie ansprach.

»Madame, Sie wünschen?« Der Hüter der Himmelspforte sah auf sie herab. Gottes Leibwächter. Sie stammelte einen etwas konfusen Satz, in dem der Name Maître Didier vorkam. Neun Uhr, das war definitiv nicht ihre Zeit. Immerhin, sie war pünktlich.

Notare gehören in Frankreich zur obersten Kaste anbetungswürdiger Halbgottheiten, das wusste Nora. Sie lebte ja nun schon lange genug in Paris. Charles Didier residierte in der Rue du Faubourg Saint-Honoré, einen Steinwurf vom Élysée-Palast entfernt, was die Wichtigkeit seiner Person noch zusätzlich unterstrich. Das hier war nicht Noras Paris. Sie hauste in einem winzigen Appartement im zweiten Arrondissement, einem Viertel, das mit seinen verwinkelten Straßen und charmanten, kleinen Läden wie ein Dorf wirkte, jedenfalls im Vergleich zum Prunk im Zentrum der Macht.

Sie folgte dem roten Teppich auf der von Handläufen aus Messing gesäumten Marmorstiege. Die Vorzimmerdame geleitete sie in ein Wartezimmer. Nora setzte sich auf einen der Fauteuils, die wohl nicht nur im Stil Ludwig des Sechzehnten gefertigt waren, sondern tatsächlich aus dem 18. Jahrhundert stammten. Dieses Wartezimmer war fast so groß wie Noras Wohnung. Sie fühlte sich elend.

Nach wenigen Minuten kam ein Mann bei der Tür herein. Er trug eine schwarze Lederjacke über dem offenen blauen Hemd.

»Hallo, meine Kleine«, sagte er. »Mon Dieu, sind Sie groß geworden!«

Nora stand auf und schüttelte artig die Hand, die ihr hingestreckt wurde. Das konnte doch kein Notar sein! Gut, das Hemd war wohl von Yves Saint Laurent und die Lederjacke von Prada, aber …

»Verzeihen Sie, Mademoiselle, ich bin Charles Didier …«

»Bonjour, Maître!«

»Lassen Sie den Maître getrost weg. Nennen Sie mich Charles!«

Er geleitete sie in das Besprechungszimmer. Dieses war definitiv größer als ihre Wohnung.

»Nora«, sagte der Notar, wobei er ihren Namen in französischer Manier nicht auf dem O, sondern auf dem A betonte, »ich möchte Ihnen zuerst mein Beileid aussprechen. Und zwar wirklich von Herzen. Wissen Sie, als Sie und Ihr Vater nach Paris kamen, hat Ihr Vater den Kauf der Wohnung im sechzehnten Arrondissement über mich abgewickelt. Wann war das? Neunzehnhundert…«

»Vierundachtzig«, sagte Nora.

»Das war damals einer meiner ersten schönen Aufträge.

Er hat mir Glück gebracht. Die Kanzlei ist gediehen und gewachsen. Sie werden sich nicht an mich erinnern. Sie waren ein kleines Mädchen.«

»Ich war vier, Maître.«

»Charles. Sagen Sie bitte Charles zu mir. Seitdem war ich mit Ihrem Vater immer wieder in Kontakt. Sie wissen ja, beruflich hat er manchmal einen juristischen Rat gebraucht. Er war ein feiner Mensch. Ein Mann von Welt. Ein-, zweimal im Jahr haben wir im Bistro unten gemeinsam zu Mittag gegessen. Nun ja, und vor ein paar Monaten hat Ihr Vater mit meiner bescheidenen Unterstützung sein Testament verfasst.«

»Das habe ich den Unterlagen entnommen«, sagte Nora. »Ehrlich gesagt hat mich das gewundert. Immerhin, ich bin das einzige Kind.«

Der Notar nickte nachdenklich. Da schoss es Nora plötzlich durch den Kopf – was, wenn ich nicht das einzige Kind bin? Vielleicht hat mein Vater noch andere Kinder? Vielleicht habe ich Dutzende Geschwister! Was heißt Dutzende, eines reicht ja schon! Vielleicht hat er seine Wohnung dem Tierschutzverein vererbt? Obwohl, gerade das würde ihm nicht ähnlich sehen. Für Tiere hatte er eigentlich nur in gekochtem Zustand etwas übriggehabt, und zu boshafter Originalität hatte er auch nicht geneigt.

»Wissen Sie, es schadet nie, ein ordentliches Testament zu machen. Aber Ihr Herr Vater war doch nicht krank, oder?«, wollte Maître Didier wissen.

»Eigentlich nicht. Er ist in der Früh auf dem Weg zu seinem Zeitungskiosk tot umgefallen. Herzversagen.«

»O Nora, es tut mir so leid …«

»Er war fünfundsiebzig, immerhin.« Wie schon in den

letzten Tagen hatte Nora den Eindruck, dass sie die anderen trösten musste, nicht umgekehrt. Sie schaffte das auch ganz gut, denn es ermöglichte ihr, die eigene Trauer zu verstecken. Darin war sie ohnehin geübt. Nora weinte nie. Nora konnte nicht weinen.

»Wollen Sie etwas trinken, Mademoiselle Nora? Einen Kaffee?«

»Ein Glas Wasser, bitte.«

Der Notar nahm sein Telefon zur Hand: »De l'eau, s'il vous plaît.«

Wenig später kam die Vorzimmerdame herein, ein Tablett mit einer altmodischen Karaffe und zwei Gläsern balancierend. Sie stellte es auf dem Tisch ab.

»Ist Herr Strumpfenkrautdings schon da?«, fragte der Notar.

Die Sekretärin lächelte: »Oui, Monsieur.«

»Dann führen Sie ihn doch bitte herein.«

Zwar hätte Nora gerne gewusst, ob es sich bei Herrn Strumpfenkrautdings womöglich um den Überraschungs-Universalerben handelte, doch die Höflichkeit verbot es ihr, nachzufragen. Und doch, eines wollte sie wissen: »Warum haben Sie mir gesagt, ich solle mir eine Zeitlang freinehmen?«

»Nun, ja, das ist so eine Sache ... Ich hoffe, es ist Ihnen gelungen, Ihren Terminkalender freizuschaufeln?«

»Ja«, antwortete Nora, »ich konnte das einrichten.« Sie errötete ein wenig, weil sie verschwieg, wie leicht es ihr gefallen war, das einzurichten.

»Und die Einäscherung hat stattgefunden?«, fragte Maître Didier.

»Morgen Vormittag.«

»Morgen erst?« Seine Stirn legte sich kurz in Falten. »Nun ja, das sollte dennoch kein Problem sein.«

Nora verstand gar nichts, aber es war nicht ihre Art, ungeduldig zu werden. Leider, dachte sie oft. Die Leute haben mehr Ungeduld verdient.

3

Nora war von der Arbeit der letzten Tage müde: Freunde, die spärlichen Verwandten, Behörden, Banken und Versicherungen mussten informiert werden. In der Wohnung ihres Vaters hatte sie die nötigsten Arbeiten verrichtet, die Papiere gesucht und die Post umleiten lassen. Zu mehr wäre sie nicht in der Lage gewesen, ohne in ein schwarzes Loch zu fallen. Schränke, Bücher, die Küche, der Schreibtisch mussten auf später warten.

»Bitte, meine Liebe, nehmen Sie Platz. Wissen Sie, eine Testamentseröffnung ist kein Staatsakt, das ist im Prinzip eine sehr einfache Sache. Und ich kann Ihnen jetzt schon versichern, dass es im Falle dieser Hinterlassenschaft im Grunde keine Komplikationen gibt. Nun ja, vielleicht gibt es da eine nicht ganz alltägliche... wie soll ich sagen ... Besonderheit? Kuriosum wäre zu viel gesagt. Nein, es ist eher so etwas wie eine Eigenheit.«

Die Sekretärin kam mit einem jungen Mann herein. Er trug das Haar brav gescheitelt. Anzug und Krawatte saßen zwar recht gut, strahlten aber ganz im Gegensatz zur Kleidung des Notars die Billigkeit konfektionierter Massenware aus.

»Bonjour!«, rief der junge Mann. Nora staunte, wie viel

grauenhafter teutonischer Akzent in einem einzigen Wort stecken konnte.

»Maître«, flüsterte die Sekretärin dem jungen Mann zu.

»Maître?«, wiederholte er ratlos. Da war der Maître schon aufgestanden und hatte dem jungen Mann die Hand geschüttelt. »Gutän Dag«, sagte er freundlich. Warum, dachte Nora, klingt »Guten Tag« mit französischem Akzent so charmant und »Ponschur« mit deutschem so schrecklich?

»Darf ich vorstellen«, sagte Maître Didier, »das ist Monsieur …«

»Petrovits«, sprang die Sekretärin ihm zur Seite. Es klang wie Bädrowiss.

»Nun ja …«

Maître Didier lächelte bedauernd. Franzosen nehmen zwar freiwillig Käse im fortgeschrittenen Verwesungszustand, Frösche und Schnecken in den Mund, nicht aber einen Namen wie Petrovits.

»Monsieur ist ein Kollege von Maître Didier aus Wien«, erklärte die Sekretärin.

Nora reichte ihm die Hand. Der junge Mann verneigte sich steif und deutete einen Handkuss an. »Magister Bernhard Petrovits. Es ist mir eine Ehre, gnädige Frau«, sagte er. Nora war überzeugt, im Laufe der Jahre so ziemlich jede Art des Kusses kennengelernt zu haben. Aber einen Handkuss hatte sie noch nie erlitten.

»Bitte nehmen Sie Platz«, sagte der Notar, »wir schreiten nun zur Testamentseröffnung. Anwesend sind außer meiner Wenigkeit Mademoiselle Nora Weilheim und als Zeugen le cher collègue de Vienne und Sie, Madame Catherine Lachaud, die ich bitte, das Protokoll zu führen. Die Anwesenheit von zwei Zeugen ist hiermit gewährleistet.«

Er wartete, bis die Sekretärin die Namen notiert hatte. Dann nahm er einen versiegelten Umschlag zur Hand und zeigte ihn beiläufig der Runde.

»Nun, ich breche somit das Siegel. Der Umschlag enthält, wie Sie sich überzeugen können, den letzten Willen des Herrn Klaus Weilheim, geboren 1940 in Bad Godesberg, Stadt Bonn, und, wie wir wissen, und wie die hier anwesende Frau Nora Weilheim, laut Geburtsurkunde Tochter des Erblassers, anhand der von ihr eingebrachten Sterbeurkunde der Mairie de Paris, Acte de décès numéro 2650 vom 7. April 2015, bestätigen kann, am 5. April 2015 um 9.30 Uhr in 47, Avenue Théophile Gautier, Paris 16ème, verstorben.«

Bravo, dachte Nora, diesen Satz haut mir jeder Chefredakteur so oft um die Ohren, bis mindestens fünf Sätze daraus geworden sind.

Der Notar sah besorgt auf: »Cher collègue de Vienne, können Sie den Ausführungen überhaupt folgen?«

»Falls es Probleme gibt, Maître, werde ich ihm beistehen«, sagte Nora. »Ich denke«, wandte sie sich an den jungen Mann, »Sie haben verstanden, dass nicht ich am 5. April verstorben bin, sondern mein Vater. Sein Testament wird nun verlesen.«

»Danke, gnädige Frau«, sagte Magister Petrovits.

»Ich«, fuhr der Notar fort, »also ich, Herr Klaus Weilheim, geboren 1940 in Bad Godesberg, Stadt Bonn, verwitwet, wohnhaft in 75016 Paris, 4, Avenue de l'Abbé Roussel, ernenne zu meiner Erbin meine Tochter Frau Nora Weilheim, geboren am 18. März 1980, wohnhaft in 75002 Paris, 23, Rue de La Michodière.«

Na eben, dachte Nora. Man kann nicht sagen, dass sie erleichtert war, sie hatte sich eigentlich nichts anderes erwartet. Sie hatte an so etwas wie »Testament« oder »Erbe« gar keinen Gedanken verschwendet. Es folgte eine Aufzählung von Wertgegenständen sowie einzelner Bilder von Maurice Utrillo oder von Max Ernst, auf die Klaus so stolz gewesen war, die aber sicher nicht so viel wert waren, wie er immer geglaubt hatte. Es gab ein Wertpapierdepot mit etwa achtzigtausend Euro – und die Wohnung im sechzehnten Arrondissement. Dort war Nora aufgewachsen, dort war »ihre« Gegend, dort würde sie wohl hinziehen – und auf einen Schlag dreimal so viel Platz haben. Sie war ihrem Vater sehr dankbar, dass er diese Wohnung einst gekauft hatte, denn die Miete hätte sich Nora nicht einmal im Traum leisten können. Danke, Klaus.

Nun also, das war's dann wohl. Oder gab es da nicht noch eine Kleinigkeit? Besonderheit ... Kuriosum ... Eigenheit?

»Hören Sie mich, Mademoiselle?«

»Jaja, natürlich.«

Maître Didier fuhr mit der Verlesung fort: »Das Erbe kann erst dann angetreten werden, wenn die Alleinerbin meinen letzten Willen erfüllt hat: Frau Nora Weilheim soll die Urne mit meinen sterblichen Überresten von Paris über Wien an einen von mir zu bestimmenden Ort in Österreich transportieren, wo meine Asche ihre letzte Ruhe finden wird. Ein Teil der Reise soll ausschließlich zu Fuß erfolgen, und zwar unter notarieller Aufsicht. Die Etappenziele werden von Maître Charles Didier jeweils am Vortag telefonisch oder per Mail durchgegeben.«

Die restlichen, eher floskelhaften Formulierungen hörte Nora nicht mehr richtig. In ihrem Kopf focht sie einen immer heftiger werdenden Streit mit ihrem Vater aus: Wieso hatte er ihr das angetan? Er wusste, dass sie nicht gerne in

Österreich war. Er wusste, dass sie nicht gerne wanderte! Und überhaupt, was sollte das mit der notariellen Aufsicht? Hatte es nicht einmal so etwas wie Vertrauen zwischen ihnen gegeben?

4

»Mademoiselle?«

»Ja?«

»Ich habe gefragt, ob Sie das Erbe annehmen wollen.«

»Charles ... darf ich Sie einen Augenblick allein sprechen?«

»Aber bitte, sehr gerne. Madame Lachaud, wollen Sie unserem Gast inzwischen eine Tasse Kaffee anbieten?«

Madame Lachaud deutete dem etwas verwirrt wirkenden Gast aus Österreich, ihr zu folgen. Kaum war die schwere Tür hinter ihnen zugefallen, platzte es aus Nora heraus: »Was ist meinem Vater da eingefallen? Ich kann es einfach nicht fassen! Und ehrlich, ich finde das auch irgendwie ... unwürdig. Kann ich gegen so ein Testament nicht Protest einlegen?«

»Mademoiselle, ich kann Ihre momentane Verwirrung verstehen, aber glauben Sie mir: Sie können das Testament nicht anfechten. Jedenfalls nicht erfolgreich. Ich habe es formuliert. Es ist juristisch einwandfrei.«

»Juristisch, juristisch ... Ich finde, es ist eine Beleidigung.«

»Sie können das auch gerne im Gesetzestext nachlesen. Die Bindung einer Erbschaft an Bedingungen und Auflagen ist nichts Außergewöhnliches.«

»Und was heißt unter notarieller Aufsicht? Gehen Sie jetzt mit mir wandern, mit der Urne im Rucksack?«

»Aber nein. Meine Aufgabe ist es, die Wanderung sozusagen von hier aus zu leiten. Ich habe von Ihrem Herrn Vater sehr genaue Direktiven dazu bekommen. Zur notariellen Aufsicht habe ich Ihnen unseren jungen Freund aus Wien beigestellt. Er ist Notariatskandidat und, wie man mir versichert hat, ein verlässlicher und angenehmer Zeitgenosse.«

»Was? Ich soll mit Strumpfenkrautdings wandern gehen?! Ich kenne den doch gar nicht!«

»Sie werden ihn kennenlernen.«

»Nein. Das werde ich nicht!«

»Wissen Sie, Sie könnten das Testament anfechten, wenn es etwas verlangen würde, das gegen das Gesetz oder gegen die guten Sitten verstößt, also etwa, wenn es verlangen würde, dass Sie Strumpfenkrautdings heiraten sollen.«

»Ha! Das fehlt noch! Dass ich Strumpfenkrautdings heirate!!«

»Mademoiselle, bitte nicht so laut. Davon ist ja keine Rede. Sie sollen einen Spaziergang mit ihm machen.«

»Spaziergang! Zu irgendeinem Ort in Österreich! Das ganze Land besteht doch nur aus Bergen und Wäldern! Ich werde das Testament nicht annehmen.«

»Nora, das ist Ihr gutes Recht. Aber ich gebe zu bedenken, achtzigtausend Euro, das ist nicht wenig Geld. Und die Wohnung ist zwar nicht riesig, aber Sie wissen, im Sechzehnten haben wir Quadratmeterpreise von zehntausend Euro und mehr. Sie werfen gerade eine Million weg.«

»Ich bin nicht käuflich. Wenn mein Vater versucht, mich zu einer Kokotte zu degradieren, sein Problem. Oder vielleicht Ihres. Ich konnte bis jetzt sehr gut ohne die Hilfe meines Vaters leben. Es wird mir auch weiterhin gelingen.«

»Ich bin ein Vermittler ohne Interessen und ohne Emotionen, Mademoiselle. Wenn Sie das Erbe ablehnen, müssen

Sie nur ein Blatt Papier unterschreiben, niemand wird Ihnen Vorwürfe machen. Im Gegenteil. Wenn ich nun doch eine Meinung äußern darf: Ich finde Ihre Haltung äußerst respektabel.«

»Danke. Wo darf ich unterschreiben?«

»Das entsprechende Formular müsste ich erst aufsetzen.«

»Ich bitte Sie darum.« Nora hatte Lust, sich jetzt eine Zigarette zu drehen. Zehn Uhr vormittags, höchste Zeit für die erste. »Dauert das lange?«

»Nein.«

»Gut. Dann bitte ich Sie, das vorzubereiten. Darf man hier irgendwo rauchen?«

»Sie können auch eine längere Bedenkzeit nehmen. Es gibt keine Eile. Vielleicht wollen Sie aber wissen, was mit dem Erbe im Falle Ihrer Nichtannahme geschieht.«

»Es wird wohl an den Staat fallen. Fragt sich nur, an welchen. Mein Vater wurde in Deutschland geboren, hatte eine österreichische Frau und seinen Hauptwohnsitz in Paris.«

»Für den Fall, dass Sie das Erbe nicht annehmen, habe ich hier ein weiteres, sozusagen sekundäres Testament.«

»Das beruhigt mich. Immerhin hat er damit gerechnet, dass ich nicht käuflich bin.«

»Das sozusagen zweite, nachrangige Testament setzt im Fall Ihres Verzichts die Firma Glixomed als Alleinerben ein.«

»Wen?«

»Glixomed.«

»Das ist doch dieser riesige Pharmakonzern?«

»Aus dem Erlös des Wohnungsverkaufs sollen der Firma Glixomed Versuchstiere für pharmazeutische Experimente zur Verfügung gestellt werden.«

»Das ist nicht Ihr Ernst.«

»Ich dürfte Ihnen das nicht sagen. Aber inoffiziell, unter uns: Es ist so.«

»Warum?«, fragte sie vollkommen fassungslos.

»Versuchstiere sind heutzutage sehr teuer, besonders Primaten wie Schimpansen und ...«

»Hören Sie auf! Hören Sie bitte auf!!«

»Ja, ich gebe Ihnen recht, es ist nicht schön, wie diese Tiere leiden müssen, und meiner Meinung nach oft völlig sinnlos, aber ...«

»Bitte hören Sie auf! Es gibt also zwei Möglichkeiten: Entweder ich wandere mit Sie-wissen-schon durch Österreich, eine Urne unter dem Arm ... oder Tiere werden gequält, und ich bin daran schuld?«

»Mademoiselle, Ihre analytische Art, die Dinge auf den Punkt zu bringen, gefällt mir.«

»Das ist doch reinste, böse Erpressung! Das widerspricht doch den guten Sitten!«

»Es mag so aussehen, aber rechtlich ist alles korrekt.«

»Wo darf ich rauchen?«

»Auf dem Balkon, Mademoiselle, wenn ich bitten darf.«

5

Der Notar führte Nora auf einen schmalen Balkon mit einem Geländer aus Schmiedeeisen. Für ihren Geschmack und vor allem für ihre ausgeprägte Höhenangst war der Balkon eindeutig zu schmal. Sie holte die Utensilien aus ihrer Jackentasche und drehte sich routiniert eine Zigarette aus Bio-Tabak, Bio-Filter und Bio-Papier. Sie sah auf die Kreuzung hinab, kurz nur, denn das war doch alles sehr tief unten, die altmodische Litfaßsäule und, etwas höher und deshalb beruhigender, das frische, zarte Grün der Platanenblätter.

Warum, warum, warum? Warum hatte Klaus das gemacht? Sie hatte ihren Vater nie Vati oder Papa genannt, immer Klaus, schon als kleines Kind, aber jetzt dachte sie: Vater!! Wie muss ein Vater ticken, um seiner Tochter so etwas anzutun? »Mein kluges Mädchen«, hatte er immer zu ihr gesagt, und sie hatte es gehasst, denn für sie hatte es immer wie »dummes Mädchen« geklungen, aber vielleicht war sie da auch etwas überempfindlich gewesen. Egal, ihr Vater ließ sie nun wie ein dummes Mädchen aussehen.

Als sie ihren Zigarettenstummel in den kleinen, mit Regenwasser gefüllten Aschenbecher warf, ärgerte sie sich, dass sie nicht mit Genuss geraucht hatte. Wenn schon rauchen, hatte sie sich vorgenommen, dann bewusst! Und außerdem hatte sie nicht nachgedacht! Aber was gab es denn nachzudenken? Bilder von gequälten Schimpansen tauchten vor ihr auf. Dafür wollte sie bestimmt nicht verantwortlich sein. Da gab es nicht viel nachzudenken. Sie musste diese Reise einfach so schnell wie möglich hinter sich bringen.

Nora stürmte zurück in das Büro des Notars. Er sah sie an.

»Es bleibt mir ja nichts anderes übrig, ich mache es«, sagte Nora.

Scheinbar unbewegt nahm der Notar den Hörer zur Hand: »Madame Lachaud, bitte kommen Sie zur Unterfertigung des Nachlassaktes. Und nehmen Sie … Monsieur mit.«

Als die Sekretärin mit Herrn Magister Bernhard Petrovits hereinkam, wechselten Nora und der Notar einen kurzen Blick. Sie versuchten beide, ein Schmunzeln zu unterdrücken, was ihnen nicht wirklich gelang. Nora musste ihre Vorurteile gegen Notare überdenken. Zumindest dieser hier war ein guter Typ. Auch wenn sie ihm eigentlich grollen sollte, weil er ihrem Vater beim Verfassen dieses abstrusen Testaments geholfen hatte.

Maître Charles Didier klärte Magister Petrovits über seine Pflichten auf und bat anschließend alle Beteiligten, ihre Unterschrift auf das Papier zu setzen. Er informierte Nora, dass er auf Anweisung ihres Vaters dreitausend Euro für anfallende Spesen auf ihr Konto überwiesen habe.

»Nun«, sagte er abschließend, »dann wünsche ich Ihnen eine gute Reise. Und glauben Sie mir, ich weiß selbst nicht, wohin diese führt. Ich habe sieben Nachrichten, die ich erst nach und nach versenden darf. Der erste Weg führt Sie nach Wien. Madame Lachaud war so liebenswürdig, Ihnen zwei Flugtickets für morgen Abend zu organisieren. Ich hoffe, Sie können das einrichten, Mademoiselle Nora?«

»Morgen Abend schon?«

»Wir können auch noch umbuchen«, sagte Madame Lachaud.

»Ich werde es einrichten können«, sagte Nora eilig und dachte: Dann habe ich es wenigstens schnell hinter mir.

6

Draußen auf der Straße blieb sie mit Bernhard Petrovits stehen. Der junge Mann schien verlegen. Eigentlich sieht er ja nicht schlecht aus, dachte Nora, aber er wirkt so schrecklich brav.

»Und jetzt?«, fragte sie.

»Ich werde Sie auf allen Ihren Wegen begleiten«, antwortete Bernhard.

Gott soll abhüten, dachte sie mit einer Floskel, die ihr Vater gerne verwendet hatte, obwohl er kein bisschen religiös gewesen war.

»Das wäre wohl sehr langweilig für Sie. Ich muss einige Mails beantworten, meine Katze zu einer Freundin bringen und packen. Haben Sie eine Ahnung, wie lange wir unterwegs sein werden?«

»Nein, ich weiß es nicht. Aber was das Packen betrifft, kann ich Ihnen einige Tipps geben.«

»Danke, das schaffe ich schon. Ich bin ein großes Mädchen und bis jetzt ohne notarielle Aufsicht durchs Leben gekommen.«

»Gut, gnädige Frau.«

»Das möchte ich Sie aber bitten ... Ich bin zwar schon ein großes Mädchen, aber noch keine gnädige Frau. Wenn Sie gnädige Frau sagen, sehe ich mich mit Pelzhut und Perlenkette in der Oper sitzen.«

»Wie Sie wünschen.«

»In welchem Hotel wohnen Sie, Herr Magister?«

»Ihrerseits können Sie gerne meinen akademischen Titel weglassen.«

»Gerne. Wissen Sie, hier in Frankreich pfeift man darauf, sieht man vielleicht vom ehrwürdigen Maître ab.«

»Ich wohne im Hotel Jasmin in der Nähe von Radio France. Die U-Bahn-Linie 10, Station Mirabeau, befindet sich in der Nähe.«

»Sehr gut«, sagte Nora, »das ist gleich bei der Wohnung meines Vaters. Bevor ich verreise, sollte ich den Kühlschrank leerräumen. Wenn Sie wollen, könnten Sie mir dabei helfen.«

»Gerne.«

»Ich hole Sie gegen vier Uhr ab, ist Ihnen das recht?«
»Sechzehnhundert«, bestätigte Bernhard.
»Bis dann!«, rief Nora und suchte das Weite. »Sechzehnhundert«, hallte es in ihrem Kopf wider. Und: »Die U-Bahn-Linie 10, Station Mirabeau, befindet sich in der Nähe.« Das klang so, als hätte der Typ einen Stadtplan auswendig gelernt! Wahrscheinlich hatte er das auch. »Ihrerseits können Sie gerne meinen akademischen Titel weglassen.«

O ja, dachte Nora, da liegt wohl eine ganz tolle Zeit vor mir ...

7

Auf dem Weg zu ihrer winzigen Wohnung kaufte sich Nora zwei Pains au chocolat und verschlang sie im Gehen. Die Lust währte allerdings nur so lange wie der Akt des Verschlingens. Danach spürte sie einen Klumpen im Magen und schwor sich, nächstes Mal bei Monsieur Chen Kanton-Gemüse-Reis mit Stäbchen zu essen und dazu grünen Tee zu trinken. Hätte Nora ihren Vorsatz, bei Monsieur Chen Kanton-Gemüse-Reis mit Stäbchen zu essen und dazu grünen Tee zu trinken, auch nur annähernd so oft in die Tat umgesetzt, wie sie ihn gefasst hatte, Monsieur Chen wäre heute ein wohlhabender Mann.

Weil es aber auch schon egal war, trank sie in ihrem Stammcafé einen gewaltigen Café au lait, im Freien, denn da konnte sie rauchen. Ivan setzte sich zu ihr. Ihm gehörte die kleine russische Buchhandlung gegenüber.

»Ich hab gehört von deinem Vater, tut mir echt leid, Nora.«
»Immerhin, er war fünfundsiebzig.«

»Ist doch egal, wie alt er war. Eltern zu verlieren heißt, ein Stück Heimat zu verlieren.«

Für Sätze wie diesen liebte sie Ivan, den kraushaarigen jungen Literaturnarren mit seinem Hipster-Bart, den er schon getragen hatte, als noch kein Mensch wusste, was ein Hipster ist. Dann setzte sich Catherine dazu, die Krankenschwester, die um die Ecke wohnte. Sie versorgte den ganzen Häuserblock mit medizinischen Ratschlägen, sah mal vorbei, wenn jemand Fieber hatte, und verabreichte manchmal auch Spritzen oder Infusionen. Catherine liebte Ivans brachiale Flirtversuche. Sie lachte schrill und laut, wenn dieser riesige Kerl über Schmerzen an allen möglichen und unmöglichen Körperstellen klagte und eine eingehende Untersuchung forderte. Catherines Heiterkeit war ansteckend. Weil es so lustig war, gesellte sich auch Nicolas zu der Runde, später kamen noch Clothilde und Eric. Irgendwann holte Ivan eine Flasche Wodka aus seinem Laden, was Pierrot, dem das Café gehörte, gerne tolerierte, weil er erstens wusste, dass keiner von diesen Leuten Geld hatte, und weil zweitens nach dem Wodka erfahrungsgemäß noch das eine oder andere Glas Bier oder Wein getrunken wurde. Wodka zu Mittag, so hatte ihn die Erfahrung gelehrt, sorgte für eine gute Abendkassa.

Stunden später stolperte Nora in ihre Wohnung. Monster stürzte sich sogleich auf sie und strich um ihre Beine. Sie schlüpfte erleichtert aus den um eine Spur zu engen eleganten Schuhen und streichelte ihn. Beim Händewaschen betrachtete sie ihr Gesicht mit einigem Wohlgefallen. Nach ein paar Gläsern Wodka konnte sie sich meistens recht gut leiden. Die markanten Backenknochen, das glänzende brünette Haar, die großen, hellen Augen. »Puppenaugen«, sagte sie leise. Ihr Vater hatte oft von ihren Puppenaugen gesprochen, was sie ebenso oft schrecklich gefunden hatte, denn welche Frau will schon eine Puppe sein? Aber in diesem Moment fand sie, dass er im Prinzip recht hatte. Oder gab sie ihm nur recht, weil er jetzt tot war und es sich nicht gehörte, einem Toten zu widersprechen? Sie klimperte ein paarmal mit den Wimpern und kicherte wieder. Es hatte so gutgetan, nicht an den Tod und nicht an die Einäscherung und nicht an die Zukunft zu denken. Wenn Ivan in Form war, konnte er eine Runde stundenlang zum Lachen bringen. Seine Spezialität waren Geschichten aus seiner russischen Heimat, die freilich allesamt erfunden waren, weil Ivan zwar eine russische Mutter hatte, aber selbst noch nie in Russland gewesen war.

Nora sah auf ihr Handy. Mein Gott, erst drei! Mein Gott, schon drei! Was heißt drei, fünfzehnhundert! Fünfzehnhundert vorbei! Sie setzte sich an ihren Schreibtisch und rief ihre Mails ab. Monster nutzte wie immer seine Chance und rollte sich auf ihrem Schoß ein. Er war ein mächtiger roter Kater, und Nora musste sich zusammennehmen, ihn nicht kugelrund zu füttern, denn das wäre nicht gesund für Monster, auch wenn es ihr gefallen hätte. Riesig und fett, so sollte ein roter Kater eigentlich sein. Sie streichelte ihm über den Kopf, Monster erwiderte glückselig mit leichtem Gegendruck und begann zu schnurren. Nora wäre nie auf die Idee gekommen, sich in der winzigen Wohnung ein Tier zu halten, aber das kleine, unterernährte Kätzchen war ihr eines Nachts einfach gefolgt, hatte sich nicht abschütteln lassen, sondern es sich mit der allergrößten Selbstverständlichkeit bei ihr gemütlich gemacht, um in den Monaten darauf monsterhaft zu wachsen.

Sieben neue Mails: Nora erwartete sich viel von ihrem engagierten Artikel über altes Handwerk in Paris. Sie hatte einen armenischen Schuhmacher interviewt, der nebenher Operettenabende gab, eine neunzigjährige Schnitzkünstlerin porträtiert sowie einen Wagner und einen Schmied aufgetrieben. Ihre beste Freundin Lilly hatte die Fotos gemacht, die Reportage war im Prinzip druckfertig, und zwar auf Deutsch und auf Französisch. Immerhin, dachte sie, die Deutschen sind höflich, bei der *Zeit* »passte das in kein Ressort«, die *Süddeutsche* hatte »bedauerlicherweise erst vor zwei Wochen« einen Paris-Schwerpunkt, und für *Landlust* war das alles »ein klein wenig zu urban«. *Figaro Magazine*, *Le Point* und *Terroirs & Artisans* hatten auf ihr Angebot nicht einmal geantwortet. Und mit ihren ehemaligen Arbeitgeberinnen von *Elle* redete sie sowieso nicht mehr. Dort hatte sie eine einzige Kolumne den Job gekostet. Eine einzige blöde Kolumne!

Sie sah noch kurz bei *Libération* vorbei, ob es etwas Neues gab auf der Welt. »Kurz mal gucken, ob der Papst gestorben ist«, hatte ihr Vater immer dazu gesagt. Klaus war bis zuletzt stets auf dem neuesten Stand der Technik gewesen. iPhone und MacBook gehörten zu ihm wie Calvados von Père Jules und Gitanes brunes sans filtre. Warum ausgerechnet der Papst, das wusste Nora nicht. Es war wohl Klaus' ironische Art, anzudeuten, dass sich durch Nachrichten nur selten etwas am Weltenlauf ändert.

»Hallo, Lilly … Nichts Neues von der Pressebande … Sag mal, bist du da … ich meine, jetzt, am Nachmittag, und in der nächsten Woche … vielleicht in den nächsten zwei Wochen?«

Wie immer ließ sich Monster auch von den schönsten

Käse-Stücken nicht in die Transportbox locken, er war ja nicht blöd. Aber zum Glück war er gutmütig, deshalb stopfte ihn Nora einfach in die Box und machte sich auf den Weg zu Lilly. Nun näherte sich sechzehnhundert zwar schon bedrohlich, aber was sollte schon sein, dachte Nora, der Typ soll eben auf seinem Zimmer fernsehen, da kommt es auf eine Stunde mehr oder weniger auch nicht an. Und Lillys Wohnung lag direkt auf dem Weg.

8

»Es ist ganz einfach«, sagte Lilly, »entweder, er ist an Geld interessiert, das findest du raus, dann versprichst du ihm einen Tausender aus dem Erbe. Oder du machst ihm schöne Augen und küsst ein bisschen mit ihm rum, und dann nehmt ihr den Zug oder ein Taxi und fahrt wie moderne Menschen zu diesem Grab, wo auch immer das sein mag!«

Nora lachte. Typisch Lilly. »Mach-dir-das-Leben-nicht-zu-schwer« war ihr zweiter Vorname. Sie kannten sich aus der deutschen Schule, waren acht Jahre lang in derselben Klasse gewesen und hatten alle Abenteuer und Schrecknisse des Erwachsenwerdens entweder gemeinsam oder zumindest fast gleichzeitig erlebt.

»Erstens will ich nicht mit ihm rumküssen, und zweitens ist diese ... Wanderung ... der letzte Wille meines Vaters«, sagte Nora.

»Ach Wille, Wille«, entgegnete Lilly, »ich finde, so einen männlichen Willen darf man nicht überschätzen. Und warum willst du nicht mit ihm rumküssen?«

»Magister Bernhard Petrovits repräsentiert alles, was ich

an Österreich verachte: Spießigkeit, Engstirnigkeit und Provinzialität.«

»Klingt, als hättest du den Satz lange eingeübt.«

»Ach, komm einfach mit und sieh ihn dir an, dann weißt du es.«

»Aber du hast doch gesagt, er sieht nicht mal schlecht aus.«

»Ja. Aber man muss sich dazudenken, dass er nicht schlecht aussieht, und dafür braucht man nicht zu knapp Phantasie.«

Jetzt war es Lilly, die lachte. »Wenn du dich dem Männerwillen beugen willst, viel Spaß! Von mir aus kannst du wochenlang fortbleiben, dann habe ich Monster länger bei mir!« Der Kater lag nun auf ihrem Schoß und sah Nora triumphierend an. »Wegen Monster muss ich mir keine Sorgen machen, so viel steht fest«, sagte Nora.

»Du warst immer schon eifersüchtig«, entgegnete Lilly trocken. »Und geh jetzt endlich, du bist schon viel zu spät! Und melde dich! Und wenn du Hilfe brauchst, ich hol dich da raus!«

Die beiden Freundinnen umarmten einander. Nora küsste Monster auf den Kopf und ging schnell hinaus. Sie hasste Abschiede. Das hatte sie von ihrem Vater.

9

Die Sonne stand schon zwischen Saint-Cloud und Auteuil, als Nora aus dem U-Bahn-Schacht emporkam. Die leichte Wodka-Benebelung war leider verschwunden, stellte sie fest, was immerhin die Chance zu einem kleinen Neuanfang bot. Sie würde mit Bernhard bei Monsieur Cheng einkehren und dort Kanton-Gemüse-Reis mit Stäbchen essen und dazu grünen Tee trinken und ganz früh schlafen gehen. Immerhin würde sie am nächsten Tag ihren Vater auf seinem letzten Weg begleiten müssen. Nun ja, eigentlich war es sein vorletzter. Der letzte würde sie alle an irgendeinen geheimnisvollen Ort führen.

Als Nora sich dem Hotel Jasmin näherte, sah sie bereits von weitem Magister Bernhard Petrovits vor dem Eingang stehen. Die Krawatte hatte er nicht abgelegt, die Haare frisch gescheitelt, über dem Arm hing ein akkurat zusammengelegter dünner Mantel.

»Bonjour«, sagte Nora, »Sie warten hier unten?«

»Seit über einer Stunde.«

»Warum?«

»Sechzehnhundert, hatten Sie gesagt.«

»Ich habe gesagt, gegen vier, wenn ich mich richtig erinnere.«

»Jetzt ist es zwanzig nach fünf«, sagte Bernhard. »Und auf Sommerzeit wurde auch schon letztes Wochenende umgestellt.«

»Wäre ich nicht zu früh gekommen, wenn noch Winterzeit wäre?«, fragte Nora.

»Zu früh sicher nicht!«

»Ich kenne mich jedes Jahr nicht aus mit der Zeitumstellung«, versuchte Nora abzulenken, »und ich kenne niemanden, der das jemals verstanden hätte! Kommen Sie, es ist nicht weit zur Wohnung meines Vaters.« Sie gingen los, und da Bernhard nichts sagte, fragte sie ihn, um ein Gespräch anzuknüpfen:

»Woher haben Sie das mit dem Sechzehnhundert?«

»Diese Form der genauen Zeitangabe ist praktisch und äußerst präzise. Jedenfalls, wenn man sich daran hält.«

»Sind Sie mit Ihrem Zimmer zufrieden?«, fragte Nora, um das Thema zu wechseln.

Das erwies sich als genau die falsche Frage, um Bernhards Laune ein wenig zu heben.

»Die undichten Fenster des Zimmers lassen den Straßenlärm fast ungefiltert durchdringen«, sagte er, und es klang, als würde er aus einer bereits schriftlich formulierten Beschwerde vortragen. »Der Spannteppich-Boden stammt aus den späten siebziger Jahren und ist so dreckig, dass ich mir mit Handtüchern Stege gebaut habe, um ihn nicht mit den nackten Füßen berühren zu müssen.«

Nora musste lachen. »Sie haben Angst vor Fußpilz?«

Bernhard lachte nicht. »Ja, denn das ist ein unsichtbarerer, schwer zu bekämpfender Feind! Aber wissen Sie, was das Schlimmste ist? Diese entsetzliche Kombination von Leintuch und schmuddeliger Wolldecke! Diese kratzige Wolldecke über dem Leintuch, beides unter der Matratze eingeklemmt, und in der Nacht gerät das alles durcheinander, und irgendwann wacht man auf und hat alles um den Hals gewickelt!«

Nora lachte noch mehr. »Stimmt! Aber man gewöhnt sich dran!«

»Ich denke nicht daran, mich daran zu gewöhnen! In

Österreich wäre dieses sogenannte Hotel bereits sanitätsbehördlich geschlossen worden!«

»Warum hat man Ihnen denn so ein billiges Hotel bestellt?«

»Billig?« Jetzt wurde Bernhard fast laut. »Das Ganze kostet 128 Euro ohne Frühstück!«

»Wir sind in Paris«, sagte Nora und zeigte mit beiden Händen um sich. Unterhalb von ihnen floss träge die Seine vorbei. Hinter dem Gebäude von Radio France ragte triumphal die Spitze des Eiffelturms hervor. »Paris ist zunächst einmal strahlend und großartig. Wenn Sie ein paar Tage länger hier sind und genauer hinsehen, bemerken Sie, das ist Fassade. In Wahrheit ist Paris schäbig, unverschämt und teuer. Wenn Sie allerdings hier leben, gehen Sie noch einen Schritt weiter und erkennen: Auch das Schäbige und das Unverschämte sind nur Fassade. Das wahre Paris leuchtet golden und hat ein zärtliches Herz.«

»Haben Sie diese Rede schon oft gehalten?«

»Sie können ja richtig zynisch sein«, sagte Nora anerkennend.

»Entschuldigen Sie bitte, aber sehen Sie da hinunter auf den Quai«, rief Bernhard aus. »Da leben Menschen in billigen Zelten! Da tummeln sich die Obdachlosen!«

»An die gewöhnt man sich.«

»Das finde ich zynisch!«

»Kommen Sie, wir müssen da hochlaufen«, sagte Nora und zupfte Bernhard am Ärmel.

»Was müssen wir?«

»Da hoch.«

»Hinauf?«

»Ja. Hinaufgehen. Sie müssen entschuldigen, mein Vater

ist Deutscher ... mein Vater war Deutscher. Und ich habe die deutsche Schule besucht. Da hatten wir nicht viele Lehrer aus Österreich.«

»Wir werden schon miteinander zurechtkommen«, brummte Bernhard.

»Ist Ihnen aufgefallen, dass wir seit einer Viertelstunde herumzanken?«, fragte Nora.

»Ja. Es tut mir leid. Ich war wohl unleidlich, weil ich so lange gewartet habe.«

»Das war meine Schuld. Ich hatte noch so viel um die Ohren, und wir haben unsere Handynummern nicht ausgetauscht.«

»Das sollten wir später nachholen«, meinte Bernhard. »Wie es aussieht, verbringen wir ja nun einige Zeit miteinander.«

»Ja«, sagte Nora und versuchte, nicht zu seufzen.

10

Am Haustor in der Avenue de l'Abbé Roussel gab Nora den Code ein und hielt Bernhard die Tür auf. Sie nahmen den Lift in den vierten Stock, und Nora zitterte ein wenig, als sie den Schlüssel in das Sicherheitsschloss der Wohnung steckte. Hier war sie aufgewachsen, hier hatte sie sechzehn Jahre lang mit ihrem Vater gelebt, und nun war er nicht mehr da. Würde nie wieder mit ausgebreiteten Armen im Vorzimmer stehen. Würde nie wieder in seinem Ohrenfauteuil sitzen und schwierige Bücher lesen, würde ihr nie wieder Vorträge über das Französisch des Victor Hugo und die Syntax bei Thomas Mann halten. Würde nie wieder mit seiner »Drei-Hauben«-Schürze in der Küche stehen, in Töpfen rühren und Kochbücher bekleckern.

»Es ist eigenartig für mich, hierherzukommen, und keiner ist da«, sagte Nora und schlich wie eine Einbrecherin in die Wohnung.

Bernhard zog sich im Vorzimmer die Schuhe aus.

»Sie müssen sich die Schuhe nicht ausziehen! Mein Vater hat es gehasst, wenn sich jemand die Schuhe ausgezogen hat!«

»Bei uns macht man das so.«

Bernhard ging weiter und sah sich im Wohnzimmer um, staunend. »So viele Bücher!«, sagte er. »Hat Ihr Vater die alle gelesen?«

Was für eine Frage, dachte Nora, und sie antwortete: »Ich denke schon.«

Sie ging durch einen kurzen Flur weiter und öffnete eine Tür: »Sehen Sie, das war früher mein Zimmer. Jetzt ist es das Gästezimmer. Oder war das Gästezimmer. Wenn man selten Besuch hat, werden Gästezimmer zu Rumpelkammern.«

»Schön«, sagte Bernhard. »Schön hell. Und eigentlich sehr ruhig.«

»Es sieht zwar nicht so teuer aus, aber die Gegend ist eine der begehrtesten in Paris«, erklärte Nora. »Mein Vater hat die Wohnung hier gekauft, weil es nicht weit zur deutschen Schule in Saint-Cloud ist. Da drüben ist sein Zimmer. Ich möchte aber nicht hineingehen.«

»Natürlich«, sagte Bernhard. »Wie kann ich Ihnen helfen?«

»Morgen wird er eingeäschert.« Nora schüttelte ungläubig den Kopf. Sie spürte doch so etwas wie Tränen in sich aufsteigen, aber es kam nichts heraus. »Ich in einem Sarg, Nora, hat er immer gesagt, das finde ich wahnsinnig peinlich. Du kannst meinen Freunden zwar sagen, wenn ich gestorben bin, falls das wen interessiert, aber in einem Sarg sollen die mich nicht zu sehen bekommen.«

»Sie werden ganz allein sein?«, fragte Bernhard.

»Ja.«

»Ich begleite Sie gerne.«

»Danke. Ich schaff das schon. Fällt Ihnen etwas auf, was man hier machen muss, wenn man eine Woche weg ist? Außer dem Kühlschrank, meine ich.«

Im Wohnzimmer zeigte Bernhard auf eine Pflanze. »Das ist eine Sansevieria trifasciata, im Volksmund auch Schwiegermutterzunge genannt. Wenn wir sie jetzt einmal gießen, kommt sie auch drei Wochen aus.«

»Sie glauben, wir sind drei Wochen unterwegs?« Jetzt konnte Nora ihr Entsetzen kaum noch verbergen.

»Ich weiß es nicht«, sagte Bernhard.

»Mein Vater hat immer Drachenbaum dazu gesagt.«

»Das ist nicht falsch, denn die Sansevierie gehört zur Familie der Drachenbäume.«

»Sie kennen sich aber gut aus. Sind Sie Notar oder Blumenhändler?«

»Ich habe Jura studiert«, antwortete Bernhard, »aber Topfpflanzen sind mein Hobby.«

Nora musste sich wegdrehen, damit Bernhard ihr Grinsen nicht sah. Wenn ich das Lilly erzähle, dachte sie, das glaubt mir die nie! Nie! »Topfpflanzen sind mein Hobby«, das war ein heißer Kandidat für den Most-unsexy-Satz-des-Jahres-Wettbewerb.

Sie reichte Bernhard einen Karton und schlichtete die

verderblichen Dinge aus dem Kühlschrank hinein. Crème fraîche, Karotten, Ingwer ... daraus wollte er wohl seine berühmte Suppe machen ... Ungarische Salami, die hatte er geliebt. Ein Alibi-Joghurt, das kam in den Müllsack, seit drei Wochen abgelaufen. Einige Flaschen Weißwein, die konnten bleiben, die wurden nicht schlecht. Pumpernickel. Sein geliebter Pumpernickel. Ab in den Müll, ohne Emotionen. Nora hasste Pumpernickel, und Madame Mercier konnte man den auch nicht schenken, die würde nie glauben, dass es sich dabei um etwas Essbares handelte. Eier vorsichtig in den Karton, den Bernhard ihr brav entgegenhielt. Senf dazu, Mayonnaise de Dijon, Cornichons, Kapern, Sardellen, Butter ...

»Das sollte es sein«, sagte Nora und richtete sich auf.

Bernhard stand mit dem Karton da. Tränen flossen über sein Gesicht. Er konnte sich nicht helfen, weil er keine Hand frei hatte.

»Mein Gott, was ist mit Ihnen?«, rief Nora erschrocken aus.

»Entschuldigen Sie bitte«, schluchzte Bernhard, »ich finde das so wahnsinnig traurig.«

Nora nahm ihm den Karton ab, damit sich der arme Junge schnäuzen konnte.

»Wollen Sie das Gießen der Topfpflanze übernehmen?«, fragte sie ihn. Vielleicht würde ihn das trösten. Bernhard hatte sich schnell gefangen, ein Gefäß gefunden und die Pflanze gegossen. »Regenwasser wäre besser für sie«, sagte er. Und: »Gibt es einen Haupthahn für das Gas?«

»Gute Idee«, sagte Nora, drückte Bernhard den Karton wieder in die Hand, schaltete Gas und Licht aus, nahm den Müllsack und sperrte sorgfältig ab.

»Das werfen Sie doch nicht weg«, sagte Bernhard im Lift, »all diese feinen Sachen im Karton.«

»Ich schenke sie der Concierge«, sagte Nora. »Der Hausmeisterin.«

Sie läutete unten bei Madame Mercier. Die sah Nora und drückte sie, ohne lange zu fackeln, an ihren gewaltigen Busen.

»Oh, ma petite«, rief sie, und Nora spürte, wie ihre Wangen ganz nass wurden von Madame Merciers Tränen. Alle weinten, das machte Nora ein bisschen ratlos. Als Madame Mercier die Lebensmittel in dem Karton sah, gab es kein Halten mehr, sie schluchzte hemmungslos: »Ich werde die Dinge in Ehren halten! Für immer in Ehren halten!«

»Ich würde sie an Ihrer Stelle essen!«, sagte Nora.

»Ach meine kleine Nora! Wirst du jetzt hier wohnen, ja? Ich habe deinen Vater so geschätzt, weißt du? Er war ein Deutscher, aber ein guter Mensch!«

Draußen auf der Straße drehte sich Nora eine Zigarette. »Wollen Sie auch?«, fragte sie Bernhard.

»Danke, ich rauche nicht.«

»Dachte ich mir.«

»Wieso?«

»Rauchen passt nicht zu Ihnen.«

»Sie kennen mich ja gar nicht.«

»Das stimmt.«

»Und Ihre Mutter?«, fragte Bernhard nach einer kurzen Pause. »Lebt die woanders?«

»Das erzähle ich Ihnen ein andermal«, antwortete Nora. »Genug geweint für heute. Was haben Sie noch vor?«

»Ich dachte, ich würde mir die Stadt ein bisschen ansehen. Aber es ist schon spät.«

»Spät? Es ist halb sieben. Also Achtzehnhundertdreißig.

Wenn Sie wollen, zeige ich Ihnen was. Wollen Sie Paris echt oder Paris Klischee sehen?«

»Paris echt klingt interessant«, meinte Bernhard. »Aber da ich nur so kurz da bin, würde ich Paris Klischee vorziehen, wenn es Ihnen nichts ausmacht.«

»Dachte ich mir.«

»Wieso?«

»Ich weiß es nicht.«

11

Sie saßen an Bord eines der berühmten Bateaux-Mouches, und Nora sah, dass Bernhard fror.

»Ist Ihnen kalt?«

»Ich habe meinen Mantel in der Wohnung Ihres Vaters vergessen.«

»Wenn ich Luis Trenker wäre, würde ich Ihnen jetzt meine Jacke reichen«, sagte Nora, »aber ich denke, Sie würden das nicht annehmen.«

»Keinesfalls.«

»Sollen wir den Mantel holen?«

»Vielleicht ist morgen dafür Zeit«, sagte Bernhard.

»Ich fürchte nicht. Ich muss um elf Uhr beim Krematorium sein und danach alle möglichen Wege erledigen, um mit der Urne ausreisen zu dürfen. Zum Glück war Maître Didiers Sekretärin so nett und hat mir eine Liste gemailt. Aber ich gebe Ihnen den Schlüssel, Sie können den Mantel selbst holen.«

»Ich möchte keinesfalls allein in die Wohnung gehen.«

»Haben Sie Angst vor Geistern?«, spottete Nora.

»Rechtlich gesehen gehört die Wohnung noch nicht Ihnen, und ich würde Ihnen raten, dritten Personen ohne Ihre Begleitung kein Zutrittsrecht zu gewähren.«

Was für ein großartiges Notariatsdeutsch, dachte Nora, während sie den Eiffelturm links liegenließen.

»Imposant«, sagte Bernhard.

»Sie werden es nicht glauben, aber ich war nie oben«, sagte Nora.

»Warum?«

»Akrophobie. Höhenangst. Alles, was mit Türmen, Hochhäusern, Brücken oder Berggipfeln zu tun hat, macht mir ziemliche Panik.«

»Und wie wollen Sie dann nach Wien fliegen?«

»Ein Flugzeug ist kein Problem. Aus dem kann ich nicht rausfallen. Verstehen Sie, was ich meine?«

»Nicht ganz. Aber macht nichts.«

In verschiedenen Sprachen erhielten die Touristen an Bord des überfüllten Ausflugsschiffes Informationen zu den Sehenswürdigkeiten. Allerdings hätte man bei der Tonqualität des Bands auch dann nichts verstanden, wenn der Bootsmotor nicht so laut geknattert hätte.

Als sie beim Pont de l'Alma vorbeituckerten, fragte Bernhard: »Was ist dort drüben? Warum knipsen und filmen alle wie verrückt?«

Nora sah ans Ufer. »Ach das ... das ist irgendeine Skulptur, eine Fackel oder was. Ist heute eine inoffizielle Gedenkstätte. In dem Tunnel ist Lady Di verunglückt.«

»Ah«, sagte Bernhard. Viel mehr sagte er auch nicht, als sie beim Grand Palais, dem Louvre, Pont Neuf und Notre-Dame vorbeikamen.

»Ist Ihnen langweilig?«, fragte Nora, der langweilig war.

»Überhaupt nicht«, antwortete Bernhard. »Ich lasse die Eindrücke auf mich wirken. Ihnen ist wahrscheinlich langweilig. Sie haben die Tour wohl schon hundertmal gemacht.«

»Um ganz ehrlich zu sein: noch nie. So was machen nur Touristen. Aber es ist nicht schlecht, man sieht mal die Hälfte der Sehenswürdigkeiten, ohne im Stau zu stehen.«

An der île Saint-Louis stiegen sie aus, von dort war es nicht weit zur Place des Vosges. Sie spazierten danach ein wenig durch das Marais, das sei früher ein Sumpf außerhalb der Stadt gewesen, erklärte Nora, danach habe sich der Adel hier niedergelassen, heute sei es das jüdische Zentrum von Paris.

Eigentlich hatte Nora vorgehabt, zu Fuß über die Place Vendôme und die Rue de Rivoli zur Place de la Concorde zu schlendern, aber das schien ihr plötzlich zu weit, deshalb nahmen sie die Métro.

»Hier beginnen die weltberühmten Champs-Élysées«, sagte Nora, als sie auf dem Platz mit dem berühmten Obelisken standen. »Wir könnten jetzt bis zum Triumphbogen marschieren, aber das ist sehr ermüdend.«

»Ehrlich gesagt bin ich schon müde«, sagte Bernhard.

»Dabei haben Sie Montmatre noch nicht gesehen und die Oper und Saint-Germain-des-Prés und das Centre Pompidou …«

»Es ist neun Uhr vorbei«, stöhnte Bernhard.

»Ja, wir sollten etwas essen gehen«, meinte Nora.

»Essen, um diese Zeit?«

»Die Restaurants beginnen sich gerade zu füllen.«

»Üblicherweise gehe ich gegen zehn schlafen. Essen nach achtzehn Uhr ist sehr ungesund, wissen Sie.«

»Sie sind wohl ganz ein Lustiger«, rutschte es Nora heraus.

Sie hatte einen Bärenhunger und, wenn sie ganz ehrlich zu sich selbst war, nicht die geringste Lust, bei Monsieur Chen Kanton-Gemüse-Reis mit Stäbchen zu essen und dazu grünen Tee zu trinken.

»Also ich setze mich jetzt in ein Bistro und esse was. Ich lade Sie gerne ein, ich habe geerbt. Wenn Sie lieber in Ihr Hotel wollen, beschreibe ich Ihnen den Weg.«

»Na gut«, sagte Bernhard, »wenn Sie mir mit dem Hotel drohen, dann komme ich mit.«

12

Sie fuhren zwei Stationen mit der Métro und kehrten in der Rue de Richelieu bei Le Mesturet ein. Da hatte Nora nur noch fünf Minuten nach Hause, das Essen war gut und nicht zu teuer, und sie konnte ihrem Gast ein typisches Pariser Lokal zeigen.

Der Kellner erkannte sie wieder, das freute Nora. Sie hatte oft mit ihrem Vater hier gegessen. Wenn er in der Gegend war, hatte er immer angerufen und sie spontan auf ein Menü eingeladen. Heute dachte sie: Vielleicht war das gar nicht so spontan gewesen. Vielleicht war er extra hergefahren und hatte nur behauptet, gerade zufällig ums Eck von ihr zu sein.

Obwohl sie nicht reserviert hatten, wies ihnen der Kellner einen netten kleinen Tisch am Fenster zu und fragte gut gelaunt, welchen Aperitif sie wünschten. Nora bestellte sehr undamenhaft ein Bier, sie hatte schrecklichen Durst.

»Ich trinke keinen Alkohol«, sagte Bernhard. »Gibt es Sodawasser mit Zitrone?«

Der Kellner nahm seine Bestellung mit einer Mischung aus Mitleid und Verachtung entgegen.

»Werden Sie das große oder das kleine Menü essen?«, fragte Nora.

Bernhard studierte mit zunehmender Verzweiflung die Karte. »Das Menü mit zwei Speisen kostet 26 Euro«, stellte er entsetzt fest.

»Ja«, sagte Nora. »Wissen Sie, in Paris ist das billig. Sie können hier in ganz normalen Restaurants auch Menüs für 69 Euro bekommen, und die sind nicht mal gut.«

»Ich nehme einen Salat, wenn es so etwas gibt«, sagte Bernhard.

»Einen Salat?«

»Ja. Aber bitte nicht so was Großes mit Ei und Fleisch und so ... Ehrlich gesagt, ich bin Veganer.«

Auch das noch, dachte Nora. Vegetarier, okay, das verstand sie. Vegetarier hatten sogar ihren größten Respekt. Aber »Veganer«, allein schon der Name klang nach Science-Fiction-Bösewichten von einem feindlichen Stern. Nun ja, heute würde sie sich den Appetit nicht verderben lassen. Sie hatte Kummer genug.

»Bei der Vorspeise schwanke ich zwischen der Velouté de lentilles vertes du Berry et escargots de Bourgogne oder Terrine de foie gras de canard des Landes ...«

»Ich hatte kein Französisch in der Schule.«

»Also entweder Linsensuppe mit Schnecken oder Entenleberterrine. Und bei den Hauptspeisen ... Es gibt ein Gemüsegratin für Sie!«

»Das ist mit Käse.«

»Ach so, ja ... Ich nehme wohl Tête de veau sauce ravigote, das hat mein Vater immer gegessen, sollten Sie zumindest kosten, Kalbskopf mit einer leckeren grünen Kräutersauce ... Oder doch das Tartare de bœuf? Es wird hier nicht durch den Fleischwolf gedreht, sondern mit dem Messer gehackt, so kommt der Geschmack des rohen Beefs besonders ...«

Nora sah Bernhard erschrocken an. »Entschuldigen Sie bitte«, sagte sie. »Ich wollte Ihre Gefühle nicht verletzen.«

Der Kellner brachte die Getränke. Nora bestellte Salat für Bernhard, ohne Eier, ohne Schinken, ohne Honig- oder Joghurtdressing, ohne Thunfisch oder Sardellen, und die Miene des Kellners wechselte von Verachtung zu echter Sorge. Nora selbst entschied sich wie so oft im letzten Augenblick anders, sie wollte ein wenig Rücksicht nehmen und fand, Ochsenschwanz in Rotwein geschmort sah nicht so schlimm aus wie rohes Fleisch, aber die Entenleberterrine musste trotzdem sein. Zum Essen dann eine Flasche Pouilly Fumé, obwohl Rotwein besser passen würde, aber heute sollte es der Lieblingswein ihres Vaters sein. Und sicher würde Bernhard dann doch ein paar Gläser mittrinken.

Zufrieden mit ihrer Bestellung erhob sie ihr Bierglas und trank auf einen Zug die Hälfte leer. Bernhard nippte an seinem Glas Wasser und lächelte. Es wirkte nicht so, als hätte er vor, jetzt eine prickelnde Konversation zu beginnen. Also fing sie an. Sie hatte das von ihrem Vater gelernt. Gespräche zu führen war sein Beruf gewesen. »Du musst nur fragen«, hatte er oft zu Nora gesagt. »Die meisten Menschen reden wahnsinnig gerne über sich. Vor allem Männer.«

Also fragte Nora: »Ich möchte ja nicht lästig sein, aber gibt es einen Grund, warum Sie Veganer geworden sind?«

»Mein Vater hat in einem Schlachthof gearbeitet. Als ich vierzehn war, hat er mich einmal mitgenommen und ...«

»Nein! Bitte nicht! Ich will es nicht wissen.«

»Die meisten Menschen wollen lieber nichts wissen. Gerade die, die sich aufgeklärt geben.«

Der Kellner brachte ihre Vorspeise, und sie war gewillt, sich den Appetit nicht verderben zu lassen. Nach dem Verzehr von zwei getoasteten Brotscheiben, auf die sie dicke Scheiben der Terrine legte, fragte sie Bernhard, der ihr schweigend zugesehen hatte: »Sie sind nicht der wahnsinnig gesprächige Typ?«

»Sie müssen verzeihen, aber da, wo ich herkomme, wurde bei Tisch nicht geredet. So etwas bleibt einem leider.«

»Und woher kommen Sie?«

»Ich denke, wir werden noch genügend Zeit haben, diese Frage zu erörtern.«

Na gut, dachte Nora, er will eben nicht reden.

Der Kellner brachte einen Eimer mit Eis und den Wein. Er schenkte Bernhard einen Schluck ein, damit er den Wein verkoste. Der schob sein Glas Nora hinüber und erklärte dem Kellner: »Madame …«

Der Kellner runzelte die Stirn und wartete auf Noras Freigabe. Dann schenkte er beiden ein. Sollte dieser Salatesser doch machen, was er wollte.

»Santé«, sagte Nora und erhob ihr Glas. »Auf meinen Vater!« Bernhard stieß mit ihr an, doch er nippte nicht einmal an seinem Glas, während sie das ihre auf einen Zug leertrank. Dann eben nicht, dachte Nora und sah ihm beim geradezu rituellen Kauen des Salates zu. Seine Brille. Er sollte eine andere, coolere Brille haben. Wahrscheinlich ist er aber unter seinem sehr durchschnittlichen Anzug sehr überdurchschnittlich gut gebaut, dachte Nora. Ja, wahrscheinlich hat er einen gewaltigen Bizeps und einen Waschbrettbauch und vor allem sehr schön definierte Brustmuskeln ... mit einer schlanken Brille ... und einem Dreitagebart ... und einem lässigen, gut sitzenden Anzug ... Sie trank noch ein Glas Weißwein und sagte plötzlich: »Ich kaufe Ihnen morgen einen neuen Anzug.«

»Haben Sie etwas gegen meinen Anzug?«

»Nicht unbedingt, aber Sie brauchen vielleicht etwas ... Wärmeres. Ich meine, als Ersatz für den Mantel.« Wahrscheinlich lalle ich, dachte sie. Es fühlt sich zwar nicht so an, aber für Leute, die Sodawasser trinken, lallt man wahrscheinlich schnell einmal.

Der Kellner brachte den geschmorten Ochsenschwanz, der vom Knochen fiel und förmlich auf ihrer Zunge schmolz.

»Mhmmm«, seufzte sie.

Bernhard stocherte in seinem Salat.

»Ich verstehe schon, dass Sie nichts über sich erzählen wollen, und es tut ja nichts zur Sache, aber: Sind Sie Wiener?«, fragte Nora und schenkte sich Wein nach. »Ich kann Ihren Akzent nicht zuordnen.«

»Habe ich denn einen Akzent?«

»Nun ja, einen österreichischen.«

»Ich lebe jetzt in Wien. Aber ich stamme aus der Steiermark. Aus dem Ennstal.«

O mein Gott, dachte Nora, auch das noch. Ein Provinzler. Nora hielt, genau genommen, auch Wiener für provinziell. Von Paris aus gesehen wirkten andere Städte schnell einmal wie Kuhdörfer. Das alles sagte sie aber nicht, sondern:

»Schön. Steiermark. Wälder und so. Das grüne Herz Österreichs. War sicher eine sehr idyllische Kindheit.«

»Ich wette, Ihre war besser.«

»Ich bin als Halbwaise aufgewachsen«, konterte Nora, »in einer großen, lauten, gefährlichen Stadt. Aber ich möchte keinen Mir-ging-es-schlechter-Wettbewerb mit Ihnen beginnen, das ist lächerlich. Kennen Sie die Szene bei Monty Python, wo die vier Herren im Smoking mit Zigarren in ihrem Club sitzen und sich gegenseitig übertrumpfen, wer die schlimmere Kindheit hatte? Der eine sagt, er hat in einer Villa gewohnt, der zweite wohnte in einem Haus, der dritte in einer Hütte, dann war die Villa nur noch ein Korridor, daraus wurde ein Erdloch, am Ende sagt dann einer dieser reichen Snobs, er sei in einem Schuhkarton in der Mitte einer Straße aufgewachsen, er musste in der Früh aufstehen, und zwar eine halbe Stunde, bevor er schlafen ging, danach 29 Stunden am Tag arbeiten, und wenn er heimkam, pflegte ihn sein Vater zu töten und dann auf seinem Grab zu tanzen.«

Nora lachte laut auf und spülte mit Wein nach.

»Ich sehe nicht fern«, sagte Bernhard mit einem höflichen Lächeln.

»Sie kennen doch YouTube? Sie sind jünger als ich!«

»Vielleicht bin ich altmodisch«, sagte Bernhard. »Ich lese gerne.«

»Auch schön«, seufzte Nora, »ich werde dann zahlen, damit Sie nicht zu spät ins Bett kommen.«

»Danke«, sagte Bernhard artig.

»L'addition, s'il vous plaît«, rief sie, und der Kellner kam sogleich an ihren Tisch und sprach mit einem verschmitzten Lächeln: »Ihr Herr Vater hat mich beauftragt, Ihre Rechnungen, falls Sie hier essen, ihm zu geben. Er möchte, dass Sie in unserem Restaurant stets sein Gast sind. In diesem Sinne, Mademoiselle, Ihr Vater hat für alles gesorgt.«

»Mein Vater ist tot«, sagte Nora, und es klang seltsam hohl, und ihr wurde kalt dabei.

Der Kellner wusste nun so gar nicht, was er mit dieser Situation anfangen sollte, er hatte ein As ausgespielt, das sich nun als Schwarzer Peter entpuppt hatte. Er stammelte Beileidsbekundungen, murmelte etwas vom Patron, den er fragen müsse, ging auf Noras Bitte, zahlen zu dürfen, nicht ein und verschwand kurz. Als er zurückkam und das Beileid des Patrons ausrichtete und erklärte, die Rechnung ginge diesmal selbstverständlich aufs Haus, hatte Nora den Betrag plus Trinkgeld schon hingelegt. Sie wollte jetzt nur eines: hinaus.

13

Auf der Straße zündete sie sich die Zigarette an, die sie im Restaurant vorproduziert hatte.

»Ich wohne gleich da vorne. Sie müssen hier in die U-Bahn«, sagte sie. »Kennen Sie sich aus?«

»Ich werde Sie begleiten«, sagte Bernhard.

»Das ist wirklich nicht nötig. Ich gehe jeden Tag ohne Begleitung nach Hause.«

»Trotzdem.«

»Wie Sie meinen.«

Es war auf Noras Heimweg nicht zu verhindern, an Pierrots Café vorbeizukommen. Eric, Catherine, Clothilde, Nicolas und natürlich Ivan saßen unter der Marquise.

»Seid ihr schon wieder da oder noch immer?«, spottete Nora, obwohl sie die Antwort kannte.

»Ach, wir trinken nur noch ein letztes Glas«, meinte Catherine.

»Ja«, grölte Nicolas, »wir trinken seit acht Stunden ein letztes Glas.«

»Was hast du denn da für einen Vogel mit?«, fragte Ivan.

»Er spricht kaum Französisch«, rief Nora zurück.

»Umso besser!«, meinte Ivan.

»Das sind meine Freunde aus dem Café«, erklärte Nora etwas verlegen.

»So ein Krawattenheini passt gar nicht zu dir«, machte Ivan weiter. »Setz dich zu uns und trink noch einen.«

»Nein, genug für heute.«

»Ach komm, einen«, quengelte Eric.

»Was willst du mit diesem glattrasierten Affen! Nimm mich mit«, insistierte Ivan. »Ich bin ein phantastischer Liebhaber! Wie oft muss ich dir das noch sagen! Rasputin war ein Großonkel von mir!«

Nora lachte und zog Bernhard, der das Gespräch ratlos verfolgte, am Ärmel.

»Erzähl uns morgen, wie's war«, rief Catherine ihnen nach. Ivan kommentierte das noch, die Runde lachte auf, es musste der Witz des Jahrhunderts gewesen sein, aber Nora hatte ihn nicht mehr gehört. Sie fühlte sich plötzlich einsam und elend.

»Soll ich Sie nicht doch auf Ihrem letzten Weg begleiten?«, fragte Bernhard. »Ich meine, Ihren Vater und Sie?«

»Nein danke. Das schaffe ich wirklich allein. Ich melde mich, wenn es vorbei ist.«

»Wie Sie meinen.«

»Hier wohne ich. Normalerweise würde ich Ihnen noch etwas anbieten, aber ...«

»Um Gottes willen«, unterbrach sie Bernhard, »es ist bald Mitternacht!«

»Lassen Sie uns die Nummern tauschen«, meinte Nora, und nachdem sie Bernhards Koordinaten eingetippt und ihn kurz angerufen hatte, sagte er: »Wir können uns gerne duzen, wenn Sie wollen.«

»Wenn es Ihnen nichts ausmacht, würde ich gerne beim Sie bleiben. Wissen Sie, die Franzosen sind da nicht so schnell.«

»Kein Problem. Entschuldigen Sie bitte, ich denke, es war unhöflich, nicht Sie diesbezüglich den ersten Schritt machen zu lassen«, sagte Bernhard.

»Sie finden zur Métro?«

»Selbstverständlich.«

»À demain.«

»Auf Wiedersehen. Bis morgen.« Bernhard streckte ihr die Hand hin, und Nora schüttelte sie brav. Das war nun wirklich unhöflich, dachte Nora, eine Frau nach einem Abendessen nicht mit zwei Wangenküssen zu verabschieden, auch, wenn man per Sie ist. Aber diese Ausländer hatten ja keine Ahnung.

Kein Monster in ihrer Wohnung. Nora fühlte sich leer. Erschöpft. Und dabei sollte sie irgendetwas packen. Daran war nicht zu denken. Morgen um elf würde ihr Vater verbrannt werden. Dann war sie ganz allein auf der Welt.

14

Um fünf Uhr früh wachte Nora auf. Draußen war es stockfinster. Irgendwer heizte wohl gerade das Krematorium an. Noras Brust hob und senkte sich, ihr Kopf schien zu platzen. Sie versuchte zu weinen, um sich zu erleichtern, aber das ging nicht. Stattdessen lief sie zum Klo und übergab sich, aber auch das war nicht sehr ergiebig. Sie legte sich wieder hin, aber an schlafen war nicht mehr zu denken. Sie duschte und zog sich an, schwarze Hose, schwarze Bluse, schwarze Jacke, nicht ungewöhnlich für sie, sie kleidete sich oft in Schwarz. Sechs Uhr. Wie viel Grad das Feuer in der Brennkammer wohl hatte? Zweitausend Grad? Gab es das überhaupt, zweitausend Grad? Bernhard wüsste so etwas sicher. Der könnte das noch mit einem kleinen Vortrag garnieren. In seiner schrecklichen Nüchternheit gab er Nora doch eine Art Sicherheit, und wenn es nur die war, sich ihm überlegen zu fühlen, weil sie lockerer, cooler und lustiger war. Aber momentan fühlte sie sich alles andere als lustig, locker und cool. Sie schrieb eine SMS:

»können sie mich doch begleiten bitte? wenn es geht. liebe grüße nora«

Nora schrieb nie »lg«. Das hatte sie von ihrem Vater übernommen. So viel Zeit muss sein, hatte er immer gesagt, und sie war im Lauf der Zeit draufgekommen, dass er recht hatte.

Die Antwort kam prompt.

»selbstverständlich. soll ich sie abholen? denke pere lachaise liegt näher bei ihnen. lg b.«

»tut mir leid, wenn ich sie geweckt habe«

»kein problem bin lange wach. wann soll ich kommen?«

»um 10?«

»ich warte unten. bis dann b.«

Im Grunde war es ja egal. Wenn sie nun ohnehin einige Zeit mit »b.« zu verbringen hatte, kam es auf die paar Stunden auch nicht an. Und so würde das letzte Aufgebot für ihren Vater immerhin nicht nur aus ihr bestehen. Gut, er hatte nicht gewollt, dass seine Freunde ihn in seinem Sarg sehen, das heißt, eigentlich hätten sie ja nur den Sarg gesehen, aber sogar das war ihm zu viel gewesen, die Vorstellung, seine Freunde würden sich vorstellen, wie er tot in einem Sarg liegt ... War das eine letzte Eitelkeit? Fand er es peinlich, tot zu sein? Oder unangebracht? Nora verstand es nicht. Aber sie war sich sicher, die Anwesenheit von »b.« würde ihn nicht stören.

Sie trank Kaffee und begann zu packen, relativ planlos. Sie füllte ihren Koffer einfach mit Wäsche und Waschzeug. Immerhin, eine Regenjacke hatte sie und Sportschuhe auch, das sollte für den Ausflug reichen. Und den Koffer, den ihr Klaus geschenkt hatte, fand sie geradezu ideal für eine Weitwanderung. Er rollte auf fast jeder Oberfläche wie schwerelos dahin. »Wenn du deinen Pass und deine Kreditkarte einsteckst«, hatte Klaus immer gesagt, »hast du das Wesentliche. Alles andere ist Beiwerk.« Nun ja, Handy und Ladekabel, das gehörte für Nora auch auf die Liste. Und die Flugtickets! Und den Leitfaden des Notariats musste sie noch ausdrucken, damit sie alle Papiere für die Urne dabeihatte. Das Gepäck musste sie sicherheitshalber mitnehmen, denn die Wege in Paris waren lang und die Straßen zum Flughafen meistens verstopft.

Von den Zeitungen waren wie erwartet noch immer keine Mails eingetroffen. Lilly hatte ein Foto von Monster geschickt: Der rote Kater streckte sich genüsslich auf dem weißen Sofa. Bei Lilly durfte er alles. Katzen dürfen sowieso alles, weil es sinnlos ist, ihnen etwas verbieten zu wollen.

»Bernhard Petrovits«. »Mag. Bernhard Petrovits«. Seltsam. Manche Menschen haben keine Google-Einträge. Nora hatte keine Ahnung, wie die das machten. Gut, sie selbst war seit Jahren in der Medienbranche tätig, da kommt man schnell mal auf zwanzigtausend Einträge. Aber wie konnte es sein, dass ihr »Bernhard Petrovits« nur unter den Mitarbeitern eines Wiener Notariats sowie als Absolvent eines 24-Stunden-Laufs auftauchte? Wie schafft man heutzutage so wenig Öffentlichkeit?

Bereits um fünf vor zehn verließ Nora ihre Wohnung und konzentrierte sich darauf, alle drei Schlösser sorgfältig abzusperren. Sie sperrte noch einmal auf, um nachzusehen, ob sie das Gas abgedreht hatte. Ein Klassiker. Natürlich hatte sie.

Bernhard wartete bereits. Sein schwarzer Koffer stand neben ihm. »Alle reisen mit schwarzen Trolleys«, hatte Klaus immer gesagt, »deshalb habe ich dir einen im schönsten Campari-Rot geschenkt, den erkennst du am Förderband sofort.« Aber Nora hatte ohnehin nicht vor, das Gepäck aufzugeben, schon gar nicht die Urne, für deren Transport sie einen kleinen, schwarzen Lederrucksack mitgenommen hatte.

»Wie geht es Ihnen?«, fragte Bernhard.

»Gut«, sagte Nora, aber das stimmte nicht, sie spürte eine Art Stechen im Magen.

»Kommen Sie, wir müssen hier lang ... Mit der Linie 3 kommen wir direkt zum Friedhof.«

In der Métro wurde das Stechen nicht besser. Bernhard schien besser in Form zu sein.

»Sind Sie immer so früh wach?«, fragte Nora.

»Ja«, antwortete Bernhard.

»Für die präsenile Bettflucht sind Sie zu jung.«

»Ich stelle mir den Wecker.«

»Auf sechs Uhr?«

»Fünfhundertdreißig.«

»Halb sechs? Jeden Tag?«

»Jeden Tag.«

»Warum um Himmels willen?«

»Das ist eine wunderbare Zeit, wenn es Tag wird. Eine Zeit voller Energie.«

»Vielleicht für Sie«, sagte Nora, »nicht für mich. Ich finde, neun Uhr ist eine wunderbare Zeit voller Energie. Und was machen Sie dann?«

»Eigentlich nichts«, antwortete Bernhard, aber er wirkte ein wenig unsicher dabei.

»Sie machen Sport«, riet Nora. »Sie trainieren.«

»Gewissermaßen.« Bernhard machte kein Hehl daraus, dass er nicht gedachte, ins Detail zu gehen. Nora fixierte ihn.

»Ah«, sagte Nora, »jetzt weiß ich es: Sie meditieren!«

Bernhard lächelte und sagte nichts.

»Finde ich gut«, fuhr Nora fort. »Im Ernst. Ich sollte auch meditieren. Es macht mich nur ehrlich gesagt wahnsinnig nervös.«

Es war noch nicht einmal halb elf, als sie aus dem Métro-Schacht stiegen. Immerhin, die Sonne kam gerade hinter den Wolken hervor. Nora erblickte einen Marktstand und stellte sich an.

»Ich kaufe mir eine Banane. Hab nichts gefrühstückt. Wollen Sie auch eine?«

»Bananen sind gut für die Nerven.«

»Ja oder nein?«

»Bitte.«

Vor Nora war eine alte, bucklige Frau an der Reihe. Sie ging am Stock, hatte eine Warze auf der Nase und einen Oberlippenbart.

»Oh, was für eine Freude, Sie zu sehen«, strahlte der Obstmann. »Madame, Sie werden von Mal zu Mal schöner.«

»Ach«, krächzte die Alte, »hören Sie doch auf!«

Der Verkäufer zwinkerte Nora zu. »Nein, Madame, wirklich, ich hätte Sie fast nicht wiedererkannt, so jugendlich und verführerisch sehen Sie heute aus!«

»Ach Sie!«, lachte die Dame, kratzte sich an der Warze und kaufte drei Tomaten.

»Ich lege Ihnen ein bisschen Petersilie dazu, aber aufpassen, dass nichts auf den Zähnen bleibt! Das könnte beim Küssen stören.« Die Alte hinkte davon, um einen halben Kopf größer und mit einem Lächeln im Gesicht.

»Sie kommt jeden Tag«, vertraute der Händler Nora an. »Sie ist treuer als meine Frau.«

Sie schlenderten Richtung Friedhof und kauten an ihren Bananen.

»Der Mann hat die alte Dame verarscht, oder hab ich das falsch verstanden?«, fragte Bernhard.

»Er hat sie doch nicht verarscht«, entgegnete Nora. »Er hat sie an früher erinnert, an ihre Jugend, an ihre Lieben. Haben Sie nicht gesehen, wie sie gestrahlt hat?«

»Er hat Ihnen zugezwinkert. Und soweit ich es verstanden habe, hat er übertrieben.«

»Er hat gewaltig übertrieben! Na und? Er hat ihr den Hof gemacht. Das gehört sich so in Frankreich!«

Nora hoffte, er würde das nicht als Aufforderung missverstehen. Aber Bernhard als Charmeur, das konnte sie sich ebenso wenig vorstellen wie sich selbst auf einer Wanderung mit einer Urne im Rucksack.

Urne: Das klang so sauber. Fast niedlich. In Wahrheit würde in einer halben Stunde die Leiche ihres Vaters verbrannt werden, seine Füße, seine Haare, sein Gesicht. Vielleicht hatte er jetzt einen Dreitagebart. Sie hatte mal wo gelesen, dass bei Toten der Bart noch eine Zeitlang weiterwächst. Ihr Vater würde in einen Ofen geschoben werden. Aber war das ihr Vater? Sterbliche Überreste, so hatte man früher gesagt, das kam ihr passender vor. Aber wenn es »sterbliche Überreste« gibt, bedeutet das nicht automatisch, dass auch das Gegenstück dazu existiert, nämlich ein »unsterblicher Kern«? Und wenn es so etwas wie den unsterblichen Kern eines Menschen gab, bedeutete das automatisch, dass es auch einen Gott gab, der das alles lenkte und erschaffen hatte?

»Glauben Sie an Gott?«, fragte sie Bernhard, als sie das Friedhofstor durchschritten.

»Ja«, antwortete Bernhard.

Das hatte sich Nora nicht erwartet. Nicht so ein klares, trockenes, unkommentiertes »Ja«. Mehr so etwas wie: »Das ist eine sehr komplexe Frage, die zu beantworten mir nicht leichtfällt, und ich denke, wir sollten mit den Erörterungen warten, bis die Kremierung und damit wohl auch Ihre metaphysische Phase vorbei ist.«

»Ja?«, fragte Nora ungläubig nach.

»Nennen Sie es eine höhere Intelligenz, nennen Sie es die Natur, das Universum, das Schicksal, nennen Sie es Gott. Glauben Sie nicht, dass wir jetzt langsam zum Krematorium sollten?«

Nora nickte und beschleunigte den Schritt.

15

Das Krematorium war ein sympathisches Bauwerk, irgendwie neobyzantinisch, ein bisschen klassisch, hübsch eingerahmt von frischgrünen Hecken. Nur die beiden Schornsteine sorgten für ein unangenehmes Gefühl, wenn man sich dem Gebäude näherte.

Im Inneren brannten viele Kerzen. Trauernde gingen oder standen etwas verloren herum, einen letzten Blumengruß in der Hand. Wie bei einem Rendezvous, dachte Nora. Wenn sie nervös war, schärfte sich ihre Aufmerksamkeit, sie sah sich die Dinge genau an, kommentierte, interpretierte. Nur den Kopf nicht unbeschäftigt lassen. Auf einer Liste stand »Monsieur Klaus Weilheim« und daneben ein Ansprechpartner. Ein junger Mann in dunklem Anzug stellte sich als »Maître des cérémonies« vor. Er fragte, wann die anderen Trauergäste kommen würden, und als Nora ihm sagte, dass sie zu zweit bleiben würden, schüttelte er beiden die Hand und erklärte, wie die Zeremonie vor sich gehen würde. Sie würden in einem eigenen kleinen Raum mit dem Sarg allein sein. Sie könnten sich Musik wünschen, und es wäre auch genügend Zeit, eine Rede zu halten. Dann käme der »Augenblick der Trennung«. »Le moment de la séparation«. Das schien ein Lieblingswort des Zeremonienmeisters zu sein, denn er verwendete es oft.

Nora bewunderte den jungen Mann für seine schöne Sprache und für seinen mitfühlenden Blick. Vor ihr stand ein echter Trauerprofi. Ob er das den ganzen Tag durchhielt? Ob es nicht einen Augenblick gab, an dem der Zeremonienmeister von einem zarten Lachen ergriffen wurde wie von einem leisen Hustenreiz, ein inneres Lachen, das sich von

Wort zu Wort steigerte, sich zum Lachkrampf verdichtete und letztendlich in einer Explosion endete, in einem allumfassenden, kosmischen Lachanfall?

Der Zeremonienmeister hielt einen Augenblick inne, als hätte er erraten, dass Nora nicht bei der Sache war. Mademoiselle Weilheim und ihr Begleiter könnten »le moment de la séparation« in der kleinen Kapelle erleben oder mit dem Sarg mitgehen und zusehen, wie er in der Brennkammer verschwinde, den Augenblick der Trennung also im Angesicht des Feuers erleben.

Die ganzen Fakten und Fragen überforderten Nora. Solche Dinge hatte immer ihr Vater entschieden. Sie bedankte sich und drehte sich zum Gehen um, da sprach sie der Trauer-Maître noch einmal an: »Wollen Sie Ihr Gepäck nicht hierlassen? Ich meine, wenn Sie wollen. Es ist nur ein Angebot, denn manche Menschen könnten es für würdelos halten, bei einer Kremation den Eindruck zu erwecken, auf der Durchreise zu sein. Ich biete Ihnen an, Ihre Koffer in unserem Büro zu lagern. Sie können sie dann gleichzeitig mit der Urne abholen.«

Das Angebot nahmen Nora und Bernhard gerne an. Sie gingen hinaus, um zur Trauerkapelle zu gelangen.

»Haben Sie verstanden?«, fragte Nora.

»Ich denke, das Wesentliche«, antwortete Bernhard.

Nora überlegte, ob sie noch eine rauchen sollte, aber das kam ihr unpassend vor. Zahlreiche Trauernde gingen vor der Tür auf und ab. Vielleicht müssen die ihre Partner begraben, dachte Nora. Die Mutter von kleinen Kindern. Oder Kinder. Nein, sie hatte es nicht so schlecht. Immerhin, ihr Vater war fünfundsiebzig Jahre alt geworden.

Doch als sie in den kleinen Aufbahrungsraum traten,

schnürte es Nora die Kehle zu. Da stand der Sarg. Und in dem Sarg lag ihr Vater. Sie holte tief Luft. Sie ging die paar Schritte nach vorne und stellte sich an das Fußende des Sarges. Bernhard hielt sich diskret im Hintergrund.

Nora weinte nicht. Nora weinte nie. Sie würde es auch jetzt nicht tun. Sie könnte sich natürlich überlegen, wie es sich angefühlt hatte, wenn ihr Vater sie umarmt und ihr einen Kuss auf die Wange gedrückt hatte, bevor sie in die Schule gegangen war. Wie er ihr Kakao gekocht und in ihr Zimmer geliefert hatte. Wie sie im Urlaub am Strand getollt hatten. Wie er später dann, aufwendig und liebevoll, für sie gekocht hatte. Jetzt nicht, sagte sie sich, nicht jetzt, jetzt müssen wir das ganz ruhig hinter uns bringen.

Sie setzte sich auf einen der Stühle. Auch Bernhard nahm Platz. Er ließ einen Stuhl zwischen ihnen frei. Im Hintergrund tauchte der Zeremonienmeister hinter einem Vorhang auf. Wie der Kasperl im Theater, dachte Nora. Das Lustige an der Situation sehen. Beobachten. Das hätte Klaus nicht anders gemacht.

Der Zeremonienmeister drückte einen Knopf. Musik. Der langsame Satz aus einem Klavierkonzert von Mozart, A-Dur oder C-Dur, berühmt jedenfalls, Nora kannte diese Sphärenklänge, sie dienten bei Filmen gerne zur Untermalung jener Szene, in der ein Teil eines Liebespaars verstarb. Für die ganze Länge des Satzes blieb keine Zeit, der Zeremonienmeister stellte die Musik leiser und immer leiser, bis es still war.

Toll, dass sie hier echte Kerzen verwenden, dachte Nora.

»Wenn Sie wollen, ist nun der Augenblick, ein paar Worte zu sprechen oder eine Rede zu halten«, sagte der Krematoriums-Mitarbeiter.

Stille.

Es ist ein bisschen wie in der Schule, dachte Nora, wenn der Lehrer eine Frage stellt, auf die keiner eine Antwort weiß, und alle ducken sich in die Bänke und versuchen, möglichst unauffällig zu schauen. Sollte sie jetzt eine Rede halten? Wurde das von ihr erwartet? Gehörte sich das? So wie sie Bernhard vorher forsch belehrt hatte? Das gehört sich so in Frankreich! Sie schielte zu Bernhard hinüber, der sah sie fragend an. Hatte er verstanden? Hoffentlich würde er jetzt keine Rede halten. Eine Rede für zwei Leute, das wäre lächerlich!

Nora stand auf und legte eine Hand auf den Sarg. »Auf Wiedersehen«, wollte sie sagen, aber das schien ihr zu schwierig, mit diesem Kloß im Hals, und so flüsterte sie nur: »Merci.«

Nora nickte dem Zeremonienmeister zu. Der nickte zurück und sprach, ziemlich laut: »Nun, dann ist jetzt der Augenblick der Trennung gekommen. Nehmen Sie Abschied!«

Wie pathetisch, dachte Nora, der will wohl, dass ich zu heulen beginne, aber das wird er sicher nicht bekommen. Klaus hatte Abschiede gehasst. Am liebsten war er grußlos gegangen. Französischer Abgang, hatte er das genannt, und Nora überlegte, ob die Franzosen englischer Abgang dazu sagten und ob es gemein sei, sich davonzustehlen, oder im Gegenteil rücksichtsvoll und elegant, grußlos von der Party zu verschwinden?

Jedenfalls eignete sich der Augenblick nicht besonders, solche Überlegungen anzustellen. Nora nickte dem Zeremonienmeister zu.

»Wollen Sie Ihren Vater zur Brennkammer begleiten?«, fragte er.

Das ist nicht mein Vater, dachte Nora, das ist ein Sarg mit einer Leiche drin. Sie sagte: »Nein danke.«

»Der Augenblick der Trennung ist also gekommen!«

Der wartet wirklich auf meinen Zusammenbruch, sagte sich Nora.

Der junge Mann schob den Sarg Richtung Vorhang. Erst jetzt bemerkte Nora die Rollen, die an den Füßen des Aufbahrungstisches befestigt waren. Wie praktisch, dachte sie, so spart man jede Menge Personal. Er rollte den Sarg hinter den Vorhang und kam noch einmal zurück, um Nora und Bernhard die Hände zu schütteln.

»Sie können die Urne gegen vierzehn Uhr abholen«, sagte er.

Soll ich ihm jetzt ein Trinkgeld geben?, fragte sich Nora. Ihr Vater war so gewandt in diesen Dingen gewesen, der hätte einen Zehner oder eher einen Zwanziger aus seiner Hosentasche gezaubert und den Geldschein dem Angestellten mit souveräner Selbstverständlichkeit in die Hand gedrückt ... Nora entschied sich dagegen, in ihrer Handtasche herumzukramen. »Merci«, sagte sie nur. Der Angestellte verschwand. Sie wandte sich zu Bernhard um. Der hantierte mit einem Papiertaschentuch in seinem Gesicht herum.

»Entschuldigen Sie bitte«, sagte er. »Ich bewundere Sie, dass Sie so ruhig bleiben können.«

»Ach, ist doch nur ein kleines Brimborium«, sagte sie und wusste gleichzeitig, dass sie ihre Ruhe auch Bernhard zu verdanken hatte, weil da jemand war, vor dem sie die Fassung nicht verlieren wollte.

16

Im Freien setzte sie sich auf eine Steinmauer und drehte sich eine Zigarette. Sie rauchte und spürte neben einer dumpfen Traurigkeit eine ungemeine Erleichterung darüber, dass das Schlimmste vorbei war. Nun ja, korrigierte sie sich, die Wanderung kommt ja noch, aber das werde ich auch schaffen.

»Wir haben fast drei Stunden Zeit«, sagte Nora. »Was wollen Sie gerne tun?«

»Wenn es Ihnen nichts ausmacht, würde ich gerne auf dem Friedhof spazieren gehen. Er gilt als große Sehenswürdigkeit, und ich ... ich fühle mich sehr wohl hier.«

»Unter den Toten?«

»Nein, ich glaube, es sind eher die Bäume ... die Natur.«

Sie schlenderten ziellos durch die Grabreihen. Nora fühlte sich nicht verpflichtet, Konversation zu machen. Außerdem war sie zu sehr mit Lesen beschäftigt. Friedhöfe sind wie Bücher, man liest in verdichteten Menschenschicksalen. Ein Grab von drei Kurden, »gefallen« in Berlin 1999 ... War das nicht irgendeine Geschichte mit einem Terroranschlag gewesen?

»Schauen Sie«, rief Bernhard aus, »Simone Signoret und Yves Montand!«

»Zu Lebzeiten sahen sie bedeutend glamouröser aus«, meinte Nora.

Sie fanden ganz zufällig auch noch die Gräber von Jim Morrison und Oscar Wilde. Länger blieb Nora bei Marie stehen. 1926–1944, stand da, ums Leben gekommen bei den Kämpfen in Paris. Ein hübsches Frauengesicht lächelte von einem verwitterten Grabstein. Nicht weit davon ein Junge mit einem marokkanisch klingenden Namen. Er war nur vierzehn Jahre alt geworden. Das Foto auf dem Grabstein zeigte einen von der Chemotherapie haarlosen Kopf. Darunter ein Fläschchen, halb gefüllt mit Wasser. »Lourdes« stand darauf.

»Was meinen Sie«, fragte Bernhard, »sollen wir eine Kleinigkeit essen gehen, bevor wir die Urne abholen? Ich habe Hunger.«

Sie setzten sich in das Bistro an der nächsten Ecke. Eigentlich hätte Nora zwei Gläser Champagner bestellen sollen, das hätte sich für Klaus so gehört. Aber sie war nicht in Champagnerlaune, und allein wollte sie heute nicht trinken. Also blieb sie bei Wasser und Mozzarella mit Tomaten, während sie für Bernhard mit Mühe einen Salat »ohne nichts« erkämpfte.

»Was hat Ihr Vater eigentlich beruflich gemacht?«, fragte Bernhard.

»Das ist nicht so leicht zu beschreiben«, antwortete Nora. »Er hat das Pariser Büro eines deutschen Filmmagnaten geleitet. Fragen Sie mich aber nicht, was er den ganzen Tag getan hat. Ich habe es nie wirklich verstanden. Er hat alle Zeitungen gelesen, er hat ununterbrochen telefoniert, Telexe und Faxe geschrieben, war mit Leuten essen. Als ich noch klein war, hat er mich oft mitgenommen. Wir waren jedes Jahr beim Festival in Locarno, beim Goldenen Bären in Berlin … In Cannes hatten wir eine eigene Wohnung, da spielte Klaus den Gastgeber. Natürlich hat die Wohnung nicht uns gehört, sondern diesem Medienzaren. Mein Vater hat sie alle gekannt. Roman Polanski saß bei uns im Wohnzimmer, und Robert de Niro durfte ich ein Glas Rotwein servieren.«

»Ihr Vater war wohl eine Art Lobbyist.«

»Heute würde man das vielleicht so nennen. Aber es

klingt so negativ. Er hielt einfach potenzielle Geschäftspartner aus der Filmbranche bei Laune, indem er sie zum Essen einlud. Wenn dann mal die Zentrale aus München anrief, weil man den oder den Kontakt herstellen wollte, kostete das meinen Vater fünf Minuten.«

»Ein toller Job«, meinte Bernhard. »Man wird dafür bezahlt, dass man essen geht.«

»Ich glaube, es war auch ganz schön anstrengend«, sagte Nora. »Also für mich wäre das definitiv nichts. Man muss den ganzen Tag kommunizieren!«

»Wenn man viel Geld verdient dabei ...«

»Ich weiß nicht mal, ob er viel verdient hat. Aber er hatte eine Kreditkarte, die lief auf Leo, und mit der bezahlte er alles. Alles! Manchmal denke ich, dass dieses Imperium wegen Klaus und seiner Spesenabrechnungen pleitegegangen ist. Aber nein, Schatz, hat er immer gesagt, bevor Leo pleitegeht, geht die Deutsche Bank pleite. Es war für ihn ein unfassbarer Schock, als Leo dann wegen der Deutschen Bank pleiteging.«

»Und dann?«

»Da war er schon über sechzig und bekam eine Rente. Aber das tolle Leben war vorbei. Die Kreditkarte war futsch.«

Nora trank einen Kaffee, dann gingen sie zurück zum Krematorium. Von ihrem Vater war jetzt wohl nicht mehr viel übrig.

Der Maître des cérémonies erwartete sie bereits. Er zeigte auf eine dezente Hülle aus blauem Metall.

»Die richtige Urne befindet sich im Inneren«, sagte er. Nora schnürte es wieder die Kehle zu. Das war also alles, was übrig blieb. Sie griff nach der seltsamen Röhre und zuckte gleich zurück.

»Attention!«, rief der Zeremonienmeister. Eine Sekunde zu spät. Nora hatte sich bereits die Finger verbrannt. Die Metallhülle war glühend heiß, wodurch der Vorgang des Leichenverbrennens eine äußerst authentische und im ersten Augenblick etwas irritierende Wirklichkeit bekam.

»Die Asche ist relativ grob und speichert die Hitze sehr gut«, erklärte der Angestellte des Bestattungsunternehmens. »Aber Sie werden sehen, in ein paar Stunden ist alles ausgekühlt. Ich habe mir übrigens erlaubt, Ihre Koffer mitzubringen. Bitte schön.«

Er steckte die Urne in eine maßgeschneiderte Tragetasche aus Kunststoff, welche er beim Henkel nahm und Nora überreichte. »Papa in der Tüte«, sagte sie und verabschiedete sich. Als Nora und Bernhard ins Freie traten, regnete es leicht.

»Laut Plan von Maître Didier müssen wir nun zur Polizeistation hier um die Ecke. Dort wird die Urne versiegelt. Ich hoffe, sie kühlt ein wenig ab bis dahin.«

»Soll ich sie ... ihn tragen?«, fragte Bernhard. »Oder Ihren Koffer nehmen?«

»Geht schon, danke.«

Auf dem Commissariat de Police wurden sie äußerst zuvorkommend behandelt. Das Versiegeln der Urne dauerte zwar nicht lange, doch der Polizeibeamte zelebrierte es mit einer gewissen Feierlichkeit.

»Wenn Sie die Urne ausführen wollen, müssen Sie nun zur préfecture de police nationale«, sagte der Beamte der Stadtpolizei.

»Danke«, sagte Nora, »ich weiß.«

Der Polizist schüttelte Nora und Bernhard die Hand. Dann kam ein aufgeregtes Touristenpaar an die Reihe, das einen Taschendiebstahl anzuzeigen hatte.

18

»Und sind Sie sich sicher, dass wir da überhaupt noch jemanden antreffen?«, fragte Bernhard, als sie nach gut einstündiger Fahrt mit einem ebenso unfreundlichen wie warmherzigen wie humorvollen Taxifahrer endlich bei der Präfektur der Nationalpolizei im Herzen der Stadt angekommen waren. »Es ist Freitag, sechzehnhundertdreißig. Um die Zeit sind österreichische Beamte seit fünf Stunden im Wochenende.«

»Wir sind in Paris«, sagte Nora. »Wissen Sie, die Leute hier sind um einiges fleißiger, als die Deutschen immer glauben.«

»Ich bin kein Deutscher.«

»Nun ja, für einen Franzosen sind Sie es.«

In der Polizeipräfektur hatten sie zunächst eine Sicherheitskontrolle zu überwinden. Sie mussten nicht lange warten, bis sie in das Büro eines jungen Mannes eingelassen wurden. Interessanterweise arbeitete er für die Abteilung »Seuchenbekämpfung«, wohl ein historisches Relikt, denn wie er zugab, würden durch den Transport der Urne wohl kaum Seuchen verbreitet. Der junge Mann sah sich die Papiere des Krematoriums und jene der Kollegen von der Stadtpolizei genau an.

»Wie hieß Ihr Vater?«, fragte er.

»Klaus Weilheim«, antwortete Nora.

»Wir haben hier einen Claus und einen Klaus«, sagte der Beamte.

»Nun ja, Klaus ist richtig«, sagte Nora. »Aber das dürfte ja egal sein.«

»Sagen Sie das nicht«, meinte der junge Mann, »beim Fliegen heutzutage kann ein einzelner Buchstabe ein größeres Problem sein als eine Nagelschere im Handgepäck. Ich stelle Ihnen das mal alles auf Klaus Weilheim aus und hoffe, Sie kommen damit durch.«

Nach zwanzig Minuten schritten Nora und Bernhard mit der Urne und einem ganzen Stapel Transportpapiere wieder ins Freie. In einem Lokal in der Nähe der Präfektur tranken sie eine Tasse Tee. Die Urne war nur noch handwarm, stellte Nora fest. Sie verstaute sie in dem eigens mitgenommenen schwarzen Lederrucksack.

»Ich denke, wir sollten den RER zum Flughafen nehmen«, meinte Nora.

»Das ist dieser Vorstadtzug, nicht?«, fragte Bernhard nach.

»Die Station ist ganz in der Nähe. Damit sind wir sicher schneller als mit einem Taxi.«

Sie begaben sich in ein unterirdisches Labyrinth, um den richtigen Zug zum Flughafen Charles-de-Gaulle zu finden. Sie erstanden zwei Tickets und passierten die gesicherten Schranken. Die Züge waren hoffnungslos überfüllt. Sie ließen einen aus, doch der nächste bot dasselbe Bild. Sie zwängten sich mitsamt ihren Trolleys hinein. Nora hatte den Rucksack auf den Rücken geschnallt, was sie schleunigst ändern wollte, um niemanden damit anzurempeln. In der Enge des Waggons versuchte sie, sich aus den Trägern zu schälen. Ein Jugendlicher hinter ihr griff nach dem Rucksack ... und hatte im selben Augenblick Bernhards Hand an der Kehle.

»He!«, schrie der Jugendliche. »Ich wollte nur helfen! Madame, ich bitte Sie ... was will der von mir?!«

»Lassen Sie ihn«, zischte Nora. »Er will mir nur helfen!«

Bernhard ließ ihn los. Der Jugendliche drehte sich kopfschüttelnd und schimpfend um.

»Jetzt helfen Sie mir wenigstens«, sagte Nora. »Was ist Ihnen da eingefallen?«

»Ich dachte, der will Ihnen den Rucksack stehlen«, sagte Bernhard und bemühte sich, Nora aus den Trägern zu helfen. »Wissen Sie, ich habe mir von Anfang an überlegt, was geschieht, wenn uns der Rucksack mit der Urne mit der Asche Ihres Vaters gestohlen wird. Die Diebe laufen weg, wir erwischen sie nicht mehr. Daraufhin müssen wir eine Suche in den Vororten und der Unterwelt von Paris beginnen ...«

»Für einen angehenden Notar haben Sie eine blühende Phantasie«, schnaufte Nora. »Aber Sie sollten sich vielleicht daran gewöhnen, dass nicht jeder schwarze oder maghrebinische Jugendliche ein Krimineller ist.«

»Das war überhaupt nicht das Thema.«

»Wir leben hier in einer multikulturellen Gesellschaft«, belehrte ihn Nora.

»Ich hätte die Urne Ihres Vaters vor jedem beschützt.«

»Danke, aber ich denke, ich kann selbst ganz gut aufpassen.«

Der Zug blieb in einer Station stehen. Eine Minute ... zwei Minuten. Nach fünf Minuten hörten die Fahrgäste über

Lautsprecher die Durchsage, dass er hier bis auf weiteres auch bleiben würde. Die Menschen im Zug maulten.

»Ein technisches Versagen?«, fragte Bernard.

»Nun ja, so nennen sie das immer«, antwortete Nora. »Regenwetter und Freitagabend … Ich bin mir sicher, da hat sich wieder einer auf die Gleise gestürzt.«

»Was machen wir?«

»Abwarten.«

Nach weiteren Minuten hörten sie Einsatzfahrzeuge vorbeirasen.

»Ich denke, Sie hatten recht«, sagte Bernhard. »Wie lange wird das dauern, was meinen Sie? Unsere Maschine startet in zwei Stunden. Wir sollten eigentlich längst beim Flughafen sein.«

»Eine Stunde vorher reicht völlig«, beschwichtigte Nora.

»Ich weiß nicht …« Bernhard wirkte nervös. »Wir sollten ein Taxi nehmen.«

19

Sie stiegen eine baufällig wirkende Treppe hinab und traten auf einem breiten Boulevard ins Freie. Sie umkreisten die Bahnstation, nichts. Sie liefen eine Querstraße entlang, nichts. Sie irrten in dem Viertel herum, das aus Hochhäusern aus den sechziger Jahren bestand, zwischen denen kleine Slums aus Wellblechhütten entstanden waren.

»Rufen Sie doch ein Taxi an«, schlug Bernhard vor.

Nora lächelte milde: »Da könnte ich ebenso gut im Ritz anrufen und sagen, sie sollen uns ein Menü hierher liefern.«

Sie gelangten wieder auf die große, sechsspurige Straße.

»Das gibt's ja nicht«, sagte Bernhard. »Da stehen Tausende Autos im Stau. Und es ist kein einziges Taxi darunter!«

»In Paris ein Taxi zu bekommen ist schwer«, meinte Nora. »In Paris ein Taxi bei Regen zu bekommen ist sehr schwer. In einem Pariser Vorort ein Taxi bei Regen zu bekommen ist unmöglich.«

Sie wanderten zur Bahnstation zurück und sahen, dass die Züge wieder fuhren.

»In einer Stunde hebt unser Flugzeug ab«, jammerte Bernhard.

»Kein Problem«, sagte Nora. Sie kam immer zu spät, deshalb hatte sie nicht besonders viel Stress damit.

Vierzig Minuten vor der geplanten Abflugzeit erreichten sie die Station »Aéroport Charles-de-Gaulle«. Im Laufschritt verließen sie den Zug und schoben ihr Bahnticket in den Automaten bei der Ausgangssperre. Einmal, zweimal. Die Schranke ging nicht hoch.

»Was ist jetzt los?«, rief Bernhard entnervt.

Nora las den Text auf dem Display: »Ticket nicht gültig. Durchgang verboten.«

»Warum bloß?«, wimmerte Bernhard.

»Ach Scheiße!«, rief Nora aus. »Klar, wir waren draußen, wir hätten die Fahrt nicht unterbrechen dürfen! Oder neue Tickets kaufen!«

Nora lief zu drei schwerbewaffneten Polizisten und sagte ihnen, dass ihre Tickets in Ordnung seien, der Automat aber gestört, und im Übrigen ihr Flugzeug in fünfunddreißig Minuten starten sollte. Einer von ihnen antwortete, durchaus liebens- und leider auch glaubwürdig: »Madame, wir sind hier selbst eingesperrt. Wir können nicht raus, und ich kann Ihnen leider nicht helfen.« Nur ganz kurz zog Nora in

Erwägung, mit ihm zu diskutieren, was er zu tun gedachte, wenn ein Terrorist außerhalb der Sperre auftauchte, aber selbst Nora fand nun, dass sie es dafür zu eilig hatten.

Sie sah zwei ältere Damen mit schweren Koffern vor der Absperrung stehen. »Dürfen wir Ihnen helfen?«, rief sie und gab Bernhard ein Zeichen. Beide schnappten sich eine Dame und einen Koffer, drückten sie mit sich durch die Absperrung und liefen dann wie die Taschendiebe los. Wenige Minuten später erreichten sie den Schalter.

»Zum Glück, der Check-in läuft noch!«, rief Bernhard.

Noras Gewand war außen vom Regen und innen vom Schweiß nass.

»Ich habe eine Urne dabei, im Handgepäck«, keuchte Nora.

»Guten Flug«, feixte die Dame am Schalter auf Deutsch und reichte ihr die Boarding-Karten. In diesem Augenblick trafen einander die innere und die äußere Nässeschicht.

20

Nora und Bernhard hasteten weiter zur Sicherheitskontrolle. Sie ließ ihm den Vortritt, um ein wenig durchzuatmen. Sie legte Jacke, Rucksack und Köfferchen auf das Förderband und ging gesenkten Hauptes durch den Metalldetektor. Na klar, wie immer bei ihr, der Alarmton. Sie hatte nichts dagegen, ihre Schuhe auszuziehen und ihre Schuhsohlen nach verstecktem Sprengstoff untersuchen zu lassen, das tat im Grunde gut. Während Nora unter den nassen Achseln abgetastet wurde, sah sie zu dem Beamten, der den Bildschirm kontrollierte, auf dem die Röntgenbilder des Handgepäcks zu sehen waren. Es war ein großer, junger, eleganter Schwarzer, der eigentlich cool wirkte. Dennoch, jetzt merkte sie eine leichte Irritation in seinem Gesicht. Sekunden später fand sie, dass er verstört wirkte. Als schließlich seine Kinnlade herunterfiel und er fassungslos auf seinen Bildschirm starrte, ging sie – in Socken – zu ihm. Sie blickte auf den Bildschirm und sah die Konturen eines Metallgegenstandes, der ungefähr so aussah wie eine Fliegerbombe aus dem Zweiten Weltkrieg.

»Das ist eine Urne«, sagte sie arglos.

»Eine Urne«, murmelte er geistesabwesend. Dann geriet er plötzlich in Panik. »Eine Urne! Aber das hätten Sie meinem Kollegen draußen melden müssen!« Nora beteuerte, sie hätte es beim Check-in gemeldet, aber da war er bereits aufgesprungen und rief, fast hysterisch: »Ich muss die Polizei alarmieren!«

Hundert Köpfe drehten sich Richtung Nora.

»Was ist los?« Bernhard hatte sich neben sie gestellt. Sekunden später waren sie von vier grimmigen Polizisten einer Spezialeinheit umringt. Zwei davon richteten ihre Maschinenpistolen auf sie, die anderen beiden hielten sie fest. Bernhard nahm die Hände hoch.

»Ich habe die Urne mit der Asche meines Vaters im Handgepäck«, sagte Nora ruhig. »Ich würde jetzt gerne da rüber zu meinen Sachen gehen und Ihnen die Papiere zeigen.«

Der Anführer der Truppe gab seinen Kollegen ein Zeichen, sie ließen die Waffen sinken und folgten Nora. Sie zeigte ihnen ihre ansehnliche Sammlung an gestempelten Dokumenten, doch sie wollten nur wissen, ob die Urne versiegelt sei. »Natürlich!«, rief Nora aus. »Ein richtiges Siegel mit République française und allem!«

»Soll ich mich aufregen?«, fragte Bernhard.

»Bitte nicht«, flehte Nora, auch wenn sie daran zweifelte, dass er das überhaupt konnte. Es war fünfzehn Minuten vor dem Start des Flugzeugs und ganz klar, dass es diesen Leuten egal war, ob Nora und Bernhard mit an Bord sein würden oder nicht. Also gab es nur eine Strategie: freundlich bleiben, ruhig bleiben, kooperieren.

Die Polizisten wollten das Siegel sehen und befahlen Nora, die Urne aus dem Rucksack zu holen.

»Aber schön langsam!«, mahnte einer.

Nora stand allein am Förderband, und alle Menschen rundherum starrten sie an. Es war gespenstisch still geworden. Danke, Klaus, sagte sie sich, du hast mich gerade in die wohl peinlichste Situation meines Lebens gebracht.

Als sie die Urne aus dem Rucksack holte, sah sie aus den Augenwinkeln, dass die Polizisten in Sicherheitsabstand gingen. Die umstehenden Schaulustigen zogen sich unauffällig in verschiedene Deckungen zurück. Es gibt ja in jedem Flugzeug mindestens einen verdächtigen Passagier. Einen düsteren Mann mit langem Bart, olivgrüner Haut und einem Turban auf dem Kopf, der während des Boardings im Koran liest, zum Beispiel. Dieser Passagier bin auf unserem Flug nach Wien ich, dachte Nora.

Nora schraubte langsam die Metallhülle auf. Nun war kaum mehr ein Atemzug zu vernehmen. Seltsamerweise hatte auch Nora ganz feuchte Hände, obwohl sie ja wusste, dass es sich bei ihrem Gepäckstück um eine Urne handelte, um nichts als eine Urne.

Die Polizisten kamen näher und kontrollierten das Siegel. Sie sahen sich die darauf eingeprägte Nummer genau an, dann die Papiere, verabschiedeten sich höflich und verschwanden. Start in fünf Minuten.

»Darf ich bitte meinen Pass und meine Boarding-Karte haben?«, frage Nora höflich.

»Absolut nicht«, teilte ihr der Mann am Förderband mit, »Sie müssen auf die Sprengstoffexpertin warten.«

»Okay, das war's wohl mit unserem Flug«, sagte Nora zu Bernhard. Der hatte sich zu ihr gesellt, sobald die Polizisten verschwunden waren. Immerhin, dachte sie, er ist nicht in Deckung gegangen.

Im Laufschritt kam eine äußerst attraktive Frau angerannt, die wie eine Notärztin gekleidet war und zwei große Koffer trug. Sie zückte eine Art Pistole mit Antenne dran und hielt das Gerät Nora vor die Nase. »Erlauben Sie?«, fragte sie. Nora verbeugte sich leicht: »Selbstverständlich, Madame.« Sie hielt die Antenne an die Urne, wandte sich wieder Nora zu und fragte: »Haben Sie eine Münze?«

»Eine Münze?«

»Ja, irgendeine Münze.«

Nora verneinte, alle ihre Sachen, Geld, Mobiltelefon, Schuhe, alles liege da vorne beim Kollegen. Die Sprengstoffexpertin lieh sich dort eine Münze aus. Legte die Münze unter die Urne und ließ die Asche von Klaus Weilheim noch einmal durch den Röntgenapparat fahren. Die Münze war auf dem Bildschirm glasklar erkennbar und die Sprengstoffexpertin zufrieden. »Gute Reise«, rief sie Nora im Gehen zu, und: »Mein Beileid.«

Der elegante Sicherheitsbeamte händigte Nora ihre Habseligkeiten aus und sagte: »Ihr Boarding beginnt demnächst.«

Der Abflug hatte sich verschoben.

Nora wandte sich an Bernhard: »Ich sagte ja, wir haben jede Menge Zeit. In Charles-de-Gaulle ist noch nie eine Maschine pünktlich gestartet.«

Als Nora und Bernhard in den Warteraum traten, verstummten die Gespräche.

21

An Bord klemmte sich Nora den Rucksack mit den Überresten ihres Vaters zwischen die Füße. Sie kaufte sich zwei Dosen Bier, trocknete langsam, starrte eine Stunde lang in den nachtschwarzen Himmel und fühlte sich mutter- und vaterseelenallein.

»Wie geht es jetzt weiter?«, fragte sie Bernhard, als sie sich im Landeanflug auf Wien befanden.

Er öffnete ein Auge. »Keine Ahnung.«

»Aber Sie sind doch jetzt mein ... Führer ... sagen wir lieber: Reiseleiter.«

»Ich bekomme meine Anweisungen Tag für Tag.«

»Ich glaube Ihnen das nicht ganz. Sie müssen doch irgendwas wissen?«

»Ich schwöre Ihnen, ich weiß nichts.«

»Ich mag so etwas nicht«, sagte Nora.

»Glauben Sie, ich?«, entgegnete Bernhard.

»Wie lange haben Sie sich freigenommen?«

»Ich habe mir gar nicht freigenommen. Das hier ist meine Arbeit.«

»Okay, sagen wir: Wie lange haben Sie geplant, von der Kanzlei fernzubleiben?«

»Zwei Wochen.«

Nora lachte auf. »Sie haben ja doch Humor!«

»Das war kein Witz«, sagte Bernhard und schnallte sich an.

Teil II

Auf dem Weg

1

Wiener Taxifahrer unterscheiden sich von Pariser Taxifahrern in erster Linie dadurch, dass sie ihre schlechte Laune nicht nur im Gesicht, sondern auch auf der Zunge tragen.

»Nach Wien? Wollen S' mich pflanzen?«, hatte ihr Exemplar gesagt, als sich Nora und Bernhard nicht gleich auf ein genaueres Fahrtziel einigen konnten. Der Flughafen lag ein paar Kilometer außerhalb der Stadt. Danach schimpfte der Taxifahrer über alles, was auf seinem Weg lag. Die Dreißigerzone. Einen Autofahrer, der rechts abbog. Einen Autofahrer, der links abbog. Die Autobahnbeleuchtung. Die Lärmschutzwände. Einen Autofahrer, der überholte. Und wenn einer brav im vorgeschriebenen Tempo auf der rechten Spur blieb, regte sich der Taxifahrer auch auf: »Dunkelgrün. Tarnfarbe. Na bravo. Den kannst ja gar net sehen. So ein Trottel …«

Als sie die unscheinbare Ortstafel mit dem Schriftzug »Wien« erreichten, hatte die üble Stimmung Nora bereits angesteckt.

»Oiso wos jetzt?«, herrschte sie der Taxifahrer an. Klaus hatte Nora den Wiener Umgangston einmal so erklärt: Die imperiale Vergangenheit der Stadt führt dazu, dass sich jeder Wiener als Hofrat oder zumindest als Amtsperson sieht. In Wien gibt es bis heute keine Dienstleistungsbranche. Ob man eine Zeitung will, das Mittagessen bestellt oder eine Taxifahrt braucht: Man reicht ein Gnadengesuch ein.

»Wir könnten zu mir fahren«, sagte Bernhard und nannte dem Fahrer eine Adresse im zehnten Bezirk.

Nora kannte Wien nicht besonders gut, aber gut genug, um zu wissen, dass der zehnte Bezirk nicht zu den mondänen der Stadt gehörte. Sie stellte sich eine trostlose Straße vor, mit trostlosen Häusern und einer trostlosen Wohnung. Die Wohnung war voll mit trostlosen Topfpflanzen, und in Bernhards Kühlschrank gab es nur Salat, Karotten und Sellerie. Vielleicht auch einen Käfig mit Fliegen für seine fleischfressenden Pflanzen. Oder doch nicht? Haben Veganer fleischfressende Pflanzen? Was für eine trostlose Frage.

»Wohin, sagen Sie, fahren wir?«, fragte Nora.

»In die Troststraße«, antwortete Bernhard.

»Ist nicht Ihr Ernst.«

»Doch, wieso?«

»Gibt es dort ein Hotel?«

»Ja, ganz in der Nähe meiner Wohnung. Bescheiden. Aber verglichen mit Pariser Verhältnissen reinster Luxus.«

Sie stiegen aus dem Taxi, der Fahrer erhob sich ächzend, um das Gepäck aus dem Kofferraum zu holen. Bernhard gab ihm kein Trinkgeld, was Nora bewunderte, weil sie dazu neigte, sich immer korrekt zu verhalten, auch wenn sie schlecht behandelt wurde. Der Taxifahrer staunte, aber er schien zufrieden. Immerhin, seine Ahnungen von der Verkommenheit des Menschengeschlechts hatten sich wieder einmal bestätigt. Demonstrativ den Kopf schüttelnd fuhr er davon.

»Wollen Sie noch …«

»Nein danke«, fiel Nora Bernhard ins Wort. Vielleicht ein bisschen zu heftig, aber sie wollte seine fleischfressenden Pflanzen absolut nicht sehen.

»Ich meinte nur, falls Sie noch etwas trinken wollen, um die Ecke gibt es eine Art Kaffeehaus.«

Aber Nora wollte nur schlafen, und so trotteten sie die menschenleere und schlecht beleuchtete Troststraße entlang, bis sie vor einer Leuchtschrift standen: »Pensin« stand darauf. Das O war kaputt. Der Nachtportier, ein junger Mann mit halblangen Haaren und grünlicher Gesichtsfarbe, sah von einem Manuskript auf.

»Ein Doppelzimmer?«, fragte er. »Stundenweise oder für die Nacht?«

»Einzel. Für die Nacht bis in den Vormittag. Mit Frühstück!« War vielleicht wieder eine Spur zu heftig, dachte Nora. Bernhard verabschiedete sich.

»Frühstück gibt's von sieben bis halb zehn«, sagte der Nachtportier, reichte Nora einen Schlüssel mit gewaltigem Anhänger und fügte unvermittelt hinzu: »Glauben Sie auch, dass wir Menschen fensterlose Monaden sind?«

»Auf jeden Fall«, antwortete Nora schnell, um einem Proseminar-Gespräch in Philosophie zu entgehen.

Ihr Zimmer hatte zwar ein Fenster; dennoch umfing es sie augenblicklich mit einer Stimmung von Einsamkeit. Die Einrichtung war wohl zur Zeit der Mondlandung neu gewesen, bis auf die nachträglich eingebaute Duschkabine, die schätzte sie auf späte Gorbatschow-Ära. Sie holte die Urne aus dem Rucksack, stellte sie auf das Nachtkästchen und ließ sich auf das Bett sinken.

2

Der Frühstücksraum befand sich im Keller. Eine Neonröhre warf ihr kühles Licht auf kleine Kunststoff-Tiegel mit Leckereien wie »Puszta-Aufstrich« und »Konfitüre 10 % Frucht«. Nora war der einzige Gast und der Kaffee aus der Thermoskanne längst lauwarm. Die Urne hatte sie sicherheitshalber mitgenommen und neben den Brotkorb gestellt. Wie gerne hätte sie jetzt den lebenden Klaus an ihrem Tisch gehabt, ihm wäre bestimmt sogar zu dieser armseligen Trostlosigkeit eine witzige Bemerkung eingefallen.

Strahlend und geradezu befremdlich energiegeladen stürmte plötzlich Bernhard bei der Tür herein. Er verströmte die Entschlossenheit eines Mannes, der vorhat, zumindest den Mont Blanc zu erklimmen, und seine Kleidung war dem Unternehmen durchaus angepasst. Er trug eine schwarze Wanderhose aus einem dieser modernen superleichten Stoffe, an einem Gürtel in Militäroptik prangte ein Leatherman-Tool in seiner Hülle. Die Textur des T-Shirts verriet Nora, dass es sich um eines jener Modelle handelte, in denen man, ganz ohne zu schwitzen, stinkt. Das Grün der Softshelljacke strahlte Zuversicht aus.

»Hallo«, sagte Bernhard und ließ seinen nagelneu aussehenden Rucksack auf den Boden plumpsen.

»Haben wir einen Plan?«, fragte Nora.

»Plan haben wir noch keinen, aber die erste Nachricht von Maître Didier.«

»Also haben Sie doch Briefe mitbekommen?«

»Nein. Ich habe heute früh eine Mail erhalten.«

»Und was schreibt er?«

»Nichts. Die Nachricht enthält nur – eine MP4-Datei.«

»Ein Video?!«

»Ich nehme an.«

»Und was sagt er?«

»Ich weiß es nicht. Ich habe es natürlich nicht angesehen. Die Nachricht ist für Sie.«

»Na, dann wollen wir mal«, sagte Nora, die sich ein paar launige Worte von Maître Didier erwartete. Bernhard setzte sich neben Nora und holte sein Smartphone hervor. Er zeigte ihr die Nachricht.

»Drücken Sie schon«, sagte Nora.

Bernhard berührte mit seinem Zeigefinger den Pfeil auf dem Display. Das Video startete. In der Sekunde wurde Nora eiskalt. In seinem Wohnzimmer saß – ihr Vater. Streckte die Hände aus, aber nicht nach ihr, sondern um den Bildschirm zu richten, in den er sprach. Er trug Hemd und Sakko und hatte sich die Haare frisch gekämmt. Er lächelte. Er lebte. Noras Herz begann heftig zu pochen.

»Ich lasse Sie allein damit«, sagte Bernhard und drückte ihr das Handy in die Hand. Sie nahm es, reagierte aber nicht auf Bernhard, weil sie ihn nicht mehr wahrnahm.

Die erste Nachricht

Hallo, mein liebes Kind … Es tut mir so leid, dass ich dich erschrecke. Und ich bin mir sicher, dass ich dich erschrecke, weil ich ja tot bin, wenn du das hier siehst. Fühlt sich auch für mich komisch an zu sagen, »weil ich ja tot bin«, denn natürlich wissen alle, dass sie mal sterben müssen, aber so wirklich glauben tut es doch niemand. Man kann es sich auch so schwer vorstellen, tot zu sein, also nicht zu sein, so schwer wie man sich vorstellen kann, was vor der

Geburt war. War da nichts? Deine Mutter hat immer gesagt: »Aus nichts wird nichts.« Ein wunderbarer österreichischer Spruch: »Aus nichts wird nichts.« Jeder Physiker würde dem Satz zustimmen. Aber wie soll plötzlich ein Mensch mit all seinen Eigenarten und Besonderheiten aus nichts entstehen? Und wie ist es denkbar, dass seine Einzigartigkeit verschwindet? Wenn ich fester dran glauben könnte, ich würde dir jetzt versprechen, mich von drüben zu melden. Aber du weißt, ich hatte für Esoterik und diese Dinge nie besonders viel Talent, und so greife ich zur MacBook-Kamera, das scheint mir ein wenig solider.

Ich bin schon wieder so geschwätzig ... oder sollte ich sagen: noch immer? Nora ... mein Mädchen ... mein kluges Mädchen. Warum tue ich dir das an? Es ist, weil ... lass es mich so sagen ... also ich weiß das schon länger, genau genommen seit einem halben Jahr, und am Anfang war ich so deprimiert und wollte dir nichts sagen, damit du da nicht auch hineingezogen wirst. Und danach hab ich meinen Frieden damit gemacht, und irgendwie war es dann zu spät, etwas zu sagen, nun jedenfalls, ja, es hat mich an der Leber erwischt, das hat Doktor Lacombe eindeutig festgestellt, Krebs jedenfalls, ja. Hat sicher auch mit dem Saufen zu tun, natürlich, ich gebe dir recht, du hattest immer recht, vor allem mein Freund Père Jules aus dem Calvados-Land war wohl nicht immer bekömmlich, auch wenn es sich für mich so anfühlte. Nun ja, hat Doktor Lacombe gesagt, er könne im Prinzip angesichts meines Alters nicht viel machen, bei der Leber ist es oft mal am besten, man lässt sie einfach in Ruhe. Meine Herztabletten soll ich brav nehmen, das hält mich länger am Leben, hat er gemeint. Aber ich soll mal schön meinen Abschied vorbereiten, hat er gesagt, Doktor Lacombe.

So, also nun ... jetzt ist es mal raus, und ich hab ein wenig den Faden verloren. Ja, warum tue ich dir das an? Mit dir zu reden nach meinem Tod? Ich will dir noch so viel sagen, Nora, aber wenn du bei mir bist, dann ist das so schwer ... Ich bin dann der Vater und nicht Klaus, wenn du verstehst, was ich meine. Ich bin dann wie in einer Rolle drin. Als wäre ich eine andere Person, und damit ist auch deine Rolle klar, und dann mache ich ein paar Scherze und teile dir unsterbliche Wahrheiten über Politik und Literatur und überhaupt das Weltgeschehen mit, und du nickst und lächelst und sagst nichts. Der Gedanke, mit dir reden zu können, richtig reden zu können, wenn ich tot bin, ist aber natürlich auch ziemlich blöde, vor allem, weil ich aller Wahrscheinlichkeit nach deine Antworten oder Fragen und was du zu sagen hast nicht hören werde. Und das macht dich wahrscheinlich wütend, und das kann ich verstehen.

Ich hab schon wieder den Faden verloren. Wenn ich nachts wachliege, kann ich stundenlang mit dir reden, aber jetzt fällt mir das alles nicht ein, was ich dir sagen will. Nun ja, ein wenig Zeit bleibt mir wohl noch. Und vielleicht werde ich das auch alles wieder löschen. Ich darf mir das sicher nicht selbst ansehen, sonst lösche ich es sofort! Ich könnte es dir natürlich auch jetzt gleich rübermailen, ich lebe, du lebst, aber dann kommst du wahrscheinlich sofort zu mir rüber, und dann ist mir das so was von peinlich, das kann ich dir gar nicht sagen! Warum? Warum peinlich? Ich verstehe es ja selbst nicht genau. Ich hab manchmal den Eindruck, dass unsere Beziehung jenseitig ist. Dass sie schon vor uns da war und nach uns sein wird, und dass ich erst dann ganz für dich da sein kann, wenn ich nicht mehr da bin ...

Siehst du, solche Dinge könnte ich dir zum Beispiel nie erzählen, wenn du vor mir sitzt und ein Bier trinkst und Erdnüsse isst. Weil das auch einfach nicht zu mir passt, solche Dinge zu sagen ... Hatte ich nicht vorher festgestellt, dass ich für Esoterik und so Zeug kein Talent habe? Interessant ist, seit ich meine Diagnose habe, kann ich nicht mehr fernsehen. Einfach zu viel Schwachsinn. Und für die

Brüder hab ich mal gearbeitet! Und nicht zu knapp! Das ist einfach infam, was die machen. Bei Leo hatte das zumindest noch mit Niveau zu tun! Egal. Lassen wir Leo. Was ich sagen wollte: Die meisten Bücher langweilen mich jetzt einfach ... Das macht schon was mit einem. Und weißt du, was mich jetzt interessiert? Meister Eckhart und Pascal. Weißt du, da hab ich ja die schöne alte Pléiade-Ausgabe, wirf die nicht weg, übrigens, irgendwann werden dir die ganzen alten Meister auch mal Freude machen. Von Pascal habe ich heute gelesen: »Die Menschen beschäftigen sich damit, einem Ball oder einem Hasen nachzulaufen; das ist sogar das Vergnügen der Könige.« Wie recht er doch hat. Aber mir bereitet es kein Vergnügen mehr.

Ich spüre, ich werde müde für heute ... Vielleicht mache ich mir für morgen ein Konzept. Ach ja, Konzept! Das ist doch das Wichtigste! Mein liebes Kind, meine Idee ist schrecklich. Für dich jedenfalls, das weiß ich. Aber weißt du, was ich immer mit dir machen wollte? Eine lange Wanderung. Eine Wanderung durch Täler und über Berge, nicht zu hohe natürlich, und eine Wanderung, die lange dauern soll und wo man geht und geht und irgendwann auch in sich geht. Ich höre dich jetzt förmlich schimpfen, warum hast du das nie gesagt?! Nun ... auch das war vielleicht zu intim ... ich weiß nicht, es ist, als wollte ich dich nie an mich ranlassen, damit du nichts entdeckst, keine Schwäche und schon gar keinen Schmerz, nach allem mit deiner Mutter sollte es niemals wieder Schmerz geben in unserem Leben, und das ist mir auch halbwegs gelungen, aber ich sehe jetzt, dass es uns auch daran gehindert hat, zu leben.

Geh los! Geh zum Kloster im Südwesten. Ha! Ich spüre geradezu, wie du wütend wirst über diesen Satz. Auf den Weg, Schritt für Schritt, go slowly. Du hörst von mir. Bye-bye!

3

Noras Hände zitterten leicht, als sie Bernhard das Handy reichte. Er kam aus seiner Ecke hervor und legte Nora mitfühlend eine Hand auf die Schulter. Sie schüttelte sich wie ein Hund, der etwas Lästiges im Fell spürt.

»Lassen Sie das bitte. Ich brauche kein Mitleid.«

»War nicht böse gemeint.«

»Haben Sie alles mitgehört?«

»Tut mir leid, es war nicht zu verhindern.«

Nora hatte überhaupt keine Lust, mit Bernhard über ihre Gefühle beim Ansehen dieses Videos zu sprechen. Er hatte Krebs gehabt! Wieso hatte er ihr das nie gesagt? Nicht mal ein bisschen andeutungsweise? Warum hatte sie keine Befunde in seiner Wohnung entdeckt? Hatte er sie versteckt? Und warum hatte Doktor Lacombe ihr nichts gesagt.... nun gut, der durfte nicht, die Schweigepflicht ... So viele Fragen gingen Nora durch den Kopf, sie konnte keinen klaren Gedanken fassen. Sie hätte Klaus so gerne Mut zugesprochen! Ihn unterstützt! Aber das alles ging Magister Petrovits nichts an.

»Eines kann man nicht leugnen«, sagte Nora spitz. »Mein Vater kennt mich. Oder kannte mich. Und dieser Satz macht mich wirklich wütend! Ich meine, was ist das für ein Scheiß, *geh zum Kloster im Südwesten*. Das klingt ja wie aus einem blödsinnigen Roman von Paolo Coelho. Und dort im Kloster soll ich dann die Erleuchtung erlangen, oder was? Und warum, verdammt nochmal, sagt er nicht einfach den Namen von dem Kloster?«

Bernhard sah von seinem Telefon auf. »Ich hab's gerade gegoogelt, es kommen nur zwei in Frage, genau genommen nur eines.«

»Und warum kann er das nicht sagen?«

»Vielleicht wollte er es offen gestalten. Oder so ein bisschen ein Rätselrallye-Gefühl reinbringen.«

»Sie finden das also lustig?«

»Nun ja, lustig ...« Bernhard konnte sich ein Lächeln nicht verkneifen.

»Ihr Männer seid doch wirklich alle bescheuert«, sagte Nora, obwohl sie solche Dinge nie sagte. Doch in diesem Augenblick schien ihr ganz klar, dass eine Frau nie auf die idiotische Idee kommen würde, ihrem Kind in einem postumen Video Anweisungen wie »geh zum Kloster im Südwesten« zu geben, bei deren Nichtbefolgung unschuldige Tiere in Versuchslaboren gequält würden.

»Ich meine, Ihr Vater war eine beeindruckende Persönlichkeit.«

Nora seufzte.

»Ach, lassen wir das«, sagte sie. »Bringen wir es einfach hinter uns.«

»Was?«

»Na, diese kleine Wanderung.«

4

Ein seltsames Paar sind wir, dachte Nora, als sie auf der schnurgeraden, breiten Straße durch Wien-Favoriten Richtung Süden marschierten: ein junger Mann, straßenseitig seine Begleiterin vor dem Verkehr schützend, der ziemlich deplatziert in seiner hochgebirgstauglichen Wanderausrüstung wirkte. Er zügelte seinen Schritt, um ihr nicht davonzulaufen, und dadurch ähnelte seine Körperhaltung einem

Rennpferd, das bebend vor Kraft sehnsüchtig auf den Startschuss wartet. Neben ihm schlenderte eine Frau, sportlich, aber durchaus urban gekleidet, einen Lederrucksack auf dem Rücken. Sie zog einen roten Trolley hinter sich her und wirkte missmutig. Gerade, wenn man missmutig ist, soll man versuchen, sich von außen zu betrachten, auch das hatte sie von Klaus gelernt.

»Bing« machte Noras Handy.

Lilly: »Du machst, wie ich es dir gesagt habe. Du legst ihn flach, und dann nehmt ihr ein Taxi.«

Nora lachte auf. Lilly war immer so direkt. Sie antwortete im Gehen.

Nora: »Ich will nicht (flachlegen), und er will nicht (Taxi).«

Lilly: »Und flachlegen will er schon?«

Nora: »Hab's nicht versucht!!«

Lilly: »Gib dir einen Ruck. Du hast ein bisschen Spaß und kannst übermorgen wieder hier sein.«

Nora: »Du bist blöd.«

Lilly: »Ich weiß!«

Nora: »HDGTL.«

Lilly: »Ich dich auch.«

HDGTL hatte sie von einer jüngeren Kollegin gelernt, es bedeutet »Hab dich ganz toll lieb«.

Nora steckte ihr Telefon wieder ein. Sie hatte sich keine echte Hilfe von Lilly erwartet, aber es tat schon gut, sich zu vergewissern, dass die anderen spinnen und nicht man selbst. Im Prinzip ist das menschliche Selbstbewusstsein wahrscheinlich auf diese etwas trügerische Gewissheit aufgebaut.

»Sagen Sie, wie weit ist es nach Heiligenkreuz? Sie haben doch auf Ihr Navi geschaut.«

»Über die Tangente und die Außenringautobahn ungefähr zwanzig Minuten.«

»Ist ja halb so schlimm«, sagte Nora. »Darf man denn in Österreich zu Fuß auf der Autobahn unterwegs sein?«

»Natürlich nicht! Die zwanzig Minuten braucht man mit einem Fahrzeug.«

Nora seufzte. Während sie sich mit Lilly wahre Ironie-Gefechte liefern konnte, handelte es sich bei Magister Bernhard eindeutig um den Typus Mensch, dem man Witze erklären und für den man Satire kennzeichnen musste. Aber irgendwie ahnte Bernhard etwas, und er fügte hinzu: »Im Fußgängermodus berechnet das Navi 28 Kilometer und eine Gehzeit von knapp sechs Stunden. Um das zu schaffen dürfen wir aber keine Pause machen und sollten uns mit einer Geschwindigkeit von 4,66 Periode Kilometern in der Stunde fortbewegen. Wovon wir momentan meinem Gefühl nach weit entfernt sind.«

»Kein Problem«, sagte Nora und beschleunigte ihren Schritt. Sechs Stunden, das schien ihr überschaubar. Sie bummelte oft zwei, drei Stunden lang durch die Stadt, da kam es nun auf die eine oder andere Stunde mehr auch nicht an. Nun war es zwölf, um sechs Uhr abends würde sie mit den Mönchen ein Glas Messwein trinken, und dann konnte es bis zu dem geheimnisvollen Ziel auch nicht mehr sehr weit sein. Ihr Trolley hüpfte fröhlich über den Asphalt. Zwischen den Häuserblocks mehrte sich das Grün, und vom milchigen Himmel schien die milde Frühlingssonne.

An der Peripherie kamen sie an einem großen Shoppingcenter vorbei.

»Das ist wahrscheinlich für längere Zeit Ihre letzte Chance«, sagte Bernhard ernst.

»Sie meinen, ich kann ohne shoppen nicht leben? Wenn Sie solche Vorurteile haben, vergessen Sie das. Nicht alle Frauen shoppen gerne. Ich hasse shoppen.«

»Das meine ich nicht. Es ist Ihre letzte Chance, Ihren Koffer und Ihre Turnschuhe gegen brauchbares Wanderzeug einzutauschen. Unsere Wege werden nicht immer asphaltiert sein.« Bereits nach dem Frühstück hatte sie Bernhard überreden wollen, sich zumindest einen Rucksack zu besorgen, aber sie hatte ja schon einen, auch wenn der nur Platz für die sterblichen Überreste ihres Vaters bot.

»Meine Schuhe sind perfekt eingegangen. Und meinen Koffer kann ich sehr gut tragen, wenn ich ihn einmal nicht rollen kann.«

»Sie werden nicht weit damit kommen. Lassen Sie ihn hier, packen Sie um. Er ist sowieso alt, ist nicht schade drum.«

»Diesen Koffer hat mir mein Vater geschenkt! Und ich werde ihn behalten, bis er auseinanderfällt!« Nora wunderte sich nach diesem kleinen Gefühlsausbruch selbst darüber, wie ambivalent ihre Gefühle für ihren Vater waren.

Sie ließen das Shoppingcenter links liegen. Nora marschierte nun noch schneller, vor allem, um der Versuchung zu entgehen, sich unter die schönen weißen Schirme des Espressòs zu setzen, einen Kaffee zu trinken und eine Zigarette zu rauchen. Ent-gehen, dachte sie. Kann man entgehen? In diesem Fall wohl schon, einer Versuchung. Aber seinem Schicksal? Sie führte den Gedanken nicht zu Ende.

5

So läuft das, wenn man länger geht: Gedanken kommen und gehen in einem gewissen Rhythmus, und es fällt leicht, sie einfach wieder ziehen zu lassen.

Der Weg führte unter einer Autobahn durch, was zwar landschaftlich nicht unbedingt reizvoll war, aber doch zwei Vorteile barg: Erstens hörte man die Autobahn nicht; zweitens kühlte der Schatten, und Noras T-Shirt löste sich vom Körper und flatterte befreit in den Fallwinden. Ein guter Platz für eine Pause, dachte sie, doch sie wollte weder ihr Tempo noch ihr Gesicht verlieren. An den Straßenschildern erkannten sie, dass sie immer noch in Wien waren. Sie versuchten, möglichst im Schatten der Industriegebäude zu gehen. Ohne seinen Schritt zu verlangsamen, fischte Bernhard eine Schirmkappe aus einem Seitenfach seines Rucksacks. Offensichtlich hatte er auswendig gelernt, welche Utensilien er an welchen Platz gepackt hatte. Aus einem anderen Fach holte er eine verspiegelte Sonnenbrille und sah nun aus wie ein Söldner, der die Lage in einer Vorstadt von Bagdad erkundet. Toll, dachte Nora. Sie hatte etwas gegen Sonnenbrillen im Allgemeinen und gegen verspiegelte im Speziellen. Sonnenbrillen entmenschlichen den Menschen. Man weiß nie, was der oder die andere denkt, und die Verspiegelung verstärkt diesen Effekt noch absichtlich.

Bernhards soldateske Erscheinung wurde nun allerdings davon torpediert, dass er sich einen dünnen, durchsichtigen Plastikschlauch in den Mund steckte. Das andere Ende des Schlauchs verschwand irgendwo im Rucksack.

»Was ist das?«, rief Nora empört. »Künstlicher Sauerstoff? Das ist unfair! Wenn ich gewusst hätte, dass wir künstlichen

Sauerstoff benötigen, hätte ich mir auch einen Vorrat zugelegt!«

»Das ist Wasser«, schmatzte Bernhard und nuckelte an dem Schlauch.

»Das ist auch unfair«, sagte Nora. »Ich habe eine ganz normale Flasche, und die befindet sich neben der Urne auf meinem Rücken.«

»Sie sollten unbedingt etwas trinken. Wollen Sie eine Pause machen?«, fragte Bernhard.

»Sicher nicht!«, entgegnete Nora. Dem würde sie es zeigen. Sie würde auch ohne unlautere Mittel mithalten. Sie sah belustigt zu Bernhard hinüber.

»Wissen Sie«, fragte sie, »dass dieser Schlauch im Mund ziemlich dämlich aussieht?«

Ein Lächeln huschte über Bernhards Gesicht: »Ich darf Ihnen versichern, dass Sie mit Ihrem roten Koffer inmitten dieser Industriewüste auch reichlich skurril wirken.«

6

Nach der Industrie kamen Kleingartensiedlungen. Danach Äcker, öde um diese Zeit. Traktoren durchfurchten die Böden und wirbelten Staubwolken auf. Es war heiß, trocken, stickig. Nora fühlte eine schreckliche Leere im Kopf.

Als sie die Weinberge erreichten, glaubte Nora, dass ihr Koffer sie in die falsche Richtung zog. Er holperte, ruckelte, blieb im Schotter hängen, ihr Arm wurde auf die doppelte Länge gestreckt, ihr Schatten war plötzlich acht Meter lang, eine Comicfigur irgendwie, auf die wollte sie sich stürzen, weil sie so provokant aussah, aber die Schattenfigur war nicht so kühl, wie sie erhofft hatte, sie fühlte sich trocken und sehr steinig an. Liegen! Das war gut. Sie rollte sich auf die Seite. Stumm sah sie den Söldner an, der sie begleitete. Würde er sie liegen lassen? Ihr den Gnadenschuss geben? Im Grunde war es ihr egal.

»Na klar«, schimpfte der Söldner, »dehydriert und unterzuckert. Bravo! Ich hab's Ihnen ja gesagt. Aber ich gratuliere Ihnen zu Ihrer Sturheit! Wissen Sie was, ich hätte gute Lust, Sie einfach hier liegen zu lassen und heimzufahren, weil Sie mir schon jetzt nach den ersten paar Stunden unsagbar auf die Nerven gehen!«

Nora schmunzelte innerlich. Zum Lachen war sie zu kaputt. Magister Petrovits hatte einen Anfall. Das war gut, wirklich gut! Bravo, Nora! Den wirst du auf dieser Reise noch so richtig fertigmachen!

Nora öffnete den Mund, auf und zu, wie ein Karpfen auf dem Trockenen. Bernhard kniete sich vor sie hin.

»Tut mir leid, was ich gesagt habe. Ich habe die Contenance verloren.«

»Contenance«, dachte Nora, nicht »Kontenanze«.

»Immerhin«, sagte Bernhard, »Sie liegen schon in der stabilen Seitenlage.«

Er zauberte ein kleines Handtuch aus seinem Rucksack und bettete Noras Kopf darauf. Er nahm den Rucksack von ihren Schultern, holte die Flasche hervor und flößte ihr vorsichtig Wasser ein. Noras Mund vollführte apathische Schmatzbewegungen. Einer Plastikbox entnahm Bernhard schließlich Traubenzucker. Ein Stück legte er Nora auf die Zunge. Sie schloss den Mund und öffnete die Augen.

Bernhard setzte sich neben sie auf die staubige Schotterstraße, die zwischen den Reben auf eine kleine Anhöhe führte. Obwohl sie noch nicht weit gekommen waren, konnte man doch von hier die ganze Stadt überblicken.

»Sehen Sie, wie weit wir schon gekommen sind«, sagte Bernhard.

Nora nickte irgendwie, wobei ihre Wange über den Kies schrammte.

»Woran denken Sie?«, fragte Bernhard.

»Blub«, gab Nora von sich. Oder »böb«. Einen Ton jedenfalls, der aus einer anderen Sphäre zu stammen schien.

»Sie können nicht hier liegen bleiben«, sagte Bernhard.

»Böb.«

»Sehen Sie den Baum dort oben? Darunter steht eine Bank, im Schatten, dort setzen wir uns jetzt hin.«

»Blub.«

Bernhard flößte Nora noch mehr Wasser ein. Er nahm ihr Handgelenk und fühlte den Puls.

»Ihr Herzschlag weist zwar den Umständen entsprechend normale Werte auf, aber wenn Sie nicht mehr aufstehen können oder wollen, rufe ich jetzt die Rettung an. Die werden Sie in irgendeinem Spital an den Tropf hängen, und wenn Sie fit sind, fangen wir einfach wieder von vorne an.«

7

»Schmeckt's?«, fragte Bernhard.

Nora schüttelte den Kopf und biss noch einmal von der halbweichen braunen Masse ab.

»Wissen Sie, es ist gar nicht so leicht, vegane Müsliriegel zu bekommen, da ist doch überall tierisches Eiweiß oder Honig oder Milchpulver drin.«

Nora nickte und biss noch einmal ab.

»Irgendwie sind Sie nicht mehr so gesprächig wie vorher, was ich im Prinzip nicht unangenehm finde. Aber muss ich mir Sorgen machen?«

Nora schüttelte den Kopf und schob sich das letzte Stück des veganen Energie-Riegels in den Mund. Sie kaute verbissen daran und schluckte die Pampe mit sichtbarem Widerwillen hinunter. Sie schaute auf die Stadt hinab. Ein befreiender Anblick. Millionen Menschen wuseln da herum und versinken in ihrer täglichen Hektik, während sie, umweht von einem zarten Windhauch, auf einer Bank im Schatten eines Nussbaums in den Weinbergen sitzen und müsliriegelkauend über die wirklich existenziellen Fragen nachdenken durfte.

»Haben Veganerinnen eigentlich Oralsex?«, fragte sie. »Ich meine, bei einem Blowjob, da hat man doch auch ein Stück Fleisch im Mund. Und wenn es ganz schlimm hergeht, vernichtet man Millionen kleiner Lebewesen auf einmal.«

Bernhard sah hinauf in die Blätter des Nussbaums. Dann schüttelte er den Staub aus seinem Handtuch und reichte es Nora.

»Hier, binden Sie sich das irgendwie um den Kopf, damit Sie sich vor der Sonne schützen.«

Nora faltete das Tuch zu einem Dreieck und band es sich um den Kopf.

»Wie sehe ich aus?«, fragte sie.

»Wie Grace Kelly auf Crack.«

Bernhard reichte Nora die Hand und half ihr auf. »Wollen Sie vorwärts gehen oder zurück nach Wien?«

»Was für eine idiotische Frage«, antwortete Nora.

8

»Day by day, stone by stone«, summte Nora vor sich hin.

»Step by step«, antwortete Bernhard.

»Ich glaube, das steht nicht im Text.«

»Egal«, meinte Bernhard.

Sie gingen auf einer Forststraße durch ein Kiefernwäldchen: Nora mit ihrem Kopftuch, den Rucksack mit der Urne auf den Schultern. Bernhard trug seinen Rucksack und in der Hand Noras roten Koffer.

»If you want your dream to be, build it slow and surely«, summte Nora weiter.

»Was ist das eigentlich?«, fragte Bernhard.

»Ein Lied. Ein Lied aus einem Film über den heiligen Franziskus. Kennen Sie Franz von Assisi? Blöde Frage. Als Veganer kennen Sie sicher den heiligen Franz von Assisi.«

»Wissen Sie, was mich, von Ihrer Sturheit abgesehen, am meisten nervt? Dass Sie meine gesamte Existenz darauf reduzieren, dass ich keine tierischen Produkte esse.«

»Sonst weiß ich nicht viel über Sie.«

»Ich bin Jurist. Notaranwärter. Kofferträger. Und alles in allem auch ein Mann.«

»Uh«, sagte Nora.

Ein Windstoß fegte über die Schotterstraße und wirbelte Staub auf.

»Die Wetterwalze«, sagte Bernhard.

»Was?«

»Ein Tiefdruckgebiet bläst sozusagen die warme Luft weg, bevor Kälte und Regen kommen.«

»Es sieht gar nicht nach Regen aus. Können Sie die Zeichen der Natur lesen?«

»Ja«, sagte Bernhard.

»Wie?« Nora schien jetzt echt beeindruckt zu sein.

Bernhard holte sein Handy hervor, blieb stehen und zeigte ihr das Display. »Ich habe eine Wetter-App. Hier, das ist die Vorschau für die nächsten drei Tage.«

Nora fasste die Bilder zusammen: »Regen, Regen, Regen.« Sie gingen langsam weiter.

»Macht nichts«, meinte Nora. »Ich habe eine Regenjacke dabei.«

»Ihr Koffer hier wird nass werden. Durch und durch. Nicht, dass ich mich beschweren möchte, aber ich denke, ich habe keine große Lust, ihn tagelang zu schleppen. Und Ihre Schuhe ... Ich bitte Sie, seien Sie einmal nicht stur und arbeiten Sie an Ihrer Ausrüstung. Ich bin mir sicher, Ihre Regenjacke taugt auch nichts.«

»If you want to live life free, take your time go slowly ...«

»Wenn Sie meinen«, sagte Bernhard.

»Der Film ist von Franco Zeffirelli. Einfach so voll die siebziger Jahre. Franz von Assisi und seine Anhänger sind irgendwie Hippies, und außerdem sind sie alle schwul. So was von schwul, dass es kaum zu fassen ist! Ich fand das immer ein bisschen lustig, aber mein Vater hat den Film geliebt. Es war der letzte Film, den er mit meiner Mama im Kino gesehen hat.«

»Und was ist dann passiert?«

»Franz verschenkt all seine Reichtümer, er wird von seinem Vater verstoßen, aber dann wird seine Anhängerschaft immer größer, bis er schließlich beim Papst ...«

»Ich meine mit Ihrer Mutter.«

»Meine Mutter ist dann gestorben.«

»Warum?«

»Ein Unfall.«

»Wie alt waren Sie da?«

»Vier.«

»Das ist ja schrecklich.«

»Ja. Mama war erst vierunddreißig Jahre alt.«

»Jetzt sind Sie also Vollwaise!«

»Sie können aber auch weiterhin Nora zu mir sagen.«

In einer beeindruckenden Geschwindigkeit zogen dunkle Wolken auf.

»Wie weit ist es noch bis zu diesem Kloster?«

»Etwa zehn Kilometer«, meinte Bernhard nach einem Blick auf sein Handy. »Bei unserem derzeitigen Tempo brauchen wir etwa drei Stunden dafür.«

»Wissen Sie was?«, fragte Nora rhetorisch. »Ich werde nicht stur sein. Wir werden jetzt in den nächsten Ort gehen, uns dort gut ausruhen und übernachten. Morgen kaufe ich mir einen Rucksack, Wanderschuhe und eine ganz tolle Regenjacke, und dann gehen wir erfrischt und fröhlich weiter.«

»Das finde ich wirklich großartig«, sagte Bernhard. »Leider haben wir ein kleines Problem dabei.«

»Und zwar?«

»Es gibt keinen nächsten Ort. Der nächste Ort ist das Kloster.«

Nora und Bernhard gingen weiter, immer weiter. An einem Brunnen füllten sie ihre Trinkflaschen und aßen die Reste von Bernhards Notvorräten. Bernhard machte den Vorschlag, sein Zelt auf einer Waldlichtung in der Nähe des Brunnens aufzubauen, doch Nora wollte weitergehen. Zwar schmerzten ihre Füße und die Hüften und das rechte Kniegelenk, aber die Aussicht auf ein richtiges Abendessen und ein ordentliches Zimmer im Kloster ließen sie die Anstrengungen in Kauf nehmen. Überhaupt staunte sie darüber, wie schnell sie sich erholt hatte, und das gab ihr zusätzlich Kraft.

Gleichzeitig mit der Dämmerung kam der Regen. Zunächst fielen nur ein paar dicke Tropfen aus dem schwarzen Himmel. Wenig später folgte ein heftiger Guss, dessen Ende sie unter den einigermaßen schützenden Ästen einer Föhre abwarten wollten. Doch das Ende kam nicht. Es regnete sich ein.

»Wir könnten das Zelt hier aufbauen«, meinte Bernhard. »Dann bleiben wir und unsere Sachen wenigstens einigermaßen trocken.«

»Wie weit ist es denn noch?«, fragte Nora.

»Eine Stunde, schätze ich.«

Und so zog Nora ihre Regenjacke an, und sie wanderten weiter durch die nasse Dunkelheit. Die Regenjacke hatte keine Kapuze, und natürlich hatte Bernhard recht gehabt, das war eine Stadtregenjacke, robust genug für Pariser Novemberwetter, aber nicht für einen zünftigen österreichischen Landregen. Innerhalb von wenigen Minuten war Nora bis auf die Haut nass. Ihre Füße schwammen. Bei jedem

Schritt spritzten Wasserfontänen aus den Schuhen. Nora war es egal, so bleiern müde fühlten sich alle Teile ihres Körpers an.

»Ist doch eigentlich toll, dass die Haut wasserdicht ist«, sagte sie. »Ich meine, das mag jetzt selbstverständlich wirken oder irgendwie banal, aber haben Sie das schon mal überlegt? Die Haut gibt Dinge ab und nimmt andere auf, aber sie ist dicht. Es regnet nicht in uns hinein!«

»Was man von Ihrem Koffer nicht behaupten kann«, gab Bernhard zurück. »Heben Sie mal.«

Nora nahm den Koffer in die Hand.

»O Gott«, sagte sie. »Der wiegt ja mindestens das Doppelte.«

Sie ließ den Koffer auf den Weg plumpsen und setzte sich darauf.

»Ich bin so eine blöde Kuh«, murmelte sie.

»Könnten Sie das bitte wiederholen«, sagte Bernhard lakonisch.

»Es tut mir wirklich wahnsinnig leid. Ich hätte auf Sie hören sollen. Ich werde mir einen Rucksack kaufen, versprochen. Und Wanderschuhe. Und so ein Regenzeug wie Sie. Und ich werde in ein Zelt kriechen, wenn Sie sagen, dass das besser wäre.«

»Das hätte ich jetzt gerne aufgenommen, damit ich es Ihnen gegebenenfalls vorspielen kann.«

»Wenn man Scheiß baut, kein Problem«, sagte Nora, »jedenfalls, wenn man den Scheiß selber ausbadet. Aber ich habe Scheiße gebaut, und Sie müssen das ausbaden, das geht gar nicht.«

»Trotz allem, schön sprechen«, sagte Bernhard.

»Ich musste ja die große Dame aus Paris spielen und so

cool und so stark sein, und jetzt sitze ich hier, bescheuert hilflos, und bin auf Sie angewiesen. Ich hasse das!«

»Ich finde Ihre Selbstvorwürfe wirklich außerordentlich berechtigt«, sagte Bernhard, »aber ich gebe zu bedenken, dass jetzt vielleicht nicht der optimale Zeitpunkt dafür ist. Wir sollten weitergehen.«

»Weitergehen, ja, weitergehen.« Nora stemmte sich mühsam in die Höhe, packte beherzt ihren Koffer und zog ihn hinter sich her. Nach wenigen Metern ließ sie ihn stehen und trat wütend mit dem rechten Fuß dagegen. Wasser spritzte aus dem Schuh. Der Koffer rührte sich nicht.

»Aua! Ich lass das Scheißding hier stehen! Ist doch ohnehin alles Müll da drin. Und ich brauch das ja auch alles nicht! Ich brauche neue Kleidung! Ich brauche alles neu! Ich muss ein neuer Mensch werden!«

Bernhard grinste.

»Lachen Sie mich nicht aus«, schrie Nora und trat nochmals gegen den Koffer, der diesmal wenigstens wankte und nach einer kurzen Pause, in der er nachzudenken schien, platschend in eine Pfütze fiel.

Bernhard griff nach dem Koffer, hob ihn mühelos auf und machte sich wortlos auf den Weg. Nora sah ihm nach. Da ging dieser Mann, aufrecht, gestelzt wie seine Sprache, unerschütterlich seinen Weg.

Sie trottete ihm nach. Das monotone Quietschen und Quatschen ihrer Schritte wurde plötzlich von einer Glocke ergänzt. Zehnmal schlug sie. Wenig später sahen sie die mächtigen, schwarzen Umrisse des Klosters in den fast ebenso schwarzen Himmel ragen.

»Halleluja«, sagte Nora. »Jetzt freue ich mich auf ein Bier und auf ein Schnitzel in einer warmen Gaststube! Und dann ein warmes Vollbad, das nasse Zeug zum Trocknen aufhängen und dann ab unter die Decke! So eine ganz altmodische, dicke Daunendecke haben die hier sicher! Ah, wird das herrlich!«

10

Wenige Minuten später trommelte Nora wie eine Irre gegen das mächtige Portal.

»Hallo!«, rief sie. »Hallo!« Sie lauschte. Bis auf das gleichmäßige Prasseln des Regens war nichts zu hören. Wenn man vor der meterhohen Mauer stand, die das Stift umgab, konnte man nichts sehen, keine Gebäude, keinen Lichtschein, nur die Umrisse des düsteren Glockenturms.

»Hallo, Mönche!«, rief Nora.

Dann begann sie erneut an die Pforte zu schlagen. Es entstanden allenfalls jämmerliche Klopfgeräusche.

»Vergessen Sie es«, meinte Bernhard. »Das ist massives Eichenholz. Das schluckt Ihre kleine Verzweiflung. Dieses Holz hat schon ganz andere Dinge mitgemacht.«

»Hören Sie auf, mich ständig zu belehren«, schrie Nora. Es machte sie besonders wütend, zu wissen, dass Bernhard recht hatte.

»Ich habe schon auf der Homepage nachgeschaut«, sagte Bernhard. »Die Schlosstaverne hat nur bis zwanzig Uhr geöffnet. Es stand aber nichts davon, dass sie die Bude gleich ganz dichtmachen.«

»Rufen Sie doch an!«, rief Nora.

»Ich denke nicht, dass das sinnvoll ist. Außerdem sollten wir die Ruhezeiten des Klosters respektieren.«

»Geben Sie mir die Nummer! Dann rufe ich eben an, wenn Sie nicht Manns genug sind, ein paar Mönche aus dem Halbschlaf zu läuten.«

Sie nahm ihr Handy aus der Tasche ihrer Jacke und sah auf das Display.

Lilly hatte geschrieben: »Und? Liegt er schon flach?« Ein vertrauter Name. Vertraute Ironie. Lockerheit. Nicht: »Wir sollten die Ruhezeiten des Klosters respektieren.«

Nora drückte die Tastenkombination, um ihr Handy zu entsperren, damit sie die ganze Nachricht lesen konnte. Doch das Berühren des Displays hatte zur Folge, dass die Nummern verschwammen. Wie in einem Comic lösten sie sich langsam auf.

»O Scheiße!«, rief Nora. Sie hätte ihr Handy Bernhard anvertrauen sollen, der hätte es in seinem garantiert wasserdichten Rucksack verstauen können, aber jetzt war es zu spät. Sie hatte ihr Handy ertränkt, zu blöd, nicht daran gedacht zu haben, sie hätte es ebenso gut ins Klo werfen können. Verzweifelt versuchte sie einen Neustart, doch für dieses Gerät würde es wohl kein Leben nach dem Tod geben. Sie suchte nach ihrer Geldbörse, immerhin, die Bankkarten und die paar Scheine schienen die Sintflut überlebt zu haben.

Bernhard hatte seinen Rucksack inzwischen gegen die Klostermauer gelehnt. Wahrscheinlich beginnt er gleich das Zelt aufzubauen, dachte Nora verzweifelt.

»Hallo«, rief sie. »Hört mich denn niemand? Hallo!! Was ist mit eurer verdammten Nächstenliebe, ihr Scheißchristen!«

Als sie sich zu Bernhard umwandte, stand das Zelt bereits in der feuchten Wiese.

»Wow«, sagte sie. »Als ich das letzte Mal ein Zelt aufgebaut habe, hab ich mindestens drei Stunden gebraucht. Das war mit meiner Freundin Lilly bei einem Musikfestival. Genau genommen würden wir noch immer am Aufbau arbeiten, wenn uns nicht ein paar Burschen geholfen hätten.«

»Es gibt jetzt phantastische neue Technologien«, entgegnete Bernhard, »superleichte Zelte, die sich selbst aufblasen. Glauben Sie mir, ich bin nicht so der Profi, ich schlafe auch lieber in einem geheizten Zimmer.«

»Ich habe mein Handy zerstört«, murmelte Nora.

»Möchten Sie jemanden anrufen? Ich borge Ihnen gerne meines.«

»Ich möchte zwar die Mönche anrufen, aber ich fürchte, die sind nicht mehr da.«

»Was wollen Sie von denen?«, fragte Bernhard.

»Ein Bier, ein Schnitzel und eine warme Badewanne«, antwortete Nora.

»Sie lassen aber auch nicht gerne von Ihren Illusionen ab.«

»Trockenen Tabak, trockene Papers und ein trockenes Feuerzeug.«

Bernhard seufzte.

Wenig später zog sich Nora im strömenden Regen bis auf die Unterwäsche aus. Ihre durchnässten Kleider warf sie einfach auf einen Haufen in die Wiese, mehr resigniert als wütend. Sie kroch in das Zelt.

Bernhard lag in seiner kompletten Wandermontur auf einer dünnen, silbernen Folie. Er öffnete die Augen, als Nora auf allen vieren hereinkam, wandte den Blick aber schnell ab. Er kramte in seinem Rucksack und zog ein T-Shirt heraus.

»Hier«, sagte er, »ziehen Sie das über, sonst verkühlen Sie sich noch. Ich habe Ihnen die Isomatte und den Schlafsack gerichtet. Gute Nacht.«

Bernhard legte sich wieder hin. Seine Wanderschuhe hatte er in einen Winkel des Zelts gestellt und mit zerknülltem Zeitungspapier gefüllt. Daneben warteten, akkurat ausgerichtet, Campingschlappen aus blauem Plastik. Er hatte für die Nacht weiße Socken angezogen. Sein Kopf ruhte auf einem aufblasbaren Polster, das er offensichtlich gerade frisch bezogen hatte. Neben seiner Matte lag sein Handy, parallel dazu seine Uhr und oberhalb von beidem, damit sich eine Art Rechteck bildete, ein Päckchen Taschentücher, ordentlich zentriert auf einem Buch. Paolo Coelho natürlich, bravo, Nora, ein »blödsinniger Roman« hatte sie gesagt, sie beleidigte den armen Mann sogar, wenn sie es gar nicht wollte.

»Brauchen Sie noch etwas?«, fragte Bernhard.

»Nichts, danke, alles okay«, antwortete Nora. Bernhard griff neben sein Polster und bedeckte seine Augen mit einer Schlafmaske. Schade, dass ich kein Bild für Lilly machen kann, dachte Nora, zog das T-Shirt an und schlüpfte dankbar in den trockenen Schlafsack, der schnell warm wurde. Ihre letzten Gedanken kreisten darum, dass sie sich gerne als emanzipierte, selbstbestimmte Frau sah, und eigentlich verstand sie nicht genau, warum sie jetzt in einem aufblasbaren Zelt neben Magister Petrovits lag, und zwar auf seiner Matte, in seinem Schlafsack und mit seinem T-Shirt am Körper.

11

»Ich wusste gar nicht, dass Frauen auch schnarchen«, sagte Bernhard.

Er saß im Schneidersitz auf seiner Folie vor dem Zelt, als Nora heraustrat.

»Emanzipierte, selbstbestimmte Frauen schnarchen gelegentlich«, sagte Nora. Sie streckte sich und merkte, dass es nicht mehr regnete.

»War es sehr schlimm?«, fragte sie.

»Es ging.«

»Tut mir wirklich leid. Ganz ehrlich, ich finde schnarchende Männer unerträglich. Ich kann nur hoffen, dass wir im Laufe unserer Reise nicht mehr in die Verlegenheit kommen werden, gemeinsam in einem Zelt schlafen zu müssen.«

»Ich teile Ihre Hoffnung voll und ganz«, meinte Bernhard.

Nora sammelte ihre Kleidung von der Wiese zusammen und hängte sie über die Lehne einer Bank, die unweit des Zelts vor der Klostermauer stand. Sie kniete sich neben Bernhard in die Wiese und öffnete ihren Koffer.

Im Inneren des schönen, roten Trolleys schwammen Unterhosen neben Shirts und Socken. Warum hatte sie bloß ihren Kaschmir-Pulli mitgenommen? Der sich auflösende Konturenstift hatte in ihrem Lieblingsstück Muster gebildet, die aussahen, als wären sie beim Workshop »Batik unter schweren Drogen« entstanden. In einem Eck schäumte es, da handelte es sich wohl um die Reste ihrer Gesichtsseife.

»Den Koffer hat mir mein Vater geschenkt«, sagte Nora.

»Hatten Sie bereits erwähnt«, antwortete Bernhard.

Nora verschloss ihn wieder und ging damit zu einer großen Mülltonne in der Nähe des Stiftportals. Sie schob den

Deckel der Tonne nach hinten. Es war nicht leicht, den Koffer hinaufzuwuchten, aber sie schaffte es, ihn an die Kante der Öffnung zu hieven. Sie atmete kurz durch und gab ihm den kleinen, entscheidenden Schubs.

Sie schloss die Tonne wieder, drehte sich um und hätte um ein Haar einen Mönch umgerannt.

»Guten Morgen«, sagte der Mönch. Er war eigentlich jung, also für Noras Vorstellungen von Mönchen schien er jung, vierzig, fünfundvierzig Jahre alt vielleicht. Er trug eine Brille und lächelte. Allerdings nicht milde, sondern eher streng.

»Ich darf Sie darauf hinweisen, dass diese Tonne ausschließlich für den Hausmüll des Stiftes und seiner Besucher vorgesehen ist.«

»Oh. Tut mir leid«, wisperte Nora. Hoffentlich hatte der Mönch nicht gehört, was sie gestern Nacht am Portal so geschrien hatte. Gleichzeitig fiel ihr ein, dass sie nur Bernhards T-Shirt trug, also zumindest konnte es so aussehen, die Unterwäsche sah man ja nicht. Prompt musterte der Mönch stirnrunzelnd ihre nackten Füße und ihre Beine. Nun ja, dachte Nora, so lang sind sie auch wieder nicht, dass man so viel Zeit dafür braucht.

»Ist Ihnen nicht kalt?«, fragte der Mönch.

»Doch«, sagte Nora. »Aber ich habe noch ... ich werde gleich ... da drüben, mein Freund hat eine Hose, also mein Mann ...«

Wie merkwürdig, schoss es ihr durch den Kopf, da hatte sie als emanzipierte und selbstbestimmte Frau noch nie was mit der Kirche am Hut gehabt, und doch schienen zweitausend Jahre Katholizismus gewisse Spuren hinterlassen zu haben.

»Das Campen ist auf dem gesamten Gelände verboten«, fügte der Mönch ebenso bekümmert wie bestimmt hinzu.

»Ich weiß ... also ... es war so ...«, stotterte Nora. »Wir wollten gerne bei Ihnen einkehren, aber ...«

»Ach, Sie waren das, mit Ihren sehr kritischen Einschätzungen, was Nächstenliebe und Christen angeht.«

Jetzt spürte Nora endgültig die Schamesröte in ihr Gesicht steigen. Sie fragte sich, warum Bernhard ihr nicht zu Hilfe kam.

»Ich muss Sie also bitten, das Zelt so schnell wie möglich abzubauen. Wissen Sie, das ist keine Schikane, es geht um eine gewisse Schönheit des Anblicks, wenn man sich dem Stift nähert. Und dann ist es ja leider so, dass die meisten Camper nicht so ordentlich sind wie Sie. Nicht alle entsorgen ganze Koffer, nein, da bleibt viel Müll liegen.«

»Wir sind so gut wie weg.«

»Hatten Sie Ballast aus der Vergangenheit zu entsorgen?«

»Sozusagen. Aber keine Sorge, es ist nichts Bedenkliches in dem Koffer.« Nora wandte sich mit einer Art ziemlich missglückter Verbeugung von dem Mann in der Kutte ab, doch der rief ihr nach.

»Wenn Sie wollen, in fünfzehn Minuten beginnt unsere Messe.«

Nora drehte sich um. »Oh«, sagte sie, mehr fiel ihr nicht ein.

»Wissen Sie, die Menschen kommen aus aller Welt zu uns. Wir singen gregorianische Choräle in den Gottesdiensten.«

»Ah«, sagte Nora.

»Sie müssten sich vielleicht noch eine Kleinigkeit anziehen«, schmunzelte der Mönch und ging Richtung Pforte.

Bernhard saß hinter dem Zelt und sah auf sein Handy.

»Sie haben eine neue Nachricht von Ihrem Vater bekommen«, sagte er.

»Geht jetzt nicht«, entgegnete Nora, »wir müssen in die Heilige Messe. Leihen Sie mir eine Hose?«

12

Wenig später saßen Nora und Bernhard im mystischen Halbdunkel der Stiftskirche. Wenige Kerzen beleuchteten den Raum, der innen viel größer wirkte, als es das Äußere der Kirche vermuten ließ. Auf ihrem Schoß hielt Nora die Urne. Sie war das Einzige in ihrem ganzen Gepäck, das den ersten Tag der Wanderung unbeschadet überstanden hatte.

Vielleicht war es, weil ihr der gewohnte und so lebenswichtige Morgenkaffee fehlte. Vielleicht, weil sie übermüdet und einfach fertig war. Vielleicht wegen der Urne auf ihrem Schoß. Jedenfalls berührten sie die einstimmigen, lateinischen Gesänge der Mönche in einer Art und Weise, die sie nicht für möglich gehalten hätte.

»Lau-da-te Do-mi-num, omnes gentes …«

Welche Magie lag in diesen Stimmen! Welche Hingabe, welche Demut! Nora fühlte sich plötzlich schwerelos, als würde sie durch die Kirche schweben, als könnte sie in eine andere Welt fliegen. In eine Welt, in der es still war und gleichzeitig ernst und heiter … eine Welt, in der alles einen Sinn ergab, in der sie alles verstehen konnte, ohne überhaupt nachdenken zu müssen … in eine Welt, in der vielleicht auch ihr Vater war. Sie konnte ihn das erste Mal seit seinem Tod richtig spüren, als Wärme im Herzen, oder war es die Magengrube?

»Lau-da-te Do-mi-num, omnes gentes, collaudate eum, omnes populi.«

Die Stille, die nach dem ersten Gesang das Gewölbe der Kirche ausfüllte, vibrierte in der Luft, im Stein, in jedem Winkel des jahrhundertealten Bauwerks. Und dann begann der nächste Gesang, friedlich und aufwühlend zugleich, ein Rausch, ein süßer Rausch, und abermals tönte die Stille, und als ob die Mönche wüssten, dass man es nicht übertreiben darf, endete nach einem kurzen Gebet der Gottesdienst. Nora drückte die Urne und ging benommen ins Freie.

»Alles ist Schwingung«, sagte Bernhard. »Wussten Sie, dass früher auch Bauwerke auf einen Ton gestimmt waren?«

Aber Nora hatte jetzt keine Lust, sich etwas erklären zu lassen, und sagte nur leise: »Ich brauche jetzt dringend einen Kaffee. Und etwas zu essen.«

Im Kreuzgang lief ihnen der Mönch, der sie eingeladen hatte, über den Weg.

»Das war wunderschön«, sagte Nora. »Ich habe so etwas noch nie erlebt.«

»Wir singen für Gott und nicht für die Menschen«, entgegnete der Mönch. »So etwas gibt es nicht mehr oft.«

»Ich danke Ihnen«, sagte Nora.

»Die Atmosphäre ist einzigartig«, fügte Bernhard hinzu.

»Hier wird seit tausend Jahren gebetet«, erklärte der Mönch. »Ich bin selbst immer wieder davon beeindruckt, dass das jeder spürt. Man muss dafür nicht mal an Gott glauben.«

»Hat die Taverne schon offen, und bekomme ich dort einen Kaffee?«, wollte Nora wissen.

»Auf jeden Fall«, antwortete der Mönch. »Ora et labora, Sie wissen schon. Der Kaffee ist auch wichtig. Ich wünsche Ihnen eine gute Reise ... allen dreien.«

Und mit einem Blick auf die Urne wandte er sich ab und ging.

Nora eilte in Richtung Stiftstaverne. Die Urne trug sie vor sich her wie eine Schwangere ihren Bauch.

»Können Sie Ihren Vater nicht wieder in den Rucksack stecken?«, fragte Bernhard.

»Das ist nicht mein Vater«, antwortete Nora. »Und mein Rucksack ist nass.«

»Sie sollten sich ein wenig zurückhalten mit der Urne. Ich meine, das ist kein Schmuckgegenstand.«

»Ich möchte die Asche meines Vaters gerne so behandeln, wie ich es für richtig halte.«

»Und ich möchte Sie darauf aufmerksam machen, dass wir laut Gesetzeslage die Urne einem Bestatter hätten übergeben müssen.«

»Wir machen etwas Illegales? Hui, ist das aufregend!«

»Der Mönch hat schon so seltsam geschaut.«

»Ha! Sie haben Angst. Sie haben tatsächlich Angst!«

»Habe ich nicht«, sagte Bernhard etwas unsicher. »Denn tatsächlich werden wir die Urne wohl irgendwann einem Bestatter übergeben, und die besonderen Umstände der letztgültigen Verfügung des Erblassers erlaubt die Interpretation, dass zwischen dem Betreten österreichischen Bundesgebietes und der Übergabe der sterblichen Überreste an ein Bestattungsinstitut eine gewisse Fußstrecke zu bewältigen ist.

Nora setzte sich an den erstbesten Tisch im Freien. »Ich bestelle schnell was, bevor die Sondereinheit kommt und uns schnappt.«

13

Während Nora unter den skeptischen Blicken Bernhards die ungewöhnliche Mischung aus Milchkaffee und Speck mit Ei vertilgte, kaute ihr Reisegefährte an einem Vollkornbrot und sah auf sein Handy.

»Wie lange brauchen wir noch bis ans Ziel?«, fragte Nora.

»Ich hab ja keine Ahnung, was das Ziel ist«, antwortete Bernhard.

»War nur eine Fangfrage. Aber Sie haben gut reagiert.«

Bernhard schwieg und wischte auf seinem Handy herum.

»Ich kann nicht glauben, dass Sie nicht wissen, wohin wir gehen«, sagte Nora. »Auf so etwas würden Sie sich doch nie einlassen.«

»Es ist aber so.«

»Und außerdem, nur weil Ihr Vater in einem Schlachthof gearbeitet hat, müssen Sie ja nicht trocken Brot essen. Sie könnten doch wenigstens Butter aufs Brot schmieren!«

»Das macht Sie nervös, ja?«

»Ja!«

»Und mich macht nervös, dass wir in weitem Umkreis kein einziges Geschäft mit professioneller Wanderausrüstung finden. Die nächsten sind alle am Stadtrand von Wien.«

»Kein einziger Ort in der Nähe?«

»Keiner mit Sportgeschäft. Alland … Mayerling …«

»Sehr gut«, sagte Nora. »Ich werde nach Mayerling gehen und mich dort erschießen!«

Bernhard sah von seinem Handy auf: »Erstens sind Sie nicht die Geliebte des Kronprinzen, zweitens hat sich Mary Vetsera nicht selbst erschossen, und drittens würde ich Sie bitten, dergleichen zu unterlassen, solange Sie keine diesbezüglichen Anweisungen erhalten. Übrigens, da ist noch die Nachricht aus Paris. Wieder ein Film für Sie. Sehen Sie sich den in Ruhe an. Ich packe inzwischen das Zelt und den Rucksack.«

Und mit diesen Worten reichte Bernhard Nora sein Handy über den Tisch, stand auf und ging. Nora bestellte noch einen Kaffee. Sie fühlte sich plötzlich leicht schwindlig. Die Anstrengungen, klar, und das Essen, und die Angst, dachte sie, eine unbestimmte Angst vor dem, was ihr Vater diesmal sagen würde. Spooky, so würde Lilly das nennen, spooky war das alles, gruselig und grausam. Nora fühlte sich hilflos, und sie hasste es, sich hilflos zu fühlen. Was hatte ihr Vater vor? Hatte er überhaupt etwas vor? Wohin sollte diese merkwürdige Reise führen? Die Kellnerin brachte den Kaffee. Kurz entschlossen drückte Nora auf *play*. Ihr Vater sah heute müde aus. Unrasiert, schief irgendwie, wahrscheinlich war er nicht gut drauf. Ach was, er war tot.

Die zweite Nachricht

Hallo, mein Kind. Wie war's? Ich hoffe, ihr habt gutes Wetter. Ihr müsst weitergehen, nach Westen. Einfach nach Westen, gut? Geht, solange es geht. Was für ein Wortspiel, was? Ein echter Brüller, würdest du wohl sagen.

So, das war's für heute, viel mehr hab ich nicht ... Ich fühle mich irgendwie ganz verwaist und verlassen. Weißt du, was seltsam ist ... Je näher mein eigenes Ende kommt, und es kommt näher, jeden Tag, jede Stunde, jede Minute, je näher mein eigenes Ende kommt, desto mehr denke ich an deine Mutter. Mama war – ich sag nicht Mama, das klingt jetzt so blöd, Lisbeth auch, Betty, Betty also ... Weißt du was? Ich freue mich unendlich auf sie. Glaubst du, ich werde sie wiedersehen? Ich freue mich so auf sie, nach all den Jahren, nach all den Jahrzehnten. Aber werde ich sie sehen können? Werde ich sie in die Arme nehmen können? Kann man das als Geist? Und bin ich dann überhaupt ein Geistwesen oder was? Sind wir überhaupt in derselben Sphäre? Das ist doch alles so unvorstellbar!

Du wirst jetzt denken, der spinnt komplett, der Alte, egal, ich will dir nur sagen, ich habe nichts Buddhistisches und nichts Esoterisches oder was gelesen, ich habe ferngesehen. Aber nicht irgendeinen Scheiß! Ich habe keine Zeit mehr für Unterhaltung. Was für eine Ironie ... nein, was für ein Wahnsinn, dass ich mein ganzes Leben lang in der Unterhaltungsbranche gearbeitet habe! Jetzt wird es Zeit, sich auf das Wesentliche zu konzentrieren. Und weißt du, was das Wesentliche ist?

Immer wieder gibt es doch in so Interviews die berühmte letzte Frage: Herr X, Frau Y, worauf kommt es im Leben an? Und der christliche Schriftsteller sagt dann, es kommt auf Gott an, und die kommunistische Philosophin sagt, es kommt auf die gerechte Verteilung der Güter an, und der Nobelpreisträger für Biologie sagt, es kommt auf Sex an ... Ich habe mir immer wieder vorgestellt, dass diese Frage mir gestellt wird, und je nach Lust und Laune hatte ich verschiedene Antworten. Es kommt auf die Kinder an, auf die Liebe, auf das Glücklichsein, es geht um moralisches Handeln oder Gutsein ...

Wenn mich heute jemand fragen würde: Worum geht es im Leben, ich würde, ohne zu zögern, antworten: Ich habe keine Ahnung. Nicht die geringste Ahnung. Keinen Schimmer. Am ehesten glaube ich, es geht um nichts. Nichts!

Vielleicht das Sonnenlicht. Der warme Wind. Die frische Luft. Nichts, was du festhalten kannst. Nichts, was du machen kannst. Nichts, was du tun kannst. Nichts, was du denken kannst.

Es gibt so viel Geschwätz, weil wir verzweifelt versuchen, die Welt zu erklären. Aber ich glaube, es gibt ... wie soll ich das sagen ... wir kommen nicht ohne Plan auf diese Welt. Wir haben irgendetwas vor. Wir vergessen das natürlich, und oft weichen wir wohl meilenweit davon ab, was wir wollten. Aber ... aber ... in der Tiefe der Seele ahnen wir unseren Plan. Wir versuchen ihn zu verstehen, und wir scheitern und scheitern. Nicht mal Jesus hat den Plan verstanden, auch er hat daran gezweifelt und ist verzweifelt: »Mein Vater, warum hast du mich verlassen?«

Deine Mutter hat dem Plan vertraut, ohne ihn zu verstehen. Sie hat nie den Glauben verloren. Nicht irgendeinen Glauben, den man glauben kann ... nein, das Vertrauen. Sie war immer optimistisch. Obwohl, nein, das ist das falsche Wort. Ein Optimist glaubt, dass etwas gut ausgeht. Sie war durchdrungen davon, dass alles gut ist.

Sehr, sehr zusammenhanglos. Weißt du was? Ich denke, ich werde dir schreiben. Das mit den Videos ist ja vielleicht doch ein Irrweg ... Ich merke es auch, ich fühle mich da nicht wohl, vor der Kamera, die man gar nicht sieht. Und ich bin sicher, du fühlst dich auch nicht wohl. Ich dachte halt, das ist witzig ... Jaja, ich weiß, ein echter Brüller. Also warte mal ... Jetzt weiß ich es wieder. Deine Mutter. Unser Wiedersehen. Fernsehen. Ich habe da heute eine Sendung gesehen, da ging es um Physik. Um echte Hardcore-Physik, nicht dieses Quantenzeug, das keiner versteht und mit dem sie dir alle die Welt erklären wollen. Nein. Ich musste ein alter Depp von fünfundsiebzig Jahren werden, um den Energieerhaltungssatz kennenzulernen. Der ist so wahnsinnig logisch, und gleichzeitig von einer Schönheit und Poesie, dass ich Gänsehaut bekommen habe.

Der Energieerhaltungssatz besagt, dass die Energie innerhalb eines Systems immer gleich bleibt. Energie kann weder erzeugt noch vernichtet werden, nur umgewandelt. Verstehst du? Der Körper deiner Mutter ist verschwunden. Aber das, was sie ausgemacht hat, es muss vor ihrer Geburt da gewesen sein, und es muss auch nach ihrem Tod noch irgendwo sein. Energie geht niemals verloren. Sie kann nur von einer Form in eine andere umgewandelt werden.

…

…

Ich weiß nicht weiter. Ciao, mein Liebes, ciao.

14

Nora schaute ins Narrenkastl. So hatte ihr Vater das genannt. Beziehungsweise hatte Klaus immer gesagt: »Deine Mutter hat dafür den wunderbaren österreichischen Ausdruck *ins Narrenkastl schauen* verwendet.« Den Ausdruck hatte er übernommen, wobei er gerne erklärte, das Narrenkastl bezeichne nicht den Fernseher, ganz im Gegenteil, ins Narrenkastl schauen meinte vielmehr einen verträumten, geistig abwesenden Blick ins Leere. Ihr Vater erstaunte sie. Tatsächlich, diese aufmerksame, sensible, philosophische Seite an ihm kannte sie nur ansatzweise. Was er gesagt hatte, versetzte sie in eine Art von Trance, die zweifellos auch durch die nachmahlzeitliche Müdigkeit begünstigt wurde. In der Trance tauchten Fragen auf, lauter Fragen, auf die es keine Antworten gab. Warum überhaupt zu diesem Kloster? Was sollte sie hier? Was heißt *geht, solange es geht*, und warum ist das ein tolles Wortspiel?

Bernhard stand vor ihr und sagte: »Von mir aus können wir dann.« Doch Nora nahm das nur am Rand wahr, wie sie Bernhard nur am Rand ihres Blickes wahrnahm, weil sie sich immer noch nicht vom Narrenkastl lösen wollte. Erstaunlich, wie lange man, ohne zu zwinkern, auf einen Punkt starren konnte. Üblicherweise hatte Nora in diesem Zustand die besten Einfälle.

»Und, wohin soll die Reise gehen?«, fragte Bernhard. Gerade begann es wieder zu regnen.

Auch diesmal hatte Nora eine, wie sie meinte, glänzende Idee.

»Er hat gesagt, wir sollen nach Westen fahren. Mit dem Bus! In eine Stadt.«

Bernhard schaute sie skeptisch an.

»Glauben Sie, ich lüge?«

»Aber nein!«

Nora musste unbedingt verhindern, dass er sich das Video ansah, also sagte sie: »Sie können sich das Video gerne ansehen!«

»Ich denke nicht daran.«

Nora bezahlte mit einem nicht ganz trockenen Schein und nahm von Bernhard ihren nassen Rucksack mit den feuchten Resten ihrer Habseligkeiten entgegen. Sie bereute ihre Lüge keine Sekunde. Das war eine Notlüge, eindeutig. Sie konnte unmöglich in klebrigen Turnschuhen, Bernhards Hose und ohne taugliche Jacke durch die Gegend laufen. Und ohne Handy. Und ohne Tabak.

»Ich bin beeindruckt von Ihrem Vater«, sagte Bernhard. »Ich meine, es kommt mir so vor, als hätte er gewusst, dass es heute regnet. Als hätte er gewusst, dass Sie keine Ausrüstung mehr haben und müde sind. Was für eine erstaunliche Weisheit, uns gerade an diesem Tag mit dem Bus weiterzuschicken.«

Jetzt schämte sich Nora schon, aber nur ein ganz klein wenig.

15

Eigentlich hasste Nora Busfahren. Auf einer Liste, die sie einmal mit Lilly erstellt hatte, rangierte unter den zehn Dingen, die sie niemals tun würde, »eine organisierte Busfahrt machen« gleich hinter »Lammaugen essen« und »mit Gérard Depardieu schlafen« auf Platz drei.

Aber an diesem Tag war Busfahren schön. Es handelte sich ja auch um keine organisierte Busreise. Es gab keinen Reiseleiter, der einen über Lautsprecher mit Anekdoten und Witzchen nervte. Es gab keine Sehenswürdigkeiten und keine Autobahnraststätten, auf die man hinausgetrieben wurde wie das Vieh. Es gab keine nörgelnden Mitreisenden, keine Lunchpakete und keine Kotztüten.

Stattdessen lenkte ein schweigsamer, gemütlicher Chauffeur den historisch wirkenden Postbus. Manchmal hatte Nora das Gefühl, als wäre das Gefährt mit Dampf betrieben. Aschenbecher, freilich seit Jahren unbenützt, erinnerten an die Zeit, als man in Bus und Bahn noch ganz selbstverständlich rauchen konnte. Nora rauchte zwar wenig und ausschließlich selbstgedrehte Zigaretten, aber nun tat es ihr leid, ihre Qualmutensilien in der Sintflut eingebüßt zu haben.

Es regnete weiter. Nora saß allein in einer hinteren Reihe und sah zum Fenster hinaus. Hinter ihr döste Bernhard. Der Bus gehörte ihnen allein, sah man von vereinzelten älteren Frauen ab, die aus unerfindlichen Gründen in einem Kaff einstiegen und in einem anderen wieder aus. Die Haltestellen hießen sehr exotisch, »Am Schanzel«, »Auf der Bruck« oder – bisher Noras Favorit – »In der Walk«.

Ständig überlegte sie, wie es gewesen wäre, diese Strecke

tatsächlich zu »walken«. Zwanzig Kilometer im strömenden Regen durch öde Waldeinsamkeiten! Der Bus legte so eine quälende Tagesetappe in einer flotten Viertelstunde zurück! Nora frohlockte innerlich, dass sie ihrem Vater und ihrem Aufpasser dieses Schnippchen geschlagen hatte. Doch eine gewisse Beunruhigung konnte sie nicht unterdrücken. Was, wenn ihr Vater tatsächlich einen Plan gehabt hatte? Was, wenn sie die Dramaturgie der Reise nun völlig zerstört hatte? Was, wenn ihre plumpe Schwindelei schon bei der nächsten Nachricht aus dem Jenseits auffliegen würde? Nora wischte über das angelaufene Fenster, um den Namen der Haltestelle lesen zu können: »Am Hirschentanz«.

Als hätte er ihre Gedanken erraten, meldete sich Bernhard aus der Reihe hinter ihr.

»Ich muss sagen, ich bin nicht unglücklich darüber, dass wir nicht da draußen herumwandern.«

»Wir sind ausnahmsweise vollkommen einer Meinung.«

»Sie denken vielleicht, mir ist das alles egal, ich zieh das durch, ohne nachzudenken oder was. Aber ich denke drüber nach, und je mehr ich drüber nachdenke, desto mehr wundert es mich, dass Ihr Vater uns mit dem Bus dahin schickt.«

»Wir hätten auch nach Sankt Pölten fahren können«, sagte Nora schnippisch. Als ob jemand freiwillig nach Sankt Pölten führe!

»Ja«, meinte Bernhard, »oder nach Scheibbs.«

»Scheibbs«, wiederholte Nora. »Scheibbs. Guten Tag, ich wohne in Scheibbs. Geboren wurde ich in Scheibbs. Scheibbs an der Ybbs. Ybbs an der Scheibbs. Yss diesen Scheiß.«

»Scheibbs liegt an der Erlauf und Ybbs an der Donau«, torpedierte Bernhard Noras lautmalerische Träumereien. »Die einzige direkte Busverbindung in eine Stadt im Westen war jene nach Mariazell!«

»Sind Sie sich eigentlich sicher, dass Mariazell eine Stadt ist?«

Kurzes Schweigen. Dann: »Mariazell ist eine Stadtgemeinde in der nördlichen Obersteiermark. Knapp viertausend Einwohner.«

»Viertausend? Das ist ein Dorf. Hoffentlich gibt es dort überhaupt Wanderausrüstung zu kaufen! Und Tabak!«

»Mariazell ist die flächengrößte Gemeinde der Steiermark und nach Sölden und Wien die drittgrößte in Österreich.«

»Gibt's einen Mäci?«

»Mariazell ist durch die Gnadenstatue Magna Mater Austriae in der Basilika Mariä Geburt mit Abstand der wichtigste Wallfahrtsort Österreichs.«

»Drei Genitive in einem Satz, und zwei davon in Latein, das schaffen nur Sie.«

»Ich und Wikipedia. Wissen Sie, dass ich einer der vielen Freiwilligen bin, die bei Wikipedia mitarbeiten?«

»Ich hätte es mir denken können. Wahrscheinlich korrigieren Sie falsche Einträge zu Topfpflanzen.«

Schweigen.

»Habe ich Sie beleidigt?«, fragte Nora, ohne sich umzuwenden.

»Immer, wenn ich etwas von mir erzähle, machen Sie sich darüber lustig«, sagte Bernhard betont emotionslos.

»Das tut mir leid«, antwortete Nora, und sie meinte es diesmal ernst. Natürlich war es schwer, sich nicht über ihn lustig zu machen, aber wenn sie ihn nie reden ließ, würde sie nie herausfinden, wie er eigentlich tickte. Für den Abend nahm sie sich vor, Bernhard kennenzulernen. Sie würde ihn betrunken machen ... nein, das ging ja nicht. Sie würde ihn einfach mal ausreden lassen. Ja, das sollte das nächste Projekt werden: Erforschung ihres Reisebegleiters. Sie würde wissenschaftlich vorgehen. Ohne Ironie, ohne Vorurteile. Ja, das war ein gutes Projekt.

Nächste Haltestelle: »An der Forststraße«. Da konnte die Stadt ja nicht mehr weit sein.

16

Als hätte jemand einen Schalter umgelegt, nahm der Regen noch zu, als Nora und Bernhard aus dem Bus stiegen. Eine erste Orientierungsrunde bestätigte, dass es in Mariazell eine gewaltige Basilika gab. Zu ihren Füßen gediehen Souvenirshops, Gasthäuser und Hotels mit Tiernamen. Vergeblich suchte man in Mariazell nach internationalen Modeketten oder großen Sportgeschäften.

Nora und Bernhard standen im Eingangsportal einer Likörmanufaktur. Seit 1883, konnten sie lesen, wurde hier aus dreiunddreißig erlesenen Kräutern der Mariazeller Magenlikör gebraut, wohltuend bei Völlegefühl, Appetitlosigkeit und verdorbenem Magen.

»Wir könnten ja einen riskieren«, sagte Bernhard.

Nora lag schon wieder eine schnippische Antwort auf der Zunge, von wegen Alkohol und vegan und so, aber sie hatte sich so fest vorgenommen, Bernhard nicht vor den Kopf zu stoßen, und drum sagte sie nur: »Gute Idee. Ich liebe Amaro und Fernet und so Zeug.«

Sie traten ein in einen Laden, der wie eine Mischung aus Museum und Apotheke aussah. Eine junge Frau im Dirndlkleid erschien und erklärte Geschichte und Zusammensetzung des Mariazeller Kräuterlikörs, natürlich nur andeutungsweise, denn das genaue Rezept blieb ein streng gehütetes Familiengeheimnis. Nora entschied sich für den klassischen Likör mit Zucker, Bernhard für die bittere Variante. Sie stießen an, und zu Noras Überraschung leerte Bernhard sein Glas auf ex. Er vorzog sein Gesicht zu einer schmerzverzerrten Grimasse und sagte: »Köstlich.«

Nora musste lachen. Sie selbst trank in kleinen Schlucken, lobte den leicht minzigen Geschmack und vermisste ihren Tabak. Außerdem hatte sie Hunger. Es roch nach Essen.

Neben der Likörstube wurden in einem kleinen Raum Suppen und regionale Produkte aufgetischt, und es gab – auch Wallfahrtsorte gehen mit der Zeit – sogar eine vegane Gemüsesuppe für Bernhard, was dessen Laune weiter hob. Während sie auf das Essen warteten, erkundete er die Räumlichkeiten und kam strahlend zurück.

»Das Ganze hier ist das größte und älteste Kaufhaus von Mariazell«, erklärte er. »Im Prinzip ein Lottosechser. Es gibt alles. Damenmode, Herrenmode, Dessous, Tracht, ein Outlet, eine Parfümerie und, wenn Sie das brauchen, sogar eine Vinothek.«

»Dann steht nach dem Essen Powershoppen auf dem Programm«, frohlockte Nora. Sie holte ihre Geldbörse aus der Jackentasche. »Meine Kreditkarte ist wieder trocken. Und seit neuestem habe ich sogar ein bisschen Geld auf der Bank.«

Mithilfe von Bernhards professioneller Beratung erstand sie Wanderschuhe aus Goretex, gepolsterte, »klimaorganisierte« Socken, eine lange und eine kurze Hose, T-Shirts, Hemden, eine Softshell-Jacke und einen superleichten Rucksack mit unzähligen Seitentaschen. Die Sache mit den Dessous erwies sich als der schwierigste Teil des Einkaufs, denn die Abteilung führte nur feinste Teile der besten Marken.

»Ich denke, hier brauchen Sie mich nicht«, sagte Bernhard und wollte gehen, doch Nora hielt ihn zurück. Sie genoss es, mit seiner Verlegenheit zu spielen, und außerdem, vielleicht half das ja auch bei dem wissenschaftlichen Projekt der Erforschung des Reisegenossen.

»Was halten Sie zum Beispiel davon?« Sie zeigte ihm einen Push-up-BH aus Spitze, mit einem wirklich außergewöhnlichen, orientalisch wirkenden Design.

»Sehr schön«, sagte Bernhard und errötete.

»Oder dieses Teil hier?« Sie hielt ihm einen gefütterten, »Just Magic« getauften Schalen-BH unter die Nase.

»Ich denke, das brauchen Sie nicht«, meinte Bernhard. Immerhin, dachte Nora, er scheint mich ja doch mal angesehen zu haben.

»Und was sagen Sie zu dem? Das Blau ist wirklich sehr schön und dennoch transparent. Ich glaube, den probiere ich einmal.«

»Aber ohne mich!«, rief Bernhard und trat die Flucht an. »Ich warte draußen auf Sie.«

Nora schmunzelte. Jetzt hatte sie ihn vertrieben. Süß, eigentlich.

»So«, sagte Nora, als sie vollkommen neu gekleidet aus dem Kaufhaus trat, »in der Tat, das war ein Lottosechser. Und jetzt noch dort hinüber, Tabak kaufen.«

Unter einem Balkon, vor dem Regen geschützt, drehte sie sich eine Zigarette.

»Jetzt brauche ich eigentlich nur noch ein neues Handy«, sagte Nora. »Ich meine, geht das überhaupt, was meinen Sie?

Wenn ich hier ein Handy kaufe, aber eine französische Nummer habe?«

»Wenn die SIM-Karte nicht kaputt ist, sollte es klappen. Und wir brauchen ein Hotel mit WLAN für die Back-ups und so.«

»Helfen Sie mir?«

»Klar. Wobei ich gerne vorher eine kleine Siesta machen würde. Ich bin hundemüde.«

»Ich auch«, sagte Nora. »Sollen wir ein Hotel auf dem Hauptplatz nehmen? Oder lieber etwas außerhalb? Ich bin mir sicher, die Kirchenglocken schlagen sehr früh sehr laut.«

Plötzlich erschrak Bernhard.

»Wo ist die Urne?«, fragte er.

»Im Lederrucksack«, sagte Nora.

»Und wo ist der Lederrucksack?«

»Im Bus.«

17

Nora und Bernhard liefen so schnell sie konnten zur Busstation. Ihr Bus und ihr Chauffeur waren weg. Ein anderes, moderner wirkendes Gefährt stand da. Auf seinem Sitz döste der Fahrer. Er war sichtlich nicht erfreut über die Störung, als Bernhard an die Tür klopfte. Missmutig öffnete er sie, und Bernhard erklärte das Problem. Er fahre ins Ennstal, sagte der Chauffeur in einer bellenden Sprache, die sogleich von Bernhard übernommen wurde, was zwischen den beiden Männern eine Art Vertrautheit entstehen ließ. Ja, jetzt, da Bernhard auch bellte, schien der Busfahrer richtig Sympathien für ihn zu entwickeln. Nora bemühte sich, aber sie verstand so gut wie nichts. Es fehlte nicht viel, und der Busfahrer und Bernhard hätten sich zur Verabschiedung umarmt. Bernhards Lächeln erstarb aber schnell, als er Nora den Sachverhalt erklärte.

»Wir müssen uns schriftlich an die Kundenberatung wenden und ein Formular ausfüllen. Wobei anscheinend auf dem Formular der Verlust einer Urne nicht vorgesehen ist.«

»Wie merkwürdig, Urnen verliert man doch so leicht!«

Nora war noch immer ein wenig außer Atem, und auch die Ungeduld erhöhte ihren Puls.

»Und jetzt?«, fragte sie.

»Na ja, ich werde ihnen schreiben ...«, sagte Bernhard.

»Sie werden ihnen schreiben? Aber wir können doch jetzt nicht irgendwelche Formulare im Web ausfüllen und auf eine automatisierte Antwort warten und dann darauf hoffen, dass sich irgendein Beamter in Bewegung setzt und beginnt, meinen Vater zu suchen.«

»Das ist nicht Ihr Vater, das ist ...«

»O ja, das ist mein Vater!« Nora war jetzt echt wütend. Sie konnte als gelernte Journalistin nicht verstehen, dass sich jemand damit begnügte, Formulare auszufüllen, statt ordentlich zu recherchieren, zu telefonieren, zu organisieren. »Wir müssen etwas tun!«, schrie sie und schubste Bernhard an. Offensichtlich mochte er das nicht besonders.

»Lassen Sie mich doch in Ruhe mit Ihren Launen, Sie Zicke! Tun Sie doch selbst was! Es ist ja nicht meine beschissene Urne!«

»Aber ich hab kein Handy!«

»Dann kaufen Sie sich eines und machen Sie sich den Kram selber! Ich habe es so satt, mich den ganzen Tag von Ihnen ankeifen zu lassen. Warum muss ausgerechnet ich mit der größten Chaotin, die es auf dieser Welt gibt, wandern gehen?!«

»Und ich mit dem größten Pedanten?!«

»Lassen Sie mich doch einfach in Ruhe! Wenn Sie ein bisschen pedantisch wären, ach, was heißt pedantisch, einfach ein bisschen organisiert, dann hätten wir jetzt nicht Ihren Vater verloren.«

»Wir haben nicht meinen Vater verloren, sondern die Urne mit seinen Überresten.«

»Jetzt sind Sie pedantisch!«

Nora packte Bernhard bei seiner Jacke und schüttelte ihn durch.

»Wenigstens bin ich lernfähig!«, rief sie. Bernhards Kopf schlug gegen die Plexiglasscheibe des Wartehäuschens. Der Ton, den das verursachte, war schlimmer als der Schmerz. Der Busfahrer hupte und öffnete die Tür.

»Keine Gewalt an den Haltestellen«, sagte er lakonisch.

»Bitte«, flehte Nora den Fahrer an, »Sie müssen mir helfen, die Urne mit der Asche meines Vaters wiederzufinden!«

»Ich hab's eh schon Ihrem Freund gesagt, was er tun muss.«

Nora versuchte einen vertraulichen Ton anzuschlagen: »Aber Ihr Kollege ... dieser sehr nette, ein bisschen beleibtere ... wo fährt der gerade?«

»Weit kann er noch nicht sein.«

»Können Sie mir vielleicht seinen Namen sagen?«

»Schorsch.«

Mehr wollte der Busfahrer nicht über seinen Kollegen verraten. Er gab vor, den Nachnamen nicht zu kennen, und verwies ansonsten auf den Fahrplan.

Der Fahrplan zeigte sich etwas auskunftsfreudiger. Sie

konnten ihm entnehmen, dass der Bus exakt zwölf Minuten zuvor abgefahren war.

18

Mariazeller Taxifahrer sind eigentlich keine echten Taxifahrer, dachte Nora. Sie fahren in ganz normalen Autos durch die Gegend und sind hilfsbereite Menschen. Also der, den sie erwischt hatten, erwies sich jedenfalls als hilfsbereit. Keine fünf Minuten nach Bernhards Anruf fuhr er bereits vor.

Sie teilten dem Fahrer mit, dass seine Mission darin bestand, einen Bus zu verfolgen, um einen Rucksack zu retten. Vom Inhalt des Rucksacks erzählten sie freilich nichts. Dem Fahrer schien seine Aufgabe zu gefallen: »Einmal was anderes, als Kranke ins Krankenhaus und Besoffene nach Hause zu fahren«, frohlockte er.

Nun raste er über die Landstraße. »Den haben wir gleich«, murmelte er immer wieder vor sich hin, während er zu waghalsigen Überholmanövern ansetzte. Nora merkte an, der Rucksack wäre jetzt auch wieder nicht so wichtig, dass man sein Leben dafür riskieren müsse, aber der Taxifahrer ließ sich davon nicht beeindrucken. Endlich hatte er einen Grund, seine geheime Berufung als Rennfahrer auszuleben.

Nach etwa zehn Minuten tauchte der Bus tatsächlich vor ihnen auf. An der nächsten Haltestelle fuhr er allerdings vorbei, denn niemand wollte aus- oder einsteigen. Also schaltete ihr Fahrer zwei Gänge zurück und überholte den Bus vor einer Kurve. Nora schnappte laut nach Luft.

»Keine Sorge, ich kenne die Strecke«, sagte der Taxifahrer, als ob das bei Gegenverkehr geholfen hätte.

Vor dem Bus bremste er im Wildwest-Stil herunter und schaltete die Warnblinkanlage ein, ohne allerdings ganz stehen zu bleiben.

»Ich weiß es jetzt ganz sicher«, sagte Nora. »Ich will noch nicht sterben.«

Der Taxifahrer öffnete das Fenster und gab dem Chauffeur Handzeichen.

»Manchmal hätte ich gerne ein Blaulicht«, sagte er. »Aber er wird mich so auch verstehen.« Und tatsächlich folgte ihnen der Bus und blieb an der nächsten Haltestelle stehen. Nora und Bernhard sprangen aus dem Auto und winkten. Die Tür schien absichtlich laut zu seufzen und zu pfeifen, als der Fahrer sie öffnete.

»Der Rucksack!«, rief Nora.

Der Fahrer griff neben seinen Sitz.

»Wo sind Sie gesessen?«, fragte er.

»Links. Fast ganz hinten«, antwortete Nora.

»Und was ist der Inhalt?«

»Ein schweres Metallgefäß«, sagte Bernhard schnell. »Sieht ein bisschen aus wie eine Urne, ist aber natürlich keine.«

Der Fahrer linste kurz in den Rucksack und überreichte ihn dann Bernhard.

»Und sag deinem Niki Lauda da vorne, er soll nicht zu oft Mischn Impossible schaun.« Damit schloss er die Tür und fuhr grummelnd los.

Nora kontrollierte, ob die Urne tatsächlich noch da war, und hielt den Rucksack dann fest umklammert.

»Und, was machen wir jetzt?«, fragte sie, als sie wieder im Taxi saßen.

»Ich hätte immer noch gerne meine Siesta«, sagte Bernhard zu Nora. Und zum Fahrer: »Bitte zurück nach Mariazell. Und ganz langsam, wir haben jede Menge Zeit.«

»Schade«, sagte der Taxifahrer und fügte hinzu: »Ihr seid wohl Pilger?«

»Ja«, sagte Bernhard. »Den Bus haben wir nur für eine Station genommen, weil es schon finster war.«

Der kann ja richtig gut lügen, dachte Nora. Also höchste Wachsamkeit beim Projekt des Abends: Erforschung von Magister Bernhard Petrovits!

19

In der Basilika zu Mariazell hielt sich Nora nicht lange auf. In manchen Kirchen fühlte sie sich wohl, in schlichten modernen Kirchen zum Beispiel oder in den ganz alten, romanischen, andere wiederum trieben sie durch Prunk und Äußerlichkeit regelrecht in die Flucht, und dazu gehörte die Mariazeller Kirche. Vor einer kleinen Marienstatue blieb Nora allerdings doch ein Weilchen stehen. Die Skulptur berührte sie. Die Muttergottes lächelte fröhlich, fast verschmitzt. Der Holzschnitzer hatte ihr eine spitze Nase und ein gütiges, bäuerliches Gesicht verliehen. Sich nach unten hin verbreiternd umhüllte ein Mantel die Statuette, wie eine Glocke, vielleicht auch wie die schützenden Flügel einer Glucke. Hier würde man Wärme finden und Geborgenheit in Fröhlichkeit, Amen.

Eine Gruppe Touristen näherte sich. Nora hörte dem Reiseführer zu. Er war Deutscher, und die Melodie seiner Sprache erinnerte sie an ihren Vater. »Am Thomastag 1157 kam ein frommer Mönch in dieses schöne Tal, doch wurde ihm der Weg durch einen gewaltigen Felsbrocken versperrt. Da hielt er seine Muttergottesstatue gegen den Fels, sprach ein Gebet, und siehe da, der Fels spaltete sich und ließ den Mönch passieren. Zum Dank errichtete der Mönch an dieser Stelle eine kleine Klause aus Holz, die er Mariae Zell nannte. Hier betete er täglich. Einige Jahre später traten der Markgraf Wladislaus von Mähren und seine Gemahlin Agnes auf den Plan. Sie litten unter einer unheilbaren Krankheit – wahrscheinlich handelte es sich um die Gicht – und beteten um Genesung. Da erschien Agnes in einem Traum die Jungfrau Maria, und die sagte ihr, mal kurz gefasst, sie solle ihren Mann einpacken und mit ihm in die Steiermark fahren, um eine Kapelle zu vergrößern. Tja, und was Sie hier sehen, ist das Ergebnis jahrelanger Vergrößerungen und Umbauten. Wladislaus und Agnes wurden jedenfalls wieder gesund, so will es die Legende.«

Und jetzt sind sie trotzdem schon lange tot, dachte Nora. Immer, wenn ihr jemand Geschichten aus der Vergangenheit erzählte, musste sie daran denken, wie viele Menschen seit damals gelebt hatten und wie viele gestorben waren.

Nora holte tief Luft, als sie aus der Wallfahrtskirche trat. Sie sah hinüber zu ihrem Hotel, sie hatte vergessen, ob es Adler, Hirsch oder Bär hieß, grün war es jedenfalls, das reichte, um es wiederzufinden. Sie hatte mit Bernhard vereinbart, dass sie im Hotelzimmer essen würden. Es hatte nur noch ein freies Zimmer gegeben, aber immerhin nannte es sich »Ferienwohnung«, verfügte über getrennte Schlafräume und einen sehr schönen Aufenthaltsraum. Nach einer gemeinsamen Nacht im Einmannzelt also der schiere Luxus. Da Restaurants und Gasthäuser Bernhard nicht gerade verlockten, hatte Nora versprochen, kaltes Abendessen mit veganem Schwerpunkt einzukaufen, wobei sie beteuert hatte, wirklich verstanden zu haben, was vegan bedeutet.

Also ging Nora in das Wunderkaufhaus hinüber und erstand in der Bio-Abteilung zahlreiche total untierische Aufstriche, die gar nicht mal so schlecht aussahen. Sie selbst versorgte sich mit Speck und Bergkäse, ihrer Meinung nach neben Wiener Schnitzel und Gulasch ohnehin die kulinarischen Höhepunkte Österreichs. Dazu frisches Brot und Gebäck, eine Flasche Wein und zwei Flaschen Mariazeller Kräuterlikör. Vielleicht würde Bernhard dem zusprechen?

Und dann ging sie noch in die Technik-Abteilung. Das neueste Handy musste es für diese Wanderung nicht sein.

Als Nora ins Hotel zurückkehrte, fand sie die Zimmertür verschlossen vor. Sie stellte die Einkaufstaschen ab und klopfte energisch. Bernhard öffnete in Shorts und Unterhemd. Meine Güte, war der Mann schlank. Und muskulös!

»Haben Sie Angst, dass Sie gestohlen werden?«, fragte Nora.

»Eigentlich nicht. Aber ich wollte nicht, dass die Urne noch einmal verschwindet.«

Nora stellte die Einkäufe auf den Tisch.

»Ich muss mich für mein Aussehen entschuldigen«, sagte Bernhard. »Ich habe Wäsche gewaschen, und die Hosen trocknen beide.«

»Sie sehen eh gut aus«, sagte Nora und packte die Taschen aus. »Wenn Sie wollen, können wir beide in Unterwäsche zu Abend essen, dann kommen Sie sich nicht so einsam vor.«

Statt einer Antwort wendete Bernhard die Hose, die er über den Heizkörper gehängt hatte. »Ich denke, die ist bald trocken.« Auch die Socken wendete Bernhard, blies aber in sie hinein, bevor er sie wieder auf den Heizkörper legte.

»Was machen Sie da? Schmusen Sie mit Ihren Socken?!«

»Wenn man in sie hineinbläst, haben sie keine Falten, wenn sie trocken sind.«

»Beeindruckend!«

Nora war nicht von dieser Technik an sich beeindruckt, sondern von der Tatsache, dass jemandem so etwas einfallen konnte, aber Bernhard schien auf ein Lieblingsthema gestoßen zu sein. »Ja, ich habe mir einige solcher Tricks angeeignet. Bevor ich sie in die Waschmaschine gebe, hefte ich die Socken mit Büroklammern zu Paaren. So kann keiner verlorengehen. Genial, nicht?«

»Das ist tatsächlich unfassbar«, sagte Nora. Sie beschloss, keine anzüglichen Bemerkungen mehr über Unterwäsche oder Schmusen zu machen. Das kam bei diesem Mann einfach nicht an. Vielleicht handelte es sich dabei wirklich um ein kulturelles Problem. Nur so zum Spaß ein bisschen flirten, dass machten diese Alpenmenschen nicht. Stattdessen erzählen sie einem Haushalts-Tricks! Vielleicht fand Bernhard sie aber auch einfach vollkommen unattraktiv? Nicht mehr ganz jung. Ungeschminkt. Stinkender Fleischfresser. Die Outdoor-Funktionskleidung betonte die Figur nicht unbedingt vorteilhaft. Mein Gott, vielleicht war sie selbst eine Spitzenkandidatin im Most-unsexy-woman-des-Jahres-Wettbewerb. Und außerdem schnarchte sie!

»Ich habe Speck, Käse und Butter gekauft«, sagte Nora und packte die Taschen aus. »Aber keine Sorge. Hier, sehen Sie: Bauernaufstrich! Da sind keine Bauern drin, sondern Tomaten, Zwiebeln und Kräuter. Und hier: Kürbisaufstrich mit Kürbiskernen. Und hier: Hanni's Gurken-Minze-Aufstrich. Bis auf den Apostroph in Hannis Namen enthält er nichts Falsches. Hier steht es groß: vegan und glutenfrei!«

»Danke für Ihre Mühe.«

»Können Sie mir dafür mit dem Handy helfen? Ich hab mir das gleiche gekauft wie Sie.«

»Mache ich gerne. Wann haben Sie das letzte Update in der Cloud gemacht?«

»Ein paar Tage vor der Abreise.«

»Dann sollten wir das hinbekommen.«

Während Bernhard sich am Schreibtisch mit Ladekabel, SIM-Karte und WLAN-Passwort betätigte, setzte sich Nora in die Badewanne. Gelegentlich war so ein Mann schon ganz praktisch. Immer wieder kam Bernhard, klopfte an die Tür und fragte sie nach Spracheinstellungen, Apps und Passwörtern. Außerdem empfahl er ihr, ein Datenroaming-Paket zu kaufen, damit sie überall ins Internet könne. Nach einer Stunde war Nora wie neugeboren und ihr Handy auch.

Bernhard schien ein klein wenig stolz, dass er das so schnell hinbekommen hatte. Nora bedankte sich und entschuldigte sich gleichzeitig, sie müsse nun unbedingt in ihre Mails sehen und nachfragen, wie es Monster gehe.

Von den Zeitungen wie gewohnt keine Nachrichten. Hätte sie jetzt nicht das Geld für die Reisespesen bekommen – Nora wäre richtig pleite gewesen. Das war ihr noch nie passiert, seit sie beruflich auf eigenen Beinen stand. Sie musste sich eingestehen, dass sich ihre »Karriere«, wie man diesen Teil des Lebenswegs etwas hochtrabend nennt, auf einem Tiefpunkt befand.

Dafür hatte Lilly hinreißende Fotos geschickt: Monster auf dem Küchentisch, einen Teller Sardinen verschlingend. (Anmerkung: »Das waren meine Sardinen!! Ich habe mich aber nicht getraut, dem Raubtier die Beute wegzunehmen.«) Ein Selfie von Lilly und Monster im Bett. (Anmerkung: »Er schnurrt genau wie ein Vibrator. Woher hat er das?«) Ansonsten zeigte sich Lilly begierig nach Neuigkeiten und stellte dazu etliche Fragen: »Wo bist du? Wo seid ihr? Seid ihr noch zusammen? Wie zusammen seid ihr? Küsst er gut?«

»Ich muss da kurz antworten«, sagte Nora. »Können wir so lange mit dem Essen warten?«

20

»Liebe Lilly, Monster wird mich hassen, wenn ich zurückkomme, weil er von mir keine Sardinen bei Tisch bekommt und auch nicht auf mir schlafen darf, und meinen Vibrator habe ich vor einigen Jahrzehnten verloren, und ich weiß nicht mal, wo! So viel, um zu sagen: danke, danke, danke.

Du wirst es vielleicht nicht glauben, aber wir haben eine Nacht gemeinsam im Zelt verbracht. Es war äußerst unromantisch. Er hatte Socken an (unter anderem), und ich habe angeblich geschnarcht, was mich nicht wenig traumatisiert. Gegenwärtig befinden wir uns in Mariazell, aber bitte frag mich nicht, warum. Ich kenne mich nicht aus. Was will mein Vater von mir? Und was mein notarieller Begleiter?! Ich habe vor, das heute irgendwie herauszubekommen, aber ich weiß nicht, wie. Hilf mir. Küsse.«

Noch bevor Nora alle restlichen Newsletter und Spam-Mails gelöscht hatte, antwortete Lilly bereits.

»Stell ihm doch einfach zehn Fragen … so wie im Proust-Fragebogen oder wie in diesen Zeitungen. Daraus könnte sich was entwickeln. Du musst es halt als Spiel tarnen oder so, du machst das schon. Warte mal, ich kopiere dir schnell ein paar. Wie wäre es damit:

1) Was ist für Sie das größte Unglück?
2) Was ist für Sie das vollkommene irdische Glück?
3) Was ist Ihr größter Fehler?
4) Welche Fehler entschuldigen Sie am ehesten?
5) Welche Eigenschaften schätzen Sie bei einem Mann am meisten?
6) Welche Eigenschaften schätzen Sie bei einer Frau am meisten?
7) Was würden Sie in Ihrem Leben gerne verändern?
8) Welche sind Ihre drei größten Stärken?
9) Was war Ihr bisher größter Erfolg?
10) Was kann Sie richtig begeistern?

Kannst ihn natürlich auch nach dem Lieblingstier oder so befragen, ist sicher sehr aufschlussreich. Bei mir ist das klar: Monster! Bisous. Lilly«

21

Nora verkostete Hannis veganen Gurken-Minze-Aufstrich mit einem Gesichtsausdruck, der Hanni – wer immer das sein mochte – zweifellos beleidigt hätte.

»Gar nicht so schlecht«, sagte sie. »Ich habe ja nichts gegen Veganer.«

»Ich habe nichts gegen Veganer«, äffte Bernhard sie nach, »ich kenne selbst einen.«

»Ich würde vorschlagen, dass wir das Thema heute Abend beiseitelassen.«

»Sie haben angefangen.«

»Stimmt. Und ich höre hiermit auf. Ehrenwort.«

Bernhard trank Leitungswasser, während Nora dem Rotwein zusprach. Bernhard kaute gründlich und redete nicht. Nora versuchte einen Faden aufzunehmen: »Sie sagten einmal, dort, wo Sie herkommen, wurde bei Tisch nicht geredet.«

»Stimmt.«

»Sie kommen aus der Steiermark, haben Sie auch gesagt.«

»Ja. Heißt aber nicht, dass man in der ganzen Steiermark nicht bei Tisch redet. Bei uns zu Hause war es halt so.«

»Ist dieses Zuhause in der Nähe von hier? Ich meine, wir können gerne bei Ihren Eltern vorbeischauen, wenn Sie wollen.«

»Das werden wir sicher nicht! Es wäre zwar relativ nah … aber ich bin mit achtzehn ausgezogen, und seitdem war ich nicht mehr zu Hause. Das ist jetzt elf Jahre her.«

»Hat es Streit gegeben?«

»Es hat immer Streit gegeben. Streit zwischen meinen Eltern, damit bin ich groß geworden. Streit zwischen mir und meinem Vater. Streit zwischen mir und meiner Mutter, weil sie mich nicht gegen den Vater in Schutz genommen hat. Später, weil ich sie nicht gegen den Vater in Schutz genommen habe. Mein Vater ist ein zur Gewalttätigkeit neigender Mensch. Meine Mutter hat zu saufen begonnen. Ich bin aufgewachsen inmitten von Schlägen, von Schlachtabfällen und Alkohol. Als ich mit der Schule fertig war, hab ich mich beim Bundesheer in die entlegenste Gegend versetzen lassen. Von dort bin ich direkt nach Wien.«

Nora staunte, für Bernhards Verhältnisse war das geradezu ein Redeschwall, aber sie verbot sich jeglichen Kommentar dazu.

»Sie hatten keinen Kontakt mehr zu Ihren Eltern?«, fragte sie.

»Mit meiner Mutter telefoniere ich zu Weihnachten und zum Geburtstag. Sie tut mir leid. Aber die beiden fehlen mir nicht in meinem Leben. Ich brauche sie nicht. Kapitel abgeschlossen.«

»Aber vielleicht fehlen Sie Ihren Eltern?«, wandte Nora ein.

»Tja, dann haben sie Pech gehabt.«

»Haben Sie Geschwister?«

»Ich würde Sie sehr bitten, nicht weiter in meiner Familiengeschichte herumzubohren. Wie gesagt, das Kapitel ist für mich abgeschlossen.«

Nora widmete sich dem Bergkäse. Bernhard schwieg.

»Wie wird das Wetter?«, fragte sie.

»Besser«, sagte Bernhard. »Ich denke, wir werden morgen gutes Wanderwetter haben.«

»Sie wissen also, wohin die Reise geht?«

»Ich nehme mal an, wir werden es morgen erfahren, wenn die Nachricht kommt. Wenn eine kommt! Ich hatte mir ja ehrlich gesagt gedacht, dass Mariazell das Ziel unserer Reise ist.«

»Mariazell? Das Ziel?«, fragte Nora leicht erschrocken. Vielleicht hatte sie ja mit ihrer Bus-Lüge alles vermasselt.

»Es gibt einen alten Pilgerweg«, erklärte Bernhard. »Die Via Sacra führt entlang von Klöstern, Kirchen, Heiligtümern und Naturdenkmalen von Wien nach Mariazell. Da wir schon bei den Mönchen gelandet waren, ging ich davon aus, es würde jetzt so weitergehen.«

»Aber mein Vater war doch nicht religiös«, wandte Nora ein.

»Menschen verändern sich, wenn sie alt oder krank sind oder beides.«

Ein leichtes Unwohlsein befiel Nora. Warum hatte sie so

leichtfertig geschummelt? Was heißt geschummelt, ganz glatt gelogen hatte sie! Sie beschloss, das ungute Gefühl mit Kräuterlikör zu bekämpfen. Immerhin, Bernhard trank auch ein Glas mit.

»Stört es Sie, wenn wir auf den Balkon gehen? Da kann ich rauchen«, sagte Nora. Den Balkon hatte sie natürlich schon überprüft, er war nicht zu hoch gelegen, schön breit, das Geländer beruhigend massiv.

»Können wir nicht vorher die Sachen hier wegräumen?« Bernhard zeigte auf den Esstisch.

»Das können wir doch auch nachher machen.«

»Ich mache es lieber gleich. Sie können ja einstweilen rauchen gehen.«

Natürlich half Nora mit. Bernhard erledigte auch gleich den Abwasch, trocknete das Geschirr ab und räumte es weg.

»Von einem Mann wie Ihnen träumt jede Hausfrau«, spöttelte Nora. »Sind Sie eigentlich verheiratet? Ring tragen Sie ja keinen. Haben Sie eine Freundin?«

»Zum gegenwärtigen Zeitpunkt sind Sie die einzige Frau, die mich in meinem Leben beschäftigt«, antwortete Bernhard.

Vielleicht ist er schwul, dachte Nora. Ja, das könnte sein. Er macht immer alles so ordentlich. Er hat eine sexuelle Beziehung zu seinen Socken. Und er interessiert sich nicht für mich!

»Ich denke zwar, dass meine sexuelle Orientierung für unsere Reise keine Rolle spielt«, sagte Bernhard, »aber ich darf Ihnen mitteilen, dass ich nicht homosexuell bin, falls diese Frage Sie gerade beschäftigt.«

»Keineswegs«, log Nora, nahm die Flasche, zwei Gläser und ihren Tabak. Vom Balkon aus konnte man die Basilika sehen, die vor dem Abendhimmel erstrahlte. Es hatte aufgeklart, und dennoch war es ein bisschen wärmer geworden. Mit ihrem neuen Handy und dem starken WLAN hätte sie natürlich auch nachsehen können, was es auf Netflix Neues gab, aber da Bernhard sich so bereitwillig zu ihr setzte, wollte sie doch versuchen, noch etwas aus diesem seltsamen Menschen herauszubekommen.

22

Das Problem in den kommenden knapp zwei Stunden bestand für Nora darin, dass sie ununterbrochen Mariazeller Kräuterlikör nachschenkte, und zwar ausschließlich sich selbst. Denn während sie das nächste Glas schon wieder geleert hatte, nippte Bernhard noch immer an seinem ersten. Das Zeug verfügte über ein hohes Suchtpotenzial, nun ja, bei ihr zumindest, und dazu rauchte sie, als hätte sie was nachzuholen, was sie ja genau genommen auch hatte.

»Ich habe Ihre Reportage über die Landung der Alliierten in der Normandie gelesen«, sagte Bernhard.

»Ach so?«

»Hat mir sehr gut gefallen. Vor allem, was das für die Zivilbevölkerung bedeutet hat. Darüber liest man natürlich in militärhistorischen Büchern wenig.«

»Freut mich. Ja, war viel Arbeit. Aber gut.«

»Wenn ich mich richtig erinnere, liegt die Veröffentlichung auch schon eine Zeit zurück.«

»Ja, sicher.«

»Dürfte nicht mehr so gut laufen, das Geschäft. Was man so hört, geht es den Printmedien nicht gut.«

»Ich komme durch.«

»Als freie Journalistin muss es hart sein heutzutage. Und dann haben Sie noch die Kolumne in der *Elle* verloren ...«

»Was Sie alles wissen«, sagte Nora betreten und schenkte sich nach. Sie konnte nur hoffen, dass Bernhard nicht gut genug Französisch konnte, um zu verstehen, warum sie ihre Kolumne verloren hatte. Eine satirische Tageszeitung hatte die ganze Geschichte veröffentlicht. In dieser letzten Kolumne hatte Nora eine wissenschaftliche Studie zitiert, wonach Frauen bei Männern zuerst einmal in den Schritt schauen, um zu scannen, was dort los ist. Daraus hatte sie gefolgert, dass die ewigen Artikel von wegen »auf die Größe kommt es nicht an« ihrer Meinung nach Propaganda von Zukurzgekommenen seien, zumal ihre eigenen Erfahrungen eindeutig das Gegenteil bewiesen. Von ihren Kolleginnen hatte sie viel Zuspruch erfahren, die Chefredakteurin hatte den Artikel abgesegnet. Was niemand wusste: Der Herausgeber der Zeitschrift hatte für die nächste Ausgabe eine große Titelgeschichte geplant, Aufmacher: »Die überschätzte Größe«. Er schrieb ihr eine Mail, in der er sie bezichtigte, durch obszöne Ausdrucksweise dem Ansehen des Unternehmens geschadet zu haben. Außerdem solle sie mal anständig recherchieren. Das war's dann. Als freie Mitarbeiterin hast du gegen einen Rauswurf gar keine Chance.

»Sie haben dafür bei einem 24-Stunden-Lauf mitgemacht«, sagte Nora. »Aber viel mehr findet man nicht.«

»Für einen Juristen ist es in den meisten Fällen durchaus vorteilhaft, nicht zu üppig im Netz aufzuscheinen.«

»Haben Sie eigentlich Freunde?«

»Sie meinen, wenn man im Netz nicht präsent ist, hat man keine Freunde?«, fragte Bernhard. »Aber ich kann

Ihnen eines sagen, wenn man sich selbst verändern will, dann muss man seine Freunde hinter sich lassen. Ich nenne das die Anti-Mafia-Regel. Es gibt kein größeres Hindernis für persönliche Veränderung als die liebevollen Fesseln deiner Freunde und deiner Familie.«

Nora dachte nach. Ja, das hatte schon was. Der Mann machte sich ja richtig Gedanken! Und es stimmt, wann immer sie in ihrem Leben etwas Neues probieren wollte, gab es etliche Stimmen, die davor warnten. Familien und Freundeskreise hassen Veränderungen. Aber wollte sie das jetzt vertiefen? Nein, eigentlich nicht. Also fragte sie: »Und Sie sind wirklich 24 Stunden gelaufen? Ich meine, ohne Pause?«

»24 Stunden. Im Kreis. Insgesamt hat man aber vier Stunden Pause. Sind also nur zwanzig Stunden.«

»Ach ja, nur zwanzig …« Nora schenkte sich nach. »Warum macht jemand so was?«, fragte sie fassungslos.

»Weshalb jemand so etwas macht, weiß ich nicht. Ich habe es gemacht, weil Sport meine Droge war. So sehe ich das heute. Wie eine Sucht. Wissen Sie, ich bin mit sechzehn von der Schule geflogen, weil ich begonnen hatte, mit den Drogen zu handeln, die ich vorher alle ausprobiert hatte. Ich habe nur noch gesoffen. Ich habe Mädchen hinter dem Kirchweihzelt gevögelt, das war mein Hobby. Verzeihen Sie bitte, ich verfalle sofort in den Jargon, wenn ich nur daran denke. Irgendwann stellte irgendeine höhere Intelligenz in mir die Frage, ob ich wie mein Vater werden will, ob ich im Schlachthaus anfangen soll, um mir einen tiefergelegten Audi quattro zuzulegen und zu warten, bis mal eine schwanger wird, damit ich dann das Eigenheim mit ihr bauen kann und bis an mein Lebensende verschuldet bin – oder mache ich alles ganz anders? Dann habe ich mein Leben in die Hand genommen und nur noch das Gegenteil gemacht. Die Abendschule mit Matura. Sport, Sport, Sport. Gelebt wie ein Mönch. Dann Bundesheer. Am anderen Ende Österreichs. Dann Studium. Noch einmal am anderen Ende Österreichs. Und zwar ein ganz trockenes Studium, das von einem Schlachthof so weit entfernt ist wie die Sonne vom Mond.«

Nora schenkte sich verwundert nach. Einen solchen Redeschwall, das hatte sie sich von Bernhard nicht erwartet.

»Was ist wichtiger«, fragte sie, und sie spürte, dass die Zunge zwar schon etwas schwerfällig wurde, aber dafür war sie brillant, im Kopf brillant, »was ist wichtiger, die Sonne oder der Mond?«

»Keine Ahnung«, sagte Bernhard, »was wird das?«

»Der Mond natürlich«, sagte Nora. »Weil er nämlich in der Nacht leuchtet.«

»Wollen Sie mir etwas damit sagen?«, fragte Bernhard nach einer kleinen Nachdenkpause.

»So kommt mir das vor«, antwortete Nora. »Ihre Geschichte. Ich meine, Sie sind im Gegenteil, aber sind Sie auch Sie selbst, wenn Sie im Gegenteil sind?«

Brillant, fand sie. Jetzt hatte sie ihn durchschaut. Jetzt hatte sie ihn ganz ohne zehn Fragen vollkommen durchschaut. Wie zur Bestätigung schlug die Kirchenglocke zehn Mal.

»Solche Fragen«, sagte Bernhard unberührt, »können sich nur Menschen stellen, denen alles in die Wiege gelegt wurde. Wohnung im Nobelviertel, deutsche Schule, Universität, schicke Freunde, gutes Essen. Bildung, Sicherheit, Wohlstand, alles da. Da hat man eben Zeit, wenn alles so toll ist.«

»So toll hat es sich nicht angefühlt«, sagte Nora. »Sie haben ja keine Ahnung von meinem Leben.«

»Stimmt«, sagte Bernhard. Als er seine Jacke anzog, weil es nun doch etwas kühler wurde, entdeckte Nora ein Tattoo an der Innenseite seines Unterarms. Sie griff, ohne zu fragen, über den Tisch und zog Bernhards Ärmel in die Höhe.

»Orter mauqmun«, entzifferte sie mühselig. »Das ist wohl eine Geheimsprache. Oder irgendein Zauberspruch von den Indios oder was?«

Bernhard lachte. Es war das erste Mal, dass sie ihn so richtig herzhaft lachen hörte. Sie sah ihn erstaunt an. Lachend wirkte er eigentlich fast ... sympathisch.

»Sie haben es verkehrt gelesen«, sagte Bernhard. »Es heißt Numquam retro.«

»Das ist Latein«, lallte Nora. »Allerdings habe ich an dem Tag gefehlt, wo wir das gelernt haben.«

»Es heißt: niemals zurück.«

»Niemals zurück?«

»Ich möchte niemals dorthin zurück, wo ich herkomme.«

23

Das erste Mal seit grauer Vorzeit ließ Nora wieder ein Bein aus dem Bett hängen und stellte den Fuß auf den Boden. Sie fühlte sich gleich erleichtert, als sie sich an diesen Trick aus ihrer Jugendzeit erinnerte. Um Gottes willen, wann hatte sich das letzte Mal alles so gedreht? War das nach der Party von Sophie gewesen, damals, als sie Wodka Orange entdeckt hatte, um ihn anderntags für immer aus ihrem Leben zu verbannen? Immerhin, der Trick half, eine Art Gleichgewicht wiederzufinden, wenn auch ein Gleichgewicht des Schreckens, denn der Schwindel hörte nicht auf, das Bett drehte sich weiter, aber wenigstens wusste man, wo oben und wo unten war. Oder war es bei Lillys Hauseinweihungsparty gewesen? Da hatte sie schon keinen Wodka Orange mehr getrunken, aber dafür sonst alles, in abenteuerlicher Reihenfolge, Bier, Rotwein, Champagner, Bier ... Und dann hatte sie noch mit Dings geschmust ... o mein Gott, wie hieß der gleich ...

Auf dem Weg zur Toilette kollidierte Nora mit der Stehlampe, wagte ein kleines Tänzchen mit ihr, weil sie sich im Kabel verfangen hatte, brachte die Lampe zu Fall, besser als umgekehrt, nun ja ... damals, als sie mit Dings geschmust hatte, hatte sie zum letzten Mal gekotzt. Man darf an solche Dinge nicht denken, wenn es einem ohnehin nicht gut geht, aber natürlich denkt man ausgerechnet dann daran, und alles wiederholt sich.

Nora ließ sich kaltes Wasser über den Kopf und in den Mund laufen. Sie machte sich auf den Weg zurück ins Bett, aber allein dessen Anblick sagte ihr, dass sie sich jetzt unmöglich wieder hinlegen konnte. Dumpfe Schmerzwellen rollten durch ihren Kopf. Ihr Herz raste, dann schien es wieder stillzustehen. Sehr gesund konnte dieser Zustand nicht sein. Was sollte sie jetzt machen? Spazieren gehen? Kalt duschen? Das hörte sich alles wahnsinnig anstrengend an, und helfen würde es auch nicht. Wie bei einer Erkältung hilft auch bei Alkohol nur die Zeit. Im Gegensatz zur Erkältung macht Alkohol in der ersten Phase immerhin Spaß, und man kann gar nicht genug davon bekommen, auch wenn die Spaßkurve irgendwann mal steil nach unten zeigt, man säuft trotzdem weiter, ach, was heißt man, dachte Nora, ich saufe weiter, weil ich eine Vollidiotin bin, und dann noch dazu Kräuterlikör, noch dazu den mit Zucker, bravo, Kopf kaputt, Magen kaputt, dazu achttausend Kalorien zu mir genommen, und wer weiß, was die Österreicher da alles reintun dürfen in so einen Schnaps, vielleicht sind da Kräuter drin, die nur von Österreichern vertragen werden und für den kleinen unbedeutenden Rest der Menschheit giftig sind?!

Nora setzte sich an den Tisch. Sie wollte nichts lesen, sie wollte nichts essen, sie wollte keinen Tee, sie wollte eigentlich nur tot sein. Zumindest so lange, bis es ihr wieder gut ging. Sie schaute auf ihr Handy. Bis auf zehn Millionen Dollar, die ein guter nigerianischer Freund in Lagos für sie bereithielt, und dem Angebot für eine neue Wundersalbe zur Penisvergrößerung, die sie sich mit den zehn Millionen locker würde leisten können, gab es nichts Neues.

Oh, die zehn Fragen von Lilly. Wieso hatte sie die vergessen? Eigentlich hatte sie die gar nicht gebraucht, weil Bernhard ohnehin so viel von sich erzählt hatte. Und dennoch hatte Nora den Eindruck, sie habe viel mehr von sich preisgegeben als er.

24

»Liebe Lilly!
Es geht mir sehr elend. Schnapsmissbrauch, ich kann es nicht anders sagen. B. hat sehr viel Kondition. Aber nicht, was du glaubst. Er ist mal 24 Stunden durchgehend gelaufen, kannst du dir das vorstellen? Er ist ein seltsamer Typ, aber ich beginne zu verstehen, warum. Jedenfalls ist er keine Witzfigur. Ich bin nicht dazu gekommen, deine Fragen zu fragen. Ich hab's irgendwie einfach vergessen. Sagt man Fragen fragen? Damit deine Mühe nicht umsonst war und um

jetzt irgendwas zu tun, was mich noch eine halbe Stunde hier sitzen bleiben lässt, werde ich sie selbst beantworten. Auch wenn das Tippseln mühsam ist.

1) Was ist für Sie das größte Unglück?

Saufen. Das ist einmal ganz klar. Zumindest bis morgen Abend.

2) Was ist für Sie das vollkommene irdische Glück?

Auch saufen? Nein, im Ernst, Lilly, das vollkommene Glück, gibt es das überhaupt, irdisch oder überirdisch? Ich glaube, nicht.

3) Was ist Ihr größter Fehler?

Wieder saufen? Das Thema scheint meinen Abend zu bestimmen ☺ Nein, ich denk mal ernst nach. Es hämmert nur so im Schädel. Ich sag einfach, was mir einfällt. Inkonsequenz. Ja, ich bin schrecklich inkonsequent.

4) Welche Fehler entschuldigen Sie am ehesten?

Saufen. Die Antwort passt irgendwie immer. Ja, ich entschuldige eigentlich alles, was mit Inkonsequenz zu tun hat. Gebrochene Vorsätze, verschobene Abgabetermine, Abstinenz von der Abstinenz, Verspätungen, Planlosigkeit, in den Tag hinein leben, Beziehungschaos, das kann ich den anderen sehr gut verzeihen. Am wenigsten wahrscheinlich mir selbst.

5) Welche Eigenschaften schätzen Sie bei einem Mann am meisten?

Verlässlichkeit.

6) Welche Eigenschaften schätzen Sie bei einer Frau am meisten?

Ist das nicht eine sexistische Fragestellung? Muss ich jetzt was anderes sagen? Loyalität. Ist aber eigentlich dasselbe. Ich schätze an Menschen, wenn man sich auf sie verlassen kann. Ehrlich gesagt fühle ich mich momentan ganz schön verlassen.

7) Was würden Sie in Ihrem Leben gerne verändern?

Alles. Meine spontane Antwort. Das hat aber sicher mit meinem elenden Zustand zu tun. Ich hätte gerne Erfolg, eine Wohnung mit Licht und Luft, einen verlässlichen Mann, zwei hinreißende Kinder, einen geregelten Tagesablauf und Kanton-Gemüse-Reis zum Abendessen.

8) Welche sind Ihre drei größten Stärken?

Ich kann beim Saufen mit jedem Mann mithalten. Ich kann schreiben. Ich bin lustig.

Das sind aber vielleicht auch meine größten Schwächen. Ich bin lustig, obwohl es gar keinen Grund gibt, lustig zu sein. Ich kann schreiben, aber warum mache ich so wenig daraus??

9) Was war Ihr bisher größter Erfolg?

Ich habe bei der Schulabschlussfeier das Crêpes-Wettessen gewonnen. Weißt du noch? Neun Crêpes au Nutella, das war wirklich eine Meisterleitung!

10) Was kann Sie richtig begeistern?

Huh, das ist die schwierigste Frage. Begeistern? So richtig begeistern? Lilly, mir fällt nichts ein! Hilfe!

Ich kann mir unmöglich vorstellen, morgen irgendwohin zu wandern. In diesem Wallfahrtsort namens Mariazell sind wir übrigens nur, weil ich ganz übel gelogen habe und wir mit dem Bus gefahren sind. Ich bin ein schlechter Mensch, liebe Lilly, inkonsequent, versoffen, ziellos und ohne jede Begeisterung für irgendwas, und deshalb geschieht es mir auch recht, wenn es mir schlecht geht. Und jetzt versuche ich ganz vorsichtig, mich wieder hinzulegen. Küsse das Monster und trink keinen Schnaps. Küsse. Nora«

Als Nora die Stehlampe wieder aufstellte, donnerte der Lampenschirm gegen die Wand, und das dröhnte nicht nur in Noras Kopf, sondern im ganzen Zimmer. Beschwichtigend umfasste Nora die Lampe und flüsterte: »Psch, psch, leise …«

Bernhard stand plötzlich in der Tür seines Zimmers. Er wirke etwas zerzaust und beobachtete Nora dabei, wie sie die Stehlampe umarmte.

»Geht es Ihnen nicht gut?«, fragte er.

»Nein«, antwortete sie.

»Das wundert mich nicht besonders«, meinte er. »Ich hab Aspirin in meiner Notfall-Apotheke. Wollen Sie eines?«

»Sehr gerne.«

Bernhard verschwand in seinem Zimmer, Nora setzte sich an den Tisch. Er warf die Brausetablette in ein Glas Wasser und stellte das sprudelnde Getränk vor Nora auf den Tisch.

»Was begeistert Sie?«, fragte Nora.

»Was mich begeistert?« Bernhard wirkte entgeistert. »Das kann ich gar nicht alles sagen. Mich begeistert wahnsinnig viel. Zum Beispiel Bewegung. Das wissen Sie schon. Zwei Stunden laufen, dann kommt diese Euphorie … oder auf einen Berg steigen … Es gibt nichts Schöneres als dieses Glück nach einer Selbstüberwindung.«

»Sich selbst überwinden«, murmelte Nora, kostete ihre Medizin und überwand sich sehr, nicht sofort wieder auf die Toilette zu laufen.

»Sie werden jetzt sagen, das hat mit Masochismus zu tun«, sagte Bernhard.

»Ich bin zu schwach, um irgendetwas zu sagen«, sagte Nora.

Bernhard wirkte nicht so schwach. Den konnte man mitten in der Nacht aufwecken, und er funktionierte. »Ich glaube, es ist die Bestimmung des Menschen, über sich selbst hinauszuwachsen. Was wollen Sie denn sonst tun? Sich den Instinkten und Trieben hingeben wie ein Tier?«

Die Worte erschütterten Nora. Ja, genau das war es ... die Inkonsequenz. Nichts wollen von mir selbst. So konnte es nicht weitergehen.

»Außerdem begeistern mich manche Texte. Das Verfassungsrecht zum Beispiel ... da gibt es Absätze, die sind in ihrer Klarheit und Schönheit so beeindruckend, da bekomme ich eine Gänsehaut, wenn ich die lese.«

Nora nickte schwach. Bernhards Augen leuchteten. Das begeisterte ihn wirklich! Sie kannte das Wort »Verfassung« eigentlich nur mit dem Attribut »schlecht«, und »schlechte Verfassung« beschrieb ihren Zustand recht gut.

Bernhard verschwand im Badezimmer und kehrte mit einem feuchten Handtuch zurück. »Darf ich Ihnen das in den Nacken legen? Sie werden sehen, das hilft Ihnen.«

Das Tuch fühlte sich entsetzlich kalt an, aber der aufwallende Schmerz ebbte nach und nach ab, und eine leichte Entspannung machte sich breit.

»Geht es besser?«, fragte Bernhard besorgt.

»Was würden Sie in Ihrem Leben ändern?«, fragte Nora zurück.

Bernhard überlegte kurz. »Nichts.« Und nach einer weiteren kleinen Pause fragte er: »Und Sie?«

»Ich wünsche mir Erfolg. Und einen verlässlichen Mann und zwei hinreißende Kinder«, jammerte Nora.

»Ich gehe davon aus, dass Sie diesen Wunsch nicht an mich richten?«

»Sie können ja richtig witzig sein.«

»Ah, ich sehe, es geht Ihnen schon etwas besser. Sie verarschen mich schon wieder.«

»Nein, wirklich nicht. Ich bin nur unglücklich.«

»Wissen Sie, warum? Weil Sie sich etwas wünschen. Ich wünsche mir das und das und das … Das machen Kinder beim Christkind. Aber im Leben? Wünschen macht Sie nur unglücklich.«

»Das ist doch buddhistisch oder so, was Sie sagen.«

»Nein, das ist Mathematik. Was ist Glücksgefühl? Das ist ganz einfach. e : r = g. Erwartung dividiert durch Realität ist gleich Glücksgefühl.«

»Ich fürchte, ich bin zu betrunken, um das zu verstehen«, sagte Nora.

»Ein Beispiel«, antwortete Bernhard. »Ich erwarte mir auf die Prüfung in bürgerlichem Recht eine 4. In Wahrheit habe ich eine 2. Ich habe also 2 Glückspunkte. Hätte ich mir eine 1 erwartet und eine 2 bekommen, hätte ich nur 0,5 Glückspunkte.«

»Und was, wenn man null Erwartungen hat?«, fragte Nora.

»Wenn der Dividend null ist, ist auch der Quotient null. Egal, wie groß der Divisor, also die Realität ist. Das ist der buddhistische Teil der Glücksformel. Erwarte nichts, dann werden deine Erwartungen nie enttäuscht werden, egal, was passiert.«

»Aber heißt das nicht, dass auch das Glücksgefühl null ist?«, fragte Nora.

»Das ist ein gewisser Nachteil. Allerdings sind Wünsche fast immer eigennützig und daher der Entwicklung des eigenen Charakters wenig dienlich. Wie können Sie zum Beispiel sagen, Sie wünschen sich ein Kind?«

»Zwei Kinder.«

»Gleich zwei. Und hinreißend sollen sie auch noch sein. Aber ein Kind ist doch kein Gebrauchsgegenstand! Und kein Baustein zur Selbstverwirklichung!«

»Ja. Ja.« Nora nickte abwehrend.

»Haben Sie eigentlich einen Freund?«, fragte Bernhard.

»Partner hatte ich eigentlich nur, weil ich nicht allein sein wollte«, sagte Nora trübsinnig. »Und wissen Sie, wann die Beziehungen zu Ende waren? In dem Augenblick, in dem Liebe ins Spiel gekommen ist!«

»Das ist ein Klassiker«, meinte Bernhard.

»Ich habe diese ganzen Partys und Feten und Feiern so satt!«, sagte Nora, als würde sie sich aufbäumen. »Ich möchte einen netten Mann, drei Kinder und ein Haus auf dem Land. Und einen Hund und eine Katze. Ich pflege den Gemüsegarten, und ich koche jeden Abend!!«

»Jetzt sind es schon drei Kinder«, schmunzelte Bernhard. »Ich denke, Sie beginnen es einmal damit, dass Sie sich hinlegen und ein wenig ausruhen. Wissen Sie, dieses postfeministische Hausfrauending passt überhaupt nicht zu Ihnen.«

Nora nickte erschöpft. Als Bernhard ihr aufhelfen wollte, um sie in ihr Zimmer zu stützen, lehnte sie allerdings dankend ab. Sie wollte nicht schon wieder Hilfe brauchen! Als ob er es geahnt hätte, feixte Bernhard: »Kennen Sie das irische Sprichwort? Betrunken ist man erst, wenn man nicht mehr ohne fremde Hilfe auf dem Boden liegen kann.«

»Danke«, antwortete Nora schwach, »mithilfe meines rechten Beins werde ich ohne fremde Hilfe im Bett liegen können.«

»Morgen ist ein neuer Tag«, sagte Bernhard.

»Der Tag schon«, sagte Nora, »aber ich? Ich?«

26

Als Nora um zehn den Frühstücksraum betrat, saß Bernhard lächelnd an einem Tisch.

»Ah, das trifft sich gut«, sagte er. »Ich bin auch gerade gekommen.«

»Sie haben so lange geschlafen?«

»Nein, ich war laufen. Es gibt einen wunderschönen Alpensee hier in der Nähe, da bin ich hin, und rundherum, und wieder zurück.«

»Sie machen vor dem Frühstück das, wofür andere einen ganzen Tag benötigen.«

»Es war wirklich großartig schön, und die Luft am Wasser ist besonders sauerstoffreich, da prickelt man den ganzen Tag.«

Bernhard holte sich Müsli, das er mit Sojamilch anrührte, und schnitt eine Banane hinein, während Nora auf ihrem Teller ein Katerfrühstück zusammensammelte, gebratenen Speck, Spiegelei, Gurken- und Tomatenscheiben.

»Wie geht es Ihnen?«, fragte Bernhard.

»Der Magen ist okay«, antwortete Nora, »aber der Kreislauf … Schwindlig ist mir irgendwie.«

»Oje.«

»Ich würde mich auch gerne so gut fühlen wie Sie!«

Bernhard lächelte milde.

»Das ist ganz einfach«, sagte er, »Sie müssen Dinge machen, die Ihnen guttun, und nicht solche, die Ihnen schlecht tun.«

Diese Aussage fand Nora wahnsinnig provokant und ärgerlich, und deshalb schwieg sie das restliche Frühstück lang, und der Speck schmeckte ihr auch nicht mehr.

Bernhard störte die Stille gar nicht. Er aß und strahlte still. Nachdem er seine Tasse Tee getrunken hatte, sah er auf sein Handy.

»Maître Didier ist sehr verlässlich«, sagte er. »Soeben ist die neue Nachricht Ihres Vaters eingetroffen.«

Speck, Eier und Gurken bildeten plötzlich einen Stein in Noras Magen. Nun würde der Vater sagen: Wandelt auf der Via Sacra nach Mariazell, hier ist mein Segen, und sie würde erklären müssen, dass sie gelogen hatte, Schummel-Nora mit der fetten Bus-Lüge, oder sie würde jeden Tag weiterlügen müssen und sich immer mehr verstricken.

»Ich habe gestern ein bisschen geflunkert«, sagte Nora und sah Bernhard direkt in die Augen, darin war sie gut. »Mein Vater hat im Prinzip gar nicht so eindeutig direkt gesagt, dass wir mit dem Bus fahren sollen.«

Sie aß eine Gurkenscheibe, behielt aber Bernhard im Auge, unschuldig lächelnd. Bernhard zeigte keine Reaktion.

»Nun gut«, fügte Nora hinzu, »wenn wir der Sache also ganz auf den Grund gehen wollen, er hat gar nichts von einem Bus gesagt.«

»Ich weiß«, sagte Bernhard ruhig.

»Haben Sie sich das Video angeschaut?«

»Nein. Aber ich bin ganz gut darin, zu beurteilen, ob jemand die Wahrheit sagt oder nicht.«

»Sind Sie böse auf mich?«

»Ich bin nicht Ihr Kindergartenonkel, sondern Ihr Begleiter. Was hat Ihr Vater denn gesagt?«, wollte Bernhard wissen.

»*Geht nach Westen*, hat er gesagt. Oder vielleicht auch so etwas wie *geht nach Westen, solange es geht*. Sie können es sich wirklich gerne ansehen. Heute meine ich das ernst.«

»Go west. Etwas magere Botschaft«, meinte Bernhard. »Schauen Sie mal, was er heute sagt, und dann beschließen wir, was wir tun, okay?«

Er öffnete die Mail und reichte Nora das Handy. »Es ist kein MP4, es ist eine Word-Datei. Anscheinend hat er geschrieben. Ich leite Ihnen das einfach weiter, dann können Sie es auf Ihrem Gerät lesen.«

Und als es »bing« gemacht hatte, verabschiedete sich Bernhard, er würde inzwischen aufs Zimmer gehen, und ließ Nora mit der nächsten Nachricht ihres Vaters allein.

Die dritte Nachricht

Ich habe heute keine Lust, mich zu filmen. Ich sehe schlecht aus, und ich habe auch keine Lust zu reden. Also schreibe ich. Vielleicht ist der Mobilfunk dort, wo ihr seid, ohnehin zu schwach, um ein Video runterzuladen.

Ich habe übrigens keine Ahnung, wo ihr seid. Ich habe einen Plan, ja, und ich werde dir demnächst sagen, wo eure Reise enden soll. Ihr sollt aber vorher Zeit miteinander haben, euch aneinander gewöhnen. Du bist ja nicht nur mein kluges Mädchen, sondern auch mein stures Mädchen. Du lässt dir nicht gerne sagen, was du tun sollst. Versteh das nicht als Kritik, ich finde das gut. Vielleicht bist du noch in Wien und machst Party? Vielleicht habt ihr ein Taxi genommen oder einen Zug oder den Bus, was weiß ich? Du machst ohnehin, was du willst. Nur mit meiner Asche nicht. Das ist mein letzter Wille, danach hab ich keinen mehr, also bitte ich dich, ihn zu respektieren.

Ich will dir heute etwas von mir erzählen, und von deiner Mutter. Und von dir. Und von dir und mir ... Wo fange ich bloß an? Da war zunächst ... Als deine Mutter starb, hatte ich einfach Angst. Wie sollte ich dem gewachsen sein – auf dich zu schauen? Allein? Dein Heranwachsen zu begleiten, mit dieser Liebe, die deine Mutter für dich hatte? Mit dieser Hingabe? Du warst ein so süßes Mädchen, aufgeweckt, mein kluges Mädchen, immer schon. Vier Jahre alt! Ich hatte Angst, selbst gleich zu sterben, dich allein zu lassen auf dieser Welt. Eigentlich hatte ich nur ein Ziel: noch fünfzehn Jahre zu leben, bis du erwachsen bist. Das war ein Riesenprojekt. Auf die Großeltern konnte ich nicht zählen, die waren weit weg, und wir mussten nach Paris, wir mussten ja von etwas leben.

Es war seltsam, dass mir damals das Büro in Paris übertragen wurde, ich frage mich noch heute, ob Leo mir etwas Gutes tun wollte, indem er mich aus meiner gewohnten Umgebung herausholte nach Lisbeths, nach Bettys Tod. Oder ob das einfach nur Zufall war ... Da saßen wir also in der viel zu großen Stadt, mussten beide Französisch lernen und unser Leben neu erfinden. Wir waren ein gutes Team. Und doch hockte sich jede Nacht die Angst wie ein urtümliches, albtraumhaftes Tier auf meine Brust. Um das Tier zu vertreiben, trank ich. Meine Freundschaft zu Père Jules stammt aus dieser Zeit. Natürlich war mir bewusst, dass das den fünfzehn Jahren Überlebenszeit, die ich mir vorgenommen hatte, nicht gerade förderlich war. Aber nur Angst zu haben ist sicher auch nicht gesund.

Immer wieder sah ich deine Mutter bei der Tür hereinkommen. Oder auf dem Sofa liegen und lesen. Beim Essen saß sie ohnehin mit uns bei Tisch. Ich wollte mit ihr darüber reden, wie ich mit einem Leben ohne sie klarkommen kann.

Ich war einsam. Du wirst dich vielleicht fragen – wie konnte ich einsam sein – mit dir an meiner Seite? Mein kluges Mädchen! Aber ich war es trotzdem, auch wenn ich mich mit dir immer bestens unterhalten habe. Mit dir allein essen zu gehen oder ins Kino – das war nie langweilig für mich! Ich liebte es, mit dir zu quatschen. Du warst immer schon ein origineller Mensch. Aber ich hatte Angst um dich – oder wegen dir –, und du solltest ganz bestimmt nicht meine Stütze sein!

»Freedom is just another word for nothing left to lose«, wie recht hat Janis Joplin ... Was hätte ich nicht alles anstellen können? Genießen! Frei sein! Doch ohne Betty hatte ich gar keine Lust darauf. Und du warst das Einzige, was ich nicht verlieren wollte. Deshalb hänge ich jetzt noch so an dir, obwohl ich tot bin.

Mein vielleicht größter Fehler war – ich wollte mein Herz nie wieder so sehr einem anderen Menschen schenken, wie ich es deiner Mutter geschenkt habe. Du wirst vielleicht wieder fragen – und ich?! Aber die Liebe zu einem Kind ist etwas anderes, glaube mir, das ist urtümlich biologisch, nicht romantisch. Du willst deine Brut retten, um jeden Preis, aber nicht den Himmel erobern. Den Himmel erobern, durch die Liebe, das konnte ich mir nicht mehr vorstellen. Das war einmal gewesen. Noch heute, wenn ich an deine Mutter denke, rumpelt es kräftig in meiner Brust. Dieses Gefühl hat keine Frau mehr in mir hervorgerufen.

Ich wollte nicht – mein Herz verschenken – kann man es sich denn aussuchen? Ich glaube, schon. Oder man kann die Entwicklung bremsen, das auf jeden Fall. Liebe ist nicht so ein Schicksalsschlag, wie die Romantiker glauben. Gut, Amors Pfeil trifft dich vielleicht. Aber du kannst ihn auch packen und wieder aus dir rausziehen. Das tut weh, aber es geht. Ich hab jetzt wieder meinen Stendhal gelesen – »De l'amour« –, weißt du, da hab ich die schöne alte Pléiade-Ausgabe, wirf die nicht weg, übrigens, irgendwann werden dir die ganzen alten Meister auch mal Freude machen.

Ich sah jeden Tag Dutzende Menschen und war einsam wie nie. Erst jetzt, da ich wirklich allein bin, fühle ich mich nicht mehr einsam. Mein Freundeskreis ist unendlich groß. Stendhal war gerade da ... Bach, Mozart. Goya. Goethe und Meister Eckhart. Ich kenne keine besseren Freunde. Sie essen oft mit mir. Sie beantworten meine Fragen, oder sie stellen mir welche. Sie haben nur einen Nachteil: Sie sind alle tot, und man kann sich nicht an sie kuscheln, beim Einschlafen.

Kennst du Marianne Moore? Eine wunderbare amerikanische Dichterin. »Das Heilmittel gegen Einsamkeit ist Alleinsein«, hat sie geschrieben.

Und dann hab ich dich in die Schule gebracht und von der Schule abgeholt und zu meinen Abendessen mitgenommen oder die Leute zu uns eingeladen, habe kochen gelernt und Aufgaben mit dir gemacht, und wenn du krank warst, hab ich mir freigenommen. Und so warst du immer bei mir. Und sicher bist du auch deshalb so ein kluges Mädchen geworden, weil du immer von klugen Menschen umgeben warst ... Aber was heißt schon klug? Klugheit mag ein Werkzeug sein, aber sie ist nicht genug, für das ganze Leben ...

Ja, ich bin klug. Und gebildet. Ich habe den ganzen Thomas Mann gelesen und den halben Proust. Ich weiß, welche Austernsorte an welchem Meer die beste ist. Ich weiß, wo man in Paris, in Cannes, in München, in Deauville essen gehen soll. Ich habe Die Zeit und Le Monde abonniert. Aber weißt du, was ich nie gemacht habe? Ich habe meine Seele nicht weiterentwickelt. Ich trage feinstes Tuch, ich bin ein gebildeter, kultivierter Mensch, vielleicht sogar ein Mann von Welt. Aber reicht das? Ist der Mensch nicht mehr als ein gepflegter Affe? Gibt es da nicht so etwas wie Magie ... Geist ... eine Seele? Etwas, das unser Herz mit den Sternen verbindet?

Am Ende meines Lebens angelangt, habe ich den Eindruck, ich bin weit unter meinen Möglichkeiten geblieben. Ich meine gar nicht meine Möglichkeiten, ich meine die Möglichkeiten des Menschseins überhaupt. Kultiviert war ich ... statt zum Beispiel einfach mal mit *dir in die Natur zu gehen! Und eigentlich habe ich immer genau davon geträumt ... von einer langen Wanderung mit dir. Jetzt gehst du ohne mich, oder sagen wir mal, mit meiner Asche, und das ist wohl die blödeste Idee, die ich je hatte, und ich kann nur sagen, es tut mir wirklich leid ... unendlich leid, nie mit dir hinausgegangen zu sein, einfach so, ohne Schutz, ohne Sicherheit, einfach nur so, im Vertrauen, dass alles gut wird ...*

Und das alles ging so lange, bis du mir langsam entglitten bist, mit sechzehn, siebzehn, achtzehn Jahren, und jetzt habe ich keine Angst mehr, zu sterben, aber ich habe solche Angst, dass du meine Angst geerbt hast, die Angst vor der vollkommenen Hingabe, die Angst vor dem großen Vertrauen.

Genug für heute ... Vertraue! Kannst du vertrauen? Ich weiß, auf Befehl kann man das schon gar nicht, so wie alle wirklich wichtigen Dinge des Lebens nicht auf Befehl funktionieren. Versuche es ganz einfach, versuche zu vertrauen.

Die Richtung Westen stimmt. In der Mitte Österreichs seid ihr zu weit, also lasst euch Zeit. Ihr braucht noch Zeit. Folge einfach dem Weg, mein Schatz. Und bleib nicht dort stehen, wo es zu gemütlich ist. Adieu, ton père.

27

Nora schleppte sich hinauf ins Zimmer.

»Lesen Sie das bitte!«

Bernhard sah sie verwundert an. Er lüftete gerade alle Räume und war dabei, nach seinem auch Noras Bett zu machen.

»Haben Sie einen neuen Job als Zimmermädchen?«, fragte Nora.

»Ich hinterlasse die Dinge gerne ordentlich.«

»Aber das kommt jetzt alles in einen großen Wäschekorb und dann in die Wäscherei!«

»Trotzdem.«

»Ich gehe jetzt noch ins Badezimmer, auch wenn Sie es schon geputzt haben sollten. Und bitte lesen Sie, was mein Vater geschrieben hat.«

»Soll ich das wirklich?«

»Wirklich.«

Als Nora gebürstet, eingecremt und mit gepacktem Necessaire aus dem Bad kam, saß Bernhard am Bettrand und sah auf sein Handy. Nora sah ihm beim Lesen zu. Sie selbst hasste es, wenn ihr jemand beim Lesen zusah. Vor allem wenn es derjenige war, der den Text geschrieben hatte. Daran war eine Beziehung zwischen ihr und einem Autor gescheitert. Der hatte sie immer beobachtet, wenn sie seine neuesten Texte las, sie hatte sich gar nicht mehr auf das Lesen konzentrieren können, sondern nur noch darauf, wie sie dreinschauen sollte. Auch beim Sex hatte sie der Autor immer angeschaut, mit so einem wissenschaftlichen Blick. Aber manchmal kann lesen intimer sein als Sex.

Bernhard sah auf. Er schien sehr nachdenklich, sogar betroffen. »Es muss sehr schwer gewesen sein für Ihren Vater. Die ganze Verantwortung für ein Kind. Die ganze ... Liebe ...«

»Aber ich!«, rief Nora. »Ich meine, was er über mich schreibt!« Sie schnaubte vor Empörung.

»Was schreibt er denn?« Bernhard schien ratlos.

»Kluges Mädchen«, schrie Nora, »kluges Mädchen schreibt er, aber klug bin ich ja ohnehin nur, weil ich immer mit ihm war. Weil ich auch überallhin mitmusste!«

»Ich finde, Sie sind sehr ungerecht«, sagte Bernhard ruhig. »Er hat für Sie gesorgt. Er hat Sie nicht allein gelassen. Er war da. Sie konnten sich auf ihn verlassen. So einen Vater, wie Sie hatten, so einen hätte ich mir immer gewünscht!«

»Und bin ich wirklich so stur?«, fragte Nora.

Jetzt wurde auch Bernhard lauter: »Wissen Sie, was mein Vater in der Situation gemacht hätte? Er hätte mich entweder in ein Heim gegeben oder totgeprügelt!«

»Ob ich stur bin, wollte ich wissen?«

»Ja, Sie sind stur!«

»Und ich mache immer, was ich will? Ich bin also unverlässlich? Und inkonsequent?«

Bernhard atmete durch und wechselte schnell die Gesprächsebene.

»Wir sollten weiter, glaube ich. Der Wetterbericht ist optimistischer. Es soll heute und morgen überwiegend sonnig werden.«

»Ich komme ja schon«, sagte Nora trotzig.

»Ich bitte Sie, Ihre ambivalenten Gefühle für Ihren Vater nicht auf mich zu projizieren. Wissen Sie, ich kann nichts dafür. Ich komme zu der ganzen Geschichte wie die Jungfrau zum Kind.«

»Ich weiß«, sagte Nora, nun etwas versöhnlicher gestimmt. »Es ist nur, es geht mir auch nicht besonders gut. Greifen Sie einmal.«

Sie legte ihre eiskalte Hand auf jene von Bernhard.

»Ich glaube, Bewegung würde Ihnen guttun«, sagte er.

»Wo ist die Mitte Österreichs?«, fragte sie.

»Man sagt, Bad Aussee ist die Mitte Österreichs.«

»Ich finde, Österreich sieht aus wie eine Birne. Wie misst man die Mitte einer Birne?«

»Ich weiß es auch nicht«, antwortete Bernhard. »Ist ja auch egal. Einige Tagesmärsche sind wir jedenfalls noch davon entfernt.«

Sie packten ihre Rucksäcke. Bernhard erklärte sich bereit, den kleinen ledernen Rucksack mit der Urne in seinem großen aufzunehmen. Sie zahlten und traten auf den Hauptplatz, der im Licht der Frühlingssonne viel mehr Freundlichkeit ausstrahlte als im Nieselregen.

»Ich weiß nicht, ob ich heute gehen kann«, sagte Nora. »Der Rucksack, die Schuhe, das ist alles neu. Und ich bin so gar nicht in Form.«

»Für den Bus ist das Wetter viel zu schön«, meinte Bernhard. »Aber ich habe da bei meiner Morgenrunde etwas gesehen. Vielleicht gefällt Ihnen das.«

28

Sie gingen knappe zehn Minuten und hatten bereits den Stadtrand von Mariazell erreicht.

Bernhard jammerte leise, als ihnen eine Gruppe Radfahrer entgegenkam, und wenig später wusste Nora auch, warum er gejammert hatte.

»Leider«, sagte die Frau vom Fahrradverleih, »ich habe kein einziges Rad mehr für euch.«

»Schade«, meinte Nora. »Rad fahren! Was für eine wunderbare Idee!«

»Moment, ich habe da vielleicht doch noch etwas.« Die nette Frau verschwand im Hinterzimmer ihres Geschäfts und kam mit einem ziemlich großen Gefährt zurück.

»Bitte schön«, sagte sie triumphierend.

»Um Gottes willen, ein Tandem«, rief Bernhard aus.

»Wieso«, sagte Nora, »das ist doch großartig!«

»Das sagen nur Leute, die das noch nie versucht haben«, sagte Bernhard.

»Sie wirken wie ein sehr gut eingespieltes Paar«, meinte die Frau vom Verleih.

»Der Eindruck täuscht«, sagte Bernhard.

Die Frau lächelte ein wenig irritiert. »Wir hatten auch schon Paare hier, die ihre Ehekrise beim Tandemfahren überwunden haben.«

»Ach bitte, Bernhard, machen wir das doch! Sie haben doch gesagt, ich soll mich bewegen.«

»Ich schwöre Ihnen, es ist weit weniger anstrengend, zu gehen, als auf einem Tandem zu fahren. Noch dazu mit Rucksack.«

Die Fahrradverleiherin schien jetzt vollends verwirrt. »Ich hatte zwar noch nie ein Tandempaar, das sich siezt. Aber ich mache euch einen Vorschlag. Die Gruppe, die alle meine Räder hat, fährt ins Ennstal hinüber, die hole ich mit dem Bus und dem Anhänger am Abend ab. Wenn ihr ebenfalls Richtung Ennstal fahrt, nehme ich euch einfach auch mit.«

»Wir wollen zwar in die Richtung«, sagte Bernhard, »aber nicht nach Mariazell zurück.«

»Aber irgendwie könnte das doch gehen«, insistierte Nora. Ihre Schuhe drückten sie jetzt schon, und das Tandem erschien ihr wie ein Zeichen des Himmels.

Die Verleiherin zwinkerte Nora verschwörerisch zu: »Ihr könnt zum Beispiel nach Dachs fahren. Das ist ein nettes kleines Dorf mit einem Gasthaus. Fünfzig, sechzig Kilometer, leicht zu schaffen. Dort hole ich das Tandem ab und bringe euch die Rucksäcke. Ihr könnt dort übernachten und morgen zu Fuß weitermachen.«

»Großartig!«, rief Nora. Bernhard seufzte.

Wenig später saßen sie auf einem äußerst wackeligen Gefährt und fuhren in Schlangenlinien durch die Peripherie von Mariazell, die hauptsächlich aus Wald bestand. Nora hatte den Rucksack mit der Urne mitgenommen sowie die Trinkflaschen und die Reste des Abendessens, und wegen des übrigen Gepäcks machte sie sich keine Sorgen. Die Verleiherin hatte ihnen noch eine kleine Einschulung verpasst. Der Schwerere sollte vorne sitzen, das war Nora sehr recht, auch wenn Bernhard darauf bestand, mit »Captain« angesprochen zu werden. Noras Rolle hieß in der Fachsprache »Stoker«. Eine harmonische Beziehung werde sich automatisch einstellen, schwor die nette Frau, wobei gewisse Regeln zu beherzigen wären. Der Captain dürfe weder spucken noch die Tretbemühungen des Stokers in Frage stellen, diese Rolle würde ohnehin von praktisch jedem Passanten übernommen. Der Stoker wiederum solle den Captain weder antreiben noch maßregeln.

»Ich fühle mich wie schwerst betrunken, Captain«, rief Nora.

»Wahrscheinlich sind Sie das.«

»Dann würde ich mich besser fühlen.«

»Bitte halten Sie den Oberkörper ruhig, dann kommen wir weniger ins Trudeln«, brummte Bernhard.

»Sir, jawohl, Sir.«

»Wenn Sie sich übergeben müssen, sagen Sie es mir bitte kurz vorher.«

»Sir, jawohl, Sir. Mir geht's aber gut. Die Luft ist wunderbar.«

Sie schlingerten an einem Bauern vorbei, der am Wegesrand seine Sense schliff.

»Die hinten tut gar nichts«, rief er spitzbübisch.

»Stimmt nicht«, protestierte Nora, »ich trete wie eine Wilde.«

Als es leicht bergauf ging, ertappte sich Nora freilich dabei, wie sie sich ein wenig ausruhte und die Füße einfach auf den Pedalen liegen ließ, ohne viel zu treten. Aber dieser Bernhard war ohnehin ein solches Muskel- und Kraftpaket, der würde das schon schaffen.

»Sind Sie noch da?«, fragte er nach ein paar Minuten.

»Ja, warum?«

»Weil es so still ist.«

29

Nora genoss die Fahrt. Die Landschaft schien ihr von einer geradezu übernatürlichen Schönheit zu sein. Auf zartgrünen Wiesen blühten die ersten Obstbäume. Dazwischen sprangen Kühe herum, übermütig vor Freude, nach einem langen Winter das erste Mal auf die Weide zu dürfen. Das helle Grün der Lärchentriebe hob sich vom satten Grün der Tannen ab. Schneebedeckte Gipfel ragten in den blauen Himmel.

Die Straße folgte einem Fluss, und dieser Fluss gehörte überhaupt zum Schönsten, was Nora je gesehen hatte. Das glasklare Wasser wechselte die Farben zwischen Hellblau, Türkis und allen möglichen Grünschattierungen, je nachdem, ob es über Kies strömte oder über Felsen, ob Pflanzen wuchsen, ob die Sonne es durchflutete oder es im kühlen Schatten floss.

Einmal verließ die Straße das Flusstal, da ging es in großen Serpentinen bergauf, und Nora trat aus Leibeskräften mit. Sie hatte sich mittlerweile erholt, durch die Bewegung und durch die Luft, deren kühle Frische sie als Medizin empfand. Das Bremsen beim Bergabfahren hatten sie schon nach ein paar hundert Metern ganz gut im Griff. Man müsse das mit Gefühl dosieren, und außerdem solle sie sich in die Kurven legen, rief ihr Bernhard zu, und nicht dagegen arbeiten, und auch das klappte ganz tadellos.

Da, wo die Straße wieder dem Fluss folgte und das Tal sich eine Verbreiterung zwischen den Bergen geschaffen hatte, war das Wasser zu einem kleinen See aufgestaut worden. Die Farbe und die Klarheit des Wassers erinnerten Nora an ihre Sommerurlaube auf Korsika. Nur dort hatte sie etwas vergleichbar Schönes gesehen.

Und weiter ging es, jetzt fast durchgehend am Fluss entlang: links Hochwälder, die scheinbar kein Ende nahmen, rechts das berauschende Wasser und dahinter Wiesen und Berge. Manchmal schnitt die Straße eine Biegung des Flusses ab, doch schnell gab es ein Wiedersehen.

»O Captain! My Captain!«, rief Nora.

»Bin froh, mal wieder was zu hören. Geht es gut auf den billigen Plätzen?«, fragte Bernhard.

»Es ist so unfassbar schön«, sagte Nora.

»Finde ich auch«, rief Bernhard nach hinten.

Sie hatten die Straße praktisch für sich. Nur alle heiligen Zeiten fuhr ein Auto an ihnen vorbei. Dafür gelang es ihnen zweimal, einen Traktor zu überholen, ächzende Modelle allerdings, die so aussahen wie Freigänger aus dem Technischen Museum.

Um die Mittagszeit wurde es richtig heiß, und Nora bereute, ihre neu erworbene Schirmkappe nicht mitgenommen zu haben.

»Wie weit sind wir denn?«, fragte sie.

Keine Antwort.

»Captain! Sir! Wie weit sind wir?«

»Fünfundzwanzig oder dreißig Kilometer haben wir geschafft, schätze ich«, rief Bernhard. »Sollte so die Hälfte sein. Wir kommen gut voran!«

»Und was halten Sie von einer Halbzeitpause, Captain?«

»Sehr dafür.«

An einer Stelle, wo der Fluss sich direkt an die Felsen des Berghangs schmiegte, von der Straße aus aber nicht zu sehen war, bog der Captain rechts ab und fuhr einen Feldweg entlang. Souverän wichen sie den Schlaglöchern aus, durchquerten ein kurzes Waldstück und gelangten ans Ufer. Der Fluss schien hier ebenfalls Pause zu machen, floss eine träge Kurve, um erst hinter den Felsen wieder mit wilden Stromschnellen loszulegen. Am Fuße des Berghangs lag eine Schotterbank in der Sonne, windgeschützt von ein paar großen Felsen, die das Wasser zu tiefgrünen Gumpen aufstauten.

»Unglaublich«, sagte Nora.

»Da vorne ist es nicht so tief«, meinte Bernhard, »wir könnten durchs Wasser waten, damit wir da rüberkommen.«

Nora fürchtete sich zwar vor Höhe, nicht aber vor Wasser und auch nicht vor Kälte, und so zogen sich die beiden in Windeseile Schuhe, Socken und Hosen aus und wateten ans andere Ufer. Wie sich herausstellte, bestand ein Teil der Schotterbank aus feinstem, sonnengewärmtem Sand, auf den sich die beiden fallen ließen. Nora blinzelte gegen die silbernen Reflexionen der Sonnenstrahlen.

»Korsika kann einpacken«, sagte sie.

»Der Vorteil von Korsika ist, dass es dort im Sommer drei Mal regnet«, sagte Bernhard. »Hier ist es so, dass drei Mal im Sommer die Sonne scheint.«

Nora stellte die Urne ans Flussufer, reichte Bernhard seine Trinkflasche und nahm aus ihrer eigenen einen gierigen Schluck.

»Wir haben auch noch etwas zu essen«, sagte sie.

»Ich würde vorher gerne noch ins Wasser springen. Es ist zu verlockend.«

»Gerade warm ist es nicht.«

»Das ist Schneewasser aus den Bergen. Ich schätze, es hat maximal sieben Grad.«

Sagte Bernhard, zog sich bis auf die Unterhose aus und hüpfte in einen der Gumpen.

»Jesus Maria«, rief er, »ist das gut, das sollten Sie sich nicht entgehen lassen.«

Nora fühlte sich von der Fahrt etwas verschwitzt, von der Nacht ziemlich benommen, und langweilig oder prüde zu sein war das Letzte, was sie sich nachsagen lassen wollte. Noch dazu hatte sie ihre neue und zweifellos schnell trocknende Unterwäsche an. Also zögerte sie nicht lange, entledigte sich ihres T-Shirts und sprang ebenfalls ins Wasser.

»O mein Gott«, keuchte Nora, tauchte noch einmal ganz unter und rettete sich ans Ufer. Sie legte sich neben Bernhard flach in den warmen Sand. Ihr Herz raste, und ihre gesamte Hautoberfläche fühlte sich an, als wäre sie ein Nadelkissen. In den köstlichen Strahlen der Frühlingssonne weiteten sich die Poren aber schnell, und auch das Herz beruhigte sich. Der dumpfe Kopf, der flaue Magen, der leichte Schwindel – das alles war innerhalb weniger Sekunden buchstäblich abgewaschen worden. Oder weggefroren. Das prickelnde Wohlgefühl, das sich nun breitmachte, ließ Nora leise aufseufzen.

»Gut, nicht?«, fragte Bernhard.

»Sensationell«, sagte Nora.

Als sie sich gut durchgewärmt hatten, aßen sie die Reste ihres Abendessens, und Nora hatte dabei ausreichend Gelegenheit, aus den Augenwinkeln Bernhards Körper zu betrachten. Nicht, dass sie sich zu Bernhard sehr hingezogen fühlte – aber eine solche Drahtigkeit der Beine, einen so kräftigen Hintern, einen so gewaltigen Bizeps, solch üppige Brustmuskeln und einen so genau definierten Sixpack kannte sie bislang nur von Werbeplakaten. Gut, das lag natürlich auch daran, dass die Männer, die sie unbekleidet sah, meist aus demselben Milieu wie sie stammten, und Journalisten, Autoren, Musiker und Intellektuelle definieren sich ja eher selten über ihren Körperbau.

Umgekehrt schien sich Bernhard nicht einmal ein bisschen für sie zu interessieren, obwohl sie sich seit dem Erfrischungsbad durchaus ansehnlich fand. Dieses fast schon demonstrative Desinteresse konnte ihr zwar egal sein. Aber es war ihr nicht egal. Denn irgendwie wäre es doch Bernhards Aufgabe gewesen, sie interessant zu finden, oder nicht?

30

Nach dem Essen dösten sie im warmen Sand. Der Platz war so angenehm, dass sie sich erst zum Aufbruch entschließen konnten, als der Schatten der Bäume über das Wasser schlich und begann, ihre Halbinsel zu erobern.

In den ersten Minuten taumelten sie faul und weich mit

ihrem Tandem über die Straße. Sogar Bernhard schien müde zu sein. Nora musste sich beim Treten richtig anstrengen. Die erste Steigung brachte ihren Kreislauf wieder in Schwung, und sie feuerte Bernhard an. Sie rasten bergab in das enger werdende Tal, und der Fahrtwind trieb ihnen die Tränen in die Augen.

Die Sonne verschwand hinter den schneebedeckten Bergen.

»O Captain! My Captain!«

»Ja?«

»Schaffen wir es noch in diesen Ort, bevor es finster wird?«

Bernhard zeigte auf ein Schild am Straßenrand: »Dachs 20 km« stand darauf.

»In einer guten Stunde können wir das schaffen, wenn es nicht zu viele Steigungen gibt.«

Doch das Tal wurde enger und enger und dunkler und dunkler, Steigung folgte auf Steigung, bergab ging es kaum, und so mühten sie sich die nächste Serpentine hinauf. Das Tandem schlingerte, torkelte, wankte. Sie mussten absteigen.

»Allein schaffe ich es auch nicht«, sagte Bernhard.

»Was heißt allein?«, schnaufte Nora. »Ich habe die ganze Zeit getreten wie eine Irre.«

Sie schoben das Tandem bergauf. Auf der Anhöhe befand sich ein kleiner Rastplatz. Sie setzten sich in die Wiese und tranken. Unter ihnen weitete sich das Tal. Ein Dorf war in der Ferne zu sehen. Heimelig stieg Rauch aus so manchem Kamin.

»Das muss Dachs sein«, sagte Bernhard.

»Sieht weit entfernt aus«, meinte Nora.

Sie schlossen ihre Windjacken und glitten bergab. Zwei mächtige Felsen schienen den Talausgang zu bewachen. Danach begann eine neue Landschaft, auch sie von Wäldern und Wiesen bestimmt, aber runder und sanfter.

Als sie am Ortsschild mit der seltsamen Aufschrift »Dachs« vorbeiradelten, hupte plötzlich ein Kleinbus. Sie strauchelten vor Schreck. Der Bus fuhr neben ihnen her, das Beifahrerfenster senkte sich. Die Dame vom Fahrradverleih lachte.

»Na, erschrocken?«

Sie überholte und blieb ein paar hundert Meter weiter vorne in einer Ausweiche stehen.

»Hat alles gepasst?«, fragte sie, als Bernhard und Nora vor ihren Füßen bremsten.

»Hervorragend«, sagte Nora.

»Ging so«, sagte Bernhard.

»Wenn es euch nichts ausmacht, könnte ich das Rad gleich mitnehmen. Eure Rucksäcke sind im Bus. Das Gasthaus zum Dachs ist gleich da vorne, ein paar hundert Meter.«

»Kein Problem«, meinte Nora, und Bernhard hievte das Tandem in den Anhänger. Sie bezahlten, schulterten ihre Rucksäcke und verabschiedeten sich. Sie marschierten die Straße entlang, eine an diesem Tag ungewohnte Form der Fortbewegung.

»Anstrengend«, ächzte Nora.

»Aber morgen gehen wir wieder zu Fuß«, meinte Bernhard. »Wir dürfen nicht zu schnell in der Mitte Österreichs sein.«

»Dass wir zu schnell sind, ist meine geringste Sorge«, meinte Nora.

Es dämmerte bereits, als sie vor dem Gasthaus zum Dachs standen. Misstrauisch beäugten sie das heruntergekommene Haus. Der ehemals gelbe Anstrich war mitsamt dem Verputz an einigen Stellen von der Fassade gebröckelt. Gelegentlich hatte jemand die weißen Flecke retuschiert, allerdings in einem anderen Gelb. Das verlieh dem Gebäude ein insgesamt kränkliches Aussehen. Die Farbe an den Fensterrahmen blätterte ab. Eine Scheibe war zu Bruch gegangen und nicht ersetzt worden. Die anderen waren schmutzig, seit Jahren nicht mehr geputzt worden. Neu war eigentlich nur die Eingangstür aus Kunststoff.

»Ausgewählt hässlich«, meinte Nora.

»Wenn wir das Rad noch hätten, würden wir weiterfahren«, sagte Bernhard. Er suchte auf seinem Handy nach anderen Gasthäusern in der Nähe, jedoch vergeblich. Also gaben sie sich einen Ruck. Bernhard ging voraus.

31

Im Inneren schlug ihnen der Geruch von kaltem Rauch und altem Frittierfett entgegen. Ein Hund bellte und wedelte freundlich.

»Kusch«, sagte jemand. Am Stammtisch saßen fünf junge Männer hinter ihren Biergläsern. Es waren die einzigen Gäste. Sie kamen wohl gerade von der Waldarbeit oder von einer Baustelle, denn sie trugen schmutziges Arbeitsgewand und sahen müde aus. Im schummrigen Licht wirkten sie, als wären sie einem Foto mit Sepia-Effekt entsprungen.

»Ist der Wirt da?«, fragte Bernhard.

»Jo«, sagte einer der Männer. Er trug einen verbeulten Hut und schien irgendwie der Anführer zu sein. Die anderen lachten, weil er sonst nichts sagte.

»Wo?«, fragte Bernhard geduldig.

»Wird schon kommen«, sagte der mit dem Hut.

»Ist mit der Anni im Keller«, sagte ein anderer.

Heiterkeit.

»Kann länger dauern«, sagte ein Dritter.

Große Heiterkeit.

Bernhard und Nora sahen einander an. Nun ja, was sollten sie machen? Sie kamen stillschweigend überein, an einem der Tische Platz zu nehmen. Die Rucksäcke stellten sie auf dem Boden ab. Den Lederrucksack mit der Urne hatte Nora die paar hundert Meter in der Hand getragen, weil sie zu faul gewesen war, ihn in den großen Rucksack zu stecken.

»Seid's ihr so Pilger?«, fragte der Mann mit dem Hut.

»Nein«, sagte Bernhard. Die Männer tuschelten und lachten. Und lachten und tuschelten.

Aus der Tür, die offensichtlich zur Küche führte, spazierte seelenruhig der Wirt. Er hatte ein feistes Gesicht und riesige, klobige Hände. Er zapfte einen großen Schluck Bier in ein Glas und stürzte ihn hinunter.

Er hob das Kinn auffordernd in Richtung von Bernhard und Nora. Als die nicht reagierten, fragte er, etwas ungeduldig: »Wollt's ihr was trinken?«

»Ein kleines Bier«, sagte Nora.

»Einen Tee«, sagte Bernhard. Die fünf Männer verstummten. Einen Mann, der Tee trinkt, sahen sie nicht oft. Der Mann mit dem Hut musterte Bernhard eindringlich, als er an ihm vorbei Richtung Klo schlurfte.

Als der Wirt die Getränke servierte, fragte Bernhard: »Haben Sie Zimmer?«

»Ein Doppelzimmer?«, fragte der Wirt belästigt.

»Eher zwei Einzelzimmer«, antwortete Bernhard.

»Zwei Einzelzimmer ...« Jetzt wirkte der Wirt nicht nur belästigt, sondern geradezu gequält. Er wiegte den massigen

Kopf hin und her. Offensichtlich war es sehr schwer zu entscheiden, ob der zu erwartende Gewinn den zu befürchtenden Aufwand lohnte.

»Komm einmal mit mir mit«, sagte er zu Bernhard. »Du musst dir anschauen, ob dir die Zimmer gut genug sind.«

Bernhard sah Nora fragend an, die nickte, und so verließ er hinter dem Wirt das Gastzimmer. Der Mann mit dem Hut kam wieder herein und stolperte auf dem Weg zu seinen Kumpanen über den Lederrucksack. Der Rucksack wurde dadurch in die Mitte des Raums befördert, und die Urne kullerte lautstark heraus.

»Au! Sakrateufel! Das ist ja gemeingefährlich!«, fluchte der Mann. »Was haben wir denn da?« Er nahm die Urne in die Hand und wog sie. »Ein schweres Trum.«

»Was ist denn das?«, fragte einer am Tisch. Der Mann mit dem Hut warf ihm die Urne zu. Er fing sie mit Mühe auf.

»Sakra. Ein schweres Trum«, bestätigte er. Er reichte die Urne den anderen weiter. Nora stand auf.

»Darf ich das wiederhaben?«, fragte sie.

»Immer schön bitte sagen«, höhnte einer.

»Darf ich das bitte wiederhaben?«, wiederholte Nora.

»Musst uns aber sagen, was da drin ist.«

»Die Asche meines Vaters«, sagte Nora.

Einer der Gesellen schüttelte die Urne wie eine Rassel.

»Du gehst mit der Asche von deinem Vater spazieren?«

Gelächter. Die Urne wurde nun von Hand zu Hand gereicht und geschüttelt. Bernhard kam ins Gastzimmer zurück, blieb abseits stehen und beobachtete, was passierte.

»Gebt mir meinen Vater zurück!«, schrie Nora.

»Nur, wenn du ein braves Mädchen bist«, sabberte der Mann mit dem Hut und näherte sich Nora.

Dem Hund war die Situation unheimlich, er stellte sich zwischen den Mann und Nora. Er kläffte. Der Hutmann verpasste ihm einen satten Tritt in die Flanken.

»Schleich dich!« Der Hund jaulte auf und verzog sich mit eingezogenem Schwanz.

Nora drehte sich zu Bernhard um.

Der wirkte entspannt. Als würde ihn das Ganze nichts angehen. Das gefiel dem Mann mit dem Hut. Ein Teetrinker … der würde sicher keine Schwierigkeiten machen.

Er ging auf Nora zu und packte sie am Handgelenk.

»Setz dich einmal zu uns und sei ein bisserl gemütlich«, sagte er.

Er zog sie Richtung Tisch, unter dem Gejohle seiner Kumpane, und es schien ihn nur anzustacheln, dass Nora sich wehrte und dagegen hielt, so gut sie konnte. Aber gegen diesen massigen Mann hatte sie keine Chance.

»Lass sie los«, sagte Bernhard ruhig.

Der Mann schubste Nora Richtung Tisch und wandte sich um.

»Ja, wer bist denn du?«, fragte er und kniff die geröteten Augen zusammen.

»Eine rein rhetorische Frage, auf die ich nicht näher eingehen werde«, antwortete Bernhard. »Gib der Dame die Urne zurück und lass sie los.«

»Nein, sie bleibt bei uns sitzen«, sagte der Mann. »Stimmt's, Burschen?«

»Jo!«, grölte es vom Tisch zurück. Einer hielt Nora fest.

»Ein letztes Mal«, sagte Bernhard, »lasst sie los.«

»Und wenn nicht, ha?«, triumphierte der Mann, und seine Freunde johlten vor Vergnügen.

32

Statt ihm zu antworten, schlug ihm Bernhard mitten ins Gesicht. Die Lippen des Hutmannes sprangen in der Sekunde blutend auf, und mit einem stupiden Gesichtsausdruck fiel er zu Boden.

In der darauf folgenden Schrecksekunde befreite sich Nora und stellte sich schnell ins Abseits.

»Oh, der will raufen«, sagte einer zufrieden und stürzte sich torkelnd auf Bernhard. Der rammte ihm seinen Fuß zwischen die Beine. Er klappte mit einem Schmerzensschrei zusammen. In der Aufwärtsbewegung packte Bernhard den Kopf des Kontrahenten, ließ ihn an sein angewinkeltes Knie donnern und legte ihn zum anderen auf den Boden.

Einer der Kumpels sprang auf und packte seinen Bierkrug, um ihn Bernhard über den Kopf zu ziehen. Nora schrie auf. Alles war so schnell gegangen, sie stand wie angewurzelt da und fühlte sich außerstande, sich zu bewegen.

Bernhard ließ ihn näher kommen, dann hob er mit unglaublicher Leichtigkeit das Bein und traf den Brustkorb des Angreifers, legte ihn über die Schulter und verpasste ihm, als er schnaufend am Boden lag, einen Fußtritt ins Zwerchfell.

Der vorletzte Angreifer ging eher zögerlich vor. Er baute sich vor Bernhard auf, hatte aber offensichtlich keine Strategie, außer jener, seine Körpermasse einzusetzen. Bernhard lächelte etwas schief, packte ihn an einem Ohr wie einen Schuljungen und drehte das Ohr ein. Einmal, zweimal, dreimal. Der verzweifelte Faustschlag seines Gegenübers ging wuchtig ins Leere. Bernhard nutze ihn dazu, den Arm zu packen und ihn – wie das Ohr – zu verdrehen. Einmal, zweimal ... Mit einem Aufschrei sank der Angreifer auf die Knie. Mit dem Handrücken verpasste Bernhard ihm eine gewaltige Ohrfeige.

Der Letzte in der Runde setzte sich wieder an den Tisch, nippte an seinem Bier und murmelte: »Ich hab nichts gesagt.«

»Komm her und gib der Dame die Urne«, sagte Bernhard. Der Bursche stand vorsichtig auf, nahm die Urne und ging ziemlich verkrampft an Bernhard vorbei.

Er hielt Nora die Urne hin.

»Sag Entschuldigung«, sagte Bernhard.

»'tschuldigung«, murmelte der Bursche.

Nora nahm die Urne. Als Bernhard und sie sich umdrehten, blickten sie in einen Gewehrlauf.

»Sag einmal, spinnst du total?«, plärrte der Wirt hysterisch und fuchtelte mit seiner Jagdwaffe herum.

»Eigentlich nicht«, sagte Bernhard ruhig.

»Du bleibst jetzt hier, bis ich die Polizei gerufen habe.«

»Kein Problem«, sagte Bernhard. »Im gegenständlichen Fall handelte es sich in meinem Fall eindeutig um Paragraf 3 des Strafgesetzbuches, Notwehr. Auf der Gegenseite ist eine ganz erkleckliche Sammlung von Delikten zusammengekommen: Paragraf 106 des StGB, schwere Nötigung, Paragraf 107, gefährliche Drohung, Paragraf 190, Störung der Totenruhe. Verstoß gegen das Tierschutzgesetz. Außerdem ein ziemlich eindeutiger Verstoß gegen das Waffengesetz, wie ich sehe.«

Der Wirt hob den Lauf des Gewehrs. »Du Arsch«, sagte er mit zitternder Stimme.

Einer der liegenden Männer kotzte auf den Boden. Als der Wirt angeekelt hinsah und kurz abgelenkt war, nutzte Bernhard die Chance, packte in einer rasanten Bewegung den Gewehrlauf, drückte ihn nach unten, schlug dem Wirt den Kolben ans Kinn und entwaffnete ihn.

Mit geübten Bewegungen sicherte er das Gewehr, entnahm das Magazin, zog den Verschluss heraus und steckte beides ein. Das unbrauchbar gemachte Gewehr warf er in eine Ecke.

»Nicht zu vergessen der Verstoß gegen das Jagdgesetz. Waidmanns Heil und gute Nacht.«

Er wandte sich an Nora.

»Ich würde vorschlagen, wir gehen dann. Sind Sie einverstanden?«

33

Nora nickte wie in Trance und packte die Urne in ihren großen Rucksack. Der schwarze Lederrucksack lag irgendwo unter den stöhnenden Männern. Sie atmeten kurz auf, als sie an die frische Luft traten.

Sie wandten sich nach links und liefen talauswärts, ja, sie liefen richtig, solange sie sich in Dachs befanden. Keuchend blieben sie stehen, als sie endlich den Ort hinter sich gelassen hatten.

»Ich würde vorschlagen, wir verschwinden im Wald«, sagte Bernhard. »Ich habe nämlich keine Lust, mich von diesen Typen mit dem Auto über den Haufen fahren zu lassen.«

»Ja, verschwinden wir!« Nora kam ihre Stimme fremd vor. Hatte sie einen Schock? In irgendeinem seltsamen Zustand befand sie sich jedenfalls. Schlägereien hatte sie bis jetzt allenfalls aus der Ferne gesehen. Blutende Lippen, kotzende Männer und das jämmerliche Wimmern würde sie wohl nie vergessen. Vor allem Letzteres.

Im Wald war es stockfinster, aber gerade deshalb fühlte sich Nora dort wohler. Bernhard hatte die Markierung eines Wanderwegs entdeckt, dem folgten sie nun. Ganz gegen ihre sonstige Gewohnheit wollte Nora nicht reden. Sie stapfte hinter Bernhard her, Schritt für Schritt, leer im Kopf.

Sie traten aus dem dichten Wald, wo ihr Wanderpfad in eine Forststraße mündete. Ein halber Mond schien fahl vom Himmel. Buchen und Eschen lichteten den dunklen Tann. Dennoch, Bernhard musste sein Handy zu Hilfe nehmen, um die Schilder zu lesen. Nora fehlte der Wille, sich an der Wegsuche zu beteiligen. Bernhard würde das schon machen. Bernhard würde das sicher machen.

»Da lang geht es Richtung Ennstal«, sagte er. »Allerdings, bis wir zu einem Ort kommen, dauert es circa zwei Stunden. Dann ist es rund um Mitternacht. Wir werden kein Zimmer mehr bekommen.«

»Macht nichts«, sagte Nora schwach, »das Zelt ist auch gut.«

Sie marschierten nebeneinander die Forststraße entlang. Nora zuckte zusammen, als etwas Riesiges über sie hinwegflog.

»Keine Angst, das war ein Uhu«, sagte Bernhard.

»Unheimlich«, meinte Nora. »Vollkommen lautlos.«

»Seine Flügel sind perfekt aerodynamisch, jede einzelne Feder weich und abgerundet. Wegen des lautlosen Flugs galt er früher als Hexenvogel.«

»Hören Sie auf. Sie haben mich heute schon genug erschreckt.«

»Das tut mir leid«, sagte Bernhard.

Sie gingen schweigend weiter. Irgendwann blieb Bernhard stehen und zeigte in den Wald.

»Sehen Sie das? Das sieht gemütlich aus. Ist zum Übernachten sicher angenehmer als das Zelt.« Bernhard zeigte auf eine Art Hochstand, der allerdings nicht hoch stand, sondern zwischen vier Baumstümpfen in Bodennähe gebaut worden war. Hier hatte sich wohl ein verspielter Jäger einen Jungentraum erfüllt. Inklusive Teppichboden, Glas-Schiebefenster und einer zum Glück nicht verschlossenen Tür.

»Sieht gut aus«, meinte Nora. »Aber morgen um fünf Uhr früh wird der Jäger kommen und uns rauswerfen. Und Sie können ja schließlich nicht alle umnieten.«

»Keine Sorge, die Jagdsaison beginnt erst am 1. Mai. Vorher kommt da kein Jäger.«

»Was wissen Sie eigentlich nicht?«

»Vieles.«

Sie rollten die Matten auf dem Boden der Hütte aus, auch Nora besaß ja nun eine, und ein kleines Polster, ihr ganzer Stolz. Vor der Hütte gab es eine schmale Bank, da stellten sie die Urne hin, setzten sich daneben und sahen auf einen unbewaldeten Hang. Hier fand sich wohl das Wild ein.

Sie kratzten Essensreste zusammen und hatten auch noch ein wenig Trinkwasser. Nora hatte ohnehin keinen Hunger. Sie bastelte sich eine Zigarette und zündete sie an.

»Sie sind so still«, sagte Bernhard.

»Das stört Sie doch sicher nicht?«, sagte Nora.

Bernhard beugte sich vor, um Nora ins Gesicht sehen zu können. »Es tut mir sehr leid, was geschehen ist«, sagte er. »Ich habe vielleicht überreagiert. Es gibt schließlich auch Paragraf 3 des StGB, Notwehrüberschreitung.«

»Das muss Ihnen wirklich nicht leidtun«, sagte Nora. »Die haben mit der Asche meines Vaters Babyrassel gespielt. Der eine hat den süßen Hund getreten. Der andere ist mit einem Bierglas auf Sie losgegangen!«

»Wir hätten auch einfach gehen können. Das ist meistens am besten.«

»Und denen die Urne lassen?«

»Nein, das natürlich nicht.«

Nora rauchte und sah vor sich hin.

»Warum können Sie das?«, fragte sie plötzlich.

»Was?«

»Leute zusammenschlagen und einen Typ mit einem Gewehr entwaffnen.«

»Das kann jeder, der nicht so betrunken ist wie die.«

»Das glaube ich nicht«, sagte Nora. Aber da Bernhard offensichtlich nicht gewillt war, irgendetwas dazu zu sagen, putzte sie sich notdürftig die Zähne und legte sich auf das Lager. Ihr Herz pochte. Es schien aufgeregter zu sein als sie selbst. Es dauerte eine Zeit, bis Bernhard sich neben sie legte. Er zippte seinen Schlafsack auf.

»Wenn Sie wollen, breite ich ihn über uns beide«, sagte er.

»Gerne«, sagte sie. Und dann: »Mir ist kalt. Könnten Sie mich in den Arm nehmen?«

Bernhard legte seinen Arm um sie. Sie wandte sich ihm zu, den Kopf an seiner Schulter, und drückte sich an ihn. Wie hatte sich dieser Mensch verändert! Oder stand sie noch unter Schock? Sie hatte eiskalte Füße. Dieser Mann hatte sie gerettet und beschützt. Und er fühlte sich gut an. Sie hob den Kopf, brachte ihn über seinen und sah ihn an.

Sie würde ihn küssen, einfach mal probeweise, diesen seltsamen Mann.

»Wer bist du?«, flüsterte sie.

»Ich habe deinen Vater gekannt«, sagte Bernhard.

34

Seltsamerweise war Nora von dieser Mitteilung weniger schockiert, als sie es hätte sein müssen. Irgendwie, irgendwo steckt in jedem Menschen eine Ahnung der Wirklichkeit, dachte sie. Und nur, weil wir so selten in uns hineinhören, sind wir überrascht von dem, was wir ohnehin erwarten.

Nora setzte sich auf.

»Erzähl«, sagte sie ruhig.

Bernhard blieb liegen, und er erzählte: »Der Anruf ist mir sehr merkwürdig vorgekommen. Es muss vor Weihnachten gewesen sein, ja, irgendwann im Dezember, also einige Monate vor dem Tod deines Vaters. Er hat einen Begleiter für die Wanderung seiner Tochter gesucht. Ich hatte den Eindruck, er wollte nichts dem Zufall überlassen. Es durfte nicht irgendwer sein, der mit dir geht. Es sollte jemand sein, der auf dich aufpasst. Ich habe keine Ahnung, wie er auf mich gekommen ist, jedenfalls sollte ich nach Paris fliegen, er wollte mich kennenlernen. Er wollte auf Nummer sicher gehen beim Beschützer für seine geliebte Tochter.«

»Er wollte uns verkuppeln!«, sagte Nora.

»Das bezweifle ich«, sagte Bernhard und lachte.

»Da gibt es nichts zu lachen! Er hat mir nicht zugetraut, dass ich selbst einen Mann finde! Wenn es sein Plan war, dass wir heiraten, damit ich auch weiterhin einen starken Beschützer habe, sag es mir lieber gleich! Ich möchte das nicht aus einem Brief oder einem Video erfahren!«

»Ich glaube nicht, dass das sein Plan war!«

»Was war sein Plan?«

»Ich kann es nicht sagen.«

»Und warum hast du es gemacht?«

»Ich bin auch mal froh, wenn ich aus der Kanzlei rauskomme. Und dreitausend Euro bar auf die Hand waren ehrlich gesagt ebenfalls ein Argument.«

»Wo hast du ihn getroffen?«

»In einem Café in der Nähe der Wohnung ... sehr schönes Café.«

»Im Fable, Rue la Fontaine.«

»Genau.«

»Was habt ihr geredet? Ich möchte alles wissen. Hörst du? Alles!«

»Klaus hat viel geredet, so viel, das weißt du ja. Aber du musst mir eines glauben: Ich weiß auch nicht, wohin unsere Reise gehen soll. Wirklich nicht.«

»Was hat er über mich gesagt?«

»Er kennt dich ziemlich gut, das muss man schon sagen.«

»Wieso? Warum sagst du das?«

»Er wusste, du würdest über den Plan zu wandern empört sein. Sie ist sehr klug, hat er gesagt, und sehr stolz. Es wird leichter sein, wenn sie sich überlegen fühlt. Darauf sollte ich achten. Aber gleichzeitig war ihm wichtig, dass ich in Form bin und die Stellung halte.«

»Was heißt stolz?«, fragte Nora. Sie war verwirrt und empört. »Und warum hast du mir nichts gesagt! Das ist nicht fair!«

»Ich habe ihm mein Ehrenwort gegeben«, antwortete Bernhard.

»Ehrenwort!«, spottete Nora.

»Ja, klingt altmodisch. Ist altmodisch. Aber ich fühle mich an so etwas gebunden.«

»Ich möchte jetzt eine rauchen.«

Nora stand auf und setzte sich vor die Hütte. Das war mal wieder typisch Klaus, dachte sie, und sie ärgerte sich maßlos, es war das ewige Thema zwischen ihnen, Kontrolle, immer auf alles aufpassen, sie hatte keine Freiheit. Wenn sie das mit ihren Freundinnen besprach, verstanden sie meistens nicht, was Nora meinte, wieso, fragten sie, du hast doch jede Freiheit, die du willst, du darfst und kannst alles machen. Ja, äußerlich gesehen stimmte das vielleicht, aber trotzdem lebte Nora ständig in dem Gefühl, dass Klaus alles regelte und lenkte, wie der Lehrer am Tag des Schulausflugs. Sogar ihre Freiheit bewachte er.

»Weißt du was?«, rief Nora. »Mein Leben war bis jetzt ein Schulausflug. Nicht mehr als ein Schulausflug. Ich bin noch gar nicht im Leben angekommen.«

Bernhard kam und setzte sich neben sie.

»Ich kann wirklich verstehen, dass du sauer bist«, sagte Bernhard. »Aber er hat es gut gemeint. Er hat es nur gut gemeint.«

»Gut gemeint ist das Gegenteil von gut.«

»Das ist nur ein Spruch, Nora. Und er hält der Überprüfung nicht stand. Das Gegenteil von gut gemeint ist schlecht gemeint. Und das hat er nicht. Er hatte ein großes Herz. Und er hatte Angst. Angst um dich.«

»Mir ist schlecht«, sagte Nora.

»Es war viel für einen Tag …« Er drückte Noras eiskalte Hand.

»Du solltest reinkommen.«

»Glaub nicht, dass ich auf den Plan reinfalle und dich heirate! Für dreitausend Euro Schmerzensgeld!«

Bernhard lachte.

»Er sagte auch, dass du sehr lustig bist und dass ich viel Spaß mit dir haben würde.«

»Sehr witzig«, sagte Nora und fügte hinzu: »Ich kann jetzt nicht schlafen.«

»Weißt du, was ich mache, wenn ich nicht schlafen kann? Ich liege einfach auf dem Rücken und denke an den schönsten Augenblick des Tages. Jeder Tag hat einen schönsten Augenblick.«

Doch Nora konnte sich noch so viel bemühen, an den schönsten Augenblick des Tages zu denken, es half ihr nicht beim Einschlafen, zumal es sich um das Picknick am Fluss handelte und ihr Magen auch schon ohne Gedanken daran rebellierte, wahrscheinlich vor Hunger. Auch ein Bier wäre nicht schlecht gewesen. Nur nach einem hatte Nora definitiv keine Sehnsucht, nach Kräuterlikör. Wahrscheinlich würde sie in diesem Leben nie wieder Sehnsucht nach Kräuterlikör haben.

Sie stand in der Morgendämmerung auf, weil sie hinausmusste, und sah Rehe über den Schlag auf dem Berghang streifen. Genau genommen waren es sehr große Rehe. Möglicherweise handelte es sich um Hirsche. O ja, nach Müttern und Kindern kam jetzt der Vater aus dem Wald, ein gewaltiges Exemplar mit einem riesigen Geweih. Wie konnte die Natur nur Tiere mit einem solchen Geweih erfinden?

Als das Rudel weitergezogen war, ging die Sonne auf. Bernhard schlief noch, oder zumindest blieb er in der Hütte. Vielleicht brauchte er auch mal seine Ruhe.

Bernhard, wer bist du?

Nora schrieb an Lilly und erzählte ihr alles, so wie sie ihr immer alles erzählte. Es ist wunderbar, wenn man einen Menschen hat, dem man alles erzählen kann. Als sie fertig war, fühlte sie sich erleichtert. Dann forschte sie ein bisschen im Netz herum, und als Bernhard auftauchte, konnte sie ihm gleich an den Kopf werfen, dass sie ihm auf die Schliche gekommen war.

35

»Normalerweise bleibt man länger beim Jagdkommando, oder nicht?«

»Was meinst du?«, fragte Bernhard. Er hatte tatsächlich bis gerade eben geschlafen.

»Ich habe Numquam retro gegoogelt«, sagte Nora. »Das ist der Leitspruch des Jagdkommandos des Bundesheeres. Eine militärische Spezialeinheit!«

»Es war eine Frage der Zeit, bis du auf die Idee kommst«, seufzte Bernhard.

»Warum hast du mir das nicht gesagt?«

»Ich rede nie darüber«, sagte Bernhard. »Man wird ja für einen Nazi gehalten. Ich habe für Militär und Kriegsspiele nicht viel übrig.«

»Klar«, spottete Nora, »darum geht man zu einer Eliteeinheit.«

»Ich bin hingegangen, weil es das härteste Training ist, das man im ganzen Land bekommen kann.«

»Ich habe gelesen, es geht bis an die Schmerzgrenze«, sagte Nora.

»Nein«, sagte Bernhard. »Es geht darüber hinaus.«

»Warum?«, fragte Nora. »Warum tut man sich so etwas an?«

»Ich wusste, wenn ich das schaffe, kann mir mein Vater nichts mehr anhaben. Dann bin ich für immer stärker und härter als er.«

»Irgendwann werde ich anerkennen müssen, dass deine Vater-Probleme größer sind als meine.«

»Ja«, sagte Bernhard.

»Du kannst nicht lange beim Jagdkommando gewesen sein, wenn du dann studiert hast.«

»Drei Jahre, das war mehr als genug. Ich wollte ja nicht tatsächlich nach Afrika, um irgendwelche angeblichen Terroristen zu jagen. Eine Knieverletzung hat mir beim Ausstieg geholfen.«

»Jedenfalls sind die Typen im Gasthaus noch gut davongekommen«, sagte Nora, aber Bernhard kommentierte das nicht.

»Es heißt, die Ausbildung ist so gut wie die der Navy Seals«, setzte Nora nach.

»Stimmt nicht ganz«, sagte Bernhard. »Beim Skifahren sind wir besser.«

Sie rollten ihre Matten ein. Bernhard meinte, sie hätten bis zum nächsten Ort etwa eine Stunde zu gehen. Nora sehnte sich nach einem Frühstück. Vor dem Losgehen kontrollierte Bernhard sein Handy. Für die Nachricht aus Paris war es zu früh.

Bernhard ließ das Magazin und den Gewehrverschluss in der Jagdhütte. »Damit hat man sonst nur Schwierigkeiten«, sagte er.

Sie gingen eine Zeitlang schweigend nebeneinanderher, dann fragte Nora:

»Und wir bleiben also jetzt dabei, dass wir uns duzen?«

»Von mir aus gerne«, sagte Bernhard. »Ich habe dir schon in Paris das Du angeboten, obwohl es gegen meine gute Erziehung war. Aber du wolltest ja nicht.«

»Woher willst du eigentlich eine gute Erziehung haben?«, fragte Nora. Sie war durch die letzten Entdeckungen misstrauisch geworden. »So wie du deine Kindheit schilderst, hast du zwar zu überleben gelernt, aber kein gutes Benehmen.«

»Auch das musste ich mir aneignen«, sagte Bernhard. »Wie fast alles in meinem Leben.«

»Hast du einen Benimm-Kurs gemacht?«, fragte Nora ironisch.

»Du lachst, aber genau das habe ich«, antwortete Bernhard. »Aber ich bin mir bewusst, dass man gutes Benehmen nicht lernen kann. Es wird nie so zu mir gehören, wie es zu dir gehört. So wie Bildung. Du bist mit Literatur, mit Film, mit Musik aufgewachsen. Hör dir doch deinen Vater an! Ich musste das alles nachholen. Aber man kann es nicht wirklich nachholen. So wie die Sprache. Was glaubst du, wie viel Mühe es mich kostet, schön zu sprechen?«

»Manchmal merkt man es«, sagte Nora.

»Man wird es immer merken, Nora. Ich will nicht sagen, du hast es mit der Muttermilch aufgesogen, weil es mir wirklich leidtut, wie früh du deine Mutter verloren hast. Aber du bist in einem Umfeld aufgewachsen, da war all das selbstverständlich, so selbstverständlich wie das Einmaleins. Und ich … ich bin jeden Tag am Buchstabieren. Am Verändern meiner Persönlichkeit. Weil ich gerne einer von euch wäre. Weil ich gerne so wäre wie du.«

»Jetzt übertreibst du aber. Du bist Elitesoldat! Und Magister der Rechtswissenschaften.«

»Und? Was zählt das in deinen Kreisen? Nichts! Du hast doch auch studiert, aber du bist so fein, dass du deinen Titel nicht mal erwähnst.«

»In Frankreich führt man keine Titel.«

Sie trotteten eine Weile auf der Forststraße nebeneinanderher, dann sagte Nora: »Ich glaube manchmal, du bist auf mich eifersüchtig.«

Bernhard überlegte. Im Takt ihrer Schritte knirschte der Schotter.

»Ja«, sagte Bernhard. »Ich glaube, das stimmt.«

Sie traten aus dem Wald. Ein Fluss schnitt wie eine gemalte blaue Linie das breite Tal vor ihnen in zwei Hälften. Der Morgenwind trug das Bimmeln von Kuhglocken zu ihnen herauf. Ein Städtchen glänzte freundlich in der Sonne.

»Dort gibt es sicher ein richtiges Kaffeehaus«, sagte Bernhard.

»Wird uns die Polizei suchen?«, fragte Nora.

»Ich denke, nicht«, antwortete Bernhard. »Raufereien sind auf dem Land normal. Glaub mir, ich bin hier ums Eck aufgewachsen. Da schämt man sich, wegen so was zum Amt zu gehen. Außerdem sieht es nicht gut aus für sie, das wissen die genau. Vor allem für den Wirt. Der ist zumindest seinen Jagdschein für immer los.«

Das Städtchen hielt aus der Nähe betrachtet die Versprechungen des Blicks von oben. Es war nicht größer als ein Dorf, doch zahlreiche prächtige Häuser prägten das Erscheinungsbild des Hauptplatzes.

»In allen Orten an der alten Eisenstraße gab es reiche Leute«, erklärte Bernhard, »Händler und Hammerherren, dadurch entstand so etwas wie ein Bürgertum in einer Gegend, wo man eigentlich keines vermuten würde.«

Im Erdgeschoss eines alten Hammerherrenhauses gab es ein nettes Café. Sie setzten sich in eine helle Ecke, bestellten Tee und Kaffee und studierten die Karte.

»Was heißt eigentlich, *es wird leichter sein, wenn sie sich überlegen fühlt*? Was mein Vater gesagt hat. Was hat er damit gemeint?«

»Willst du das wirklich wissen?«

»Ja!«

»Er hat überlegt, dass ich irgendetwas an mir haben müsste, das du lächerlich findest. Damit du dich mir überlegen fühlen kannst. Etwas, was du verachtest. Er meinte, es würde dann leichter für dich werden, weil du dich dann wie ein Chef fühlen kannst.«

»Es ist unerhört!«, sagte Nora. »Wie kommt er darauf? Und was sollte das Lächerliches sein?«

»Er hat lange überlegt, dann hat er plötzlich gelacht und gemeint, ich solle Veganer sein. Er hat sich gar nicht mehr eingekriegt vor lauter Freude über diese Idee. Nora und ein Veganer!«

»Du bist also gar kein Veganer?«

»Ich esse für mein Leben gerne Fleisch.«

»Das glaube ich nicht.«

»Du wirst es gleich sehen.«

So wie Nora bestellte Bernhard Speck mit Ei. Und er strich sich fett Butter auf seine Semmel. Nora sah ihm nachdenklich beim Essen zu.

»Du hast mich reingelegt«, sagte sie.

»Ich habe es ihm versprochen«, sagte Bernhard. »Und letztendlich hatte er ja recht. Das hat dich total fertiggemacht, die Sache mit dem Veganer.«

»Vielleicht, weil ich geahnt habe, dass da was nicht stimmt!

Und jetzt sag mir nicht, dass dein Vater gar nicht Metzger ist und dass du in Wahrheit eine total glückliche Kindheit hattest.«

»Hältst du mich für einen Lügner, oder was?«

»Wie sollte ich anders?«

»Mein Vater hat in einer Wurstfabrik gearbeitet. Und tatsächlich hab ich mal als Kind zwei Jahre kein Fleisch gegessen, weil sie mich gezwungen haben, Rindszunge zu kosten. Ich weiß also, wovon ich rede. Übrigens fühlt man sich ziemlich fit, wenn man sich vegan ernährt.«

»Dann bleib halt dabei«, sagte Nora spitz.

»Siehst du, du bist schon wieder beleidigt. Da hat dein Vater wirklich was Schönes gefunden, um dich zu beschäftigen.«

»Ich bin schon gespannt, womit er mich heute beschäftigen wird«, sagte Nora.

Bernhard sah auf sein Handy. »Ich schick dir die Nachricht«, sagte er.

Die vierte Nachricht

Nora, geliebte Tochter!
Heute also wieder etwas Schriftliches ... Ich weiß nicht, ob ich das mit dem Video noch einmal machen will. Ich stelle mir so viele Fragen. Nein, das ist falsch. Die Fragen stellen sich mir. Ich räume auf. Ich meine, auch buchstäblich, in der Wohnung. Ich finde merkwürdige Dinge. Dinge, die ein anderes Licht auf mein Leben werfen ... Das hat vielleicht so eine Endzeit an sich.

Weißt du, meine Hauptfrage ist so alt wie die Menschheit oder so alt wie Gott, je nachdem, wie man es sieht. Die Frage ist gleicher-

maßen dringlich wie lächerlich. Als deine Mutter starb, rief nicht nur ich diese Frage in den Himmel, sondern jeder, der deine Mutter kannte: Wenn es einen Gott gibt, wie kann er dann zulassen, dass eine so junge Mutter von einem so jungen Kind stirbt? Wie kann er zulassen, dass ein Mensch, der über sich und andere nachdenkt, der niemanden verletzt hat und die reine strahlende Liebe war, so enden muss?

Wenn nicht deine Mutter von jeher der Überzeugung gewesen wäre, dass alles seinen Sinn hat, ich hätte jeden Gedanken an eine andere Welt aufgegeben. Weißt du, eine Welt ohne Gott zu denken ist unterm Strich viel angenehmer als eine Welt mit Gott. Wenn es kein höheres Wissen, keinen großen Plan gibt, dann ist es auch egal, was wir denken und wie wir handeln. Dann macht es keinen Unterschied, ob wir auf alles pfeifen oder ob wir versuchen, das Beste aus uns herauszuholen und für andere etwas zu tun. Dann können wir getrost darauf pfeifen, unseren Diamanten zu schleifen, und einfach ein Stück Kohlenstoff bleiben.

Und das machen ja auch die meisten. Sie häufen Reichtümer an und eitlen Tand, und sie sorgen sich sehr um ihren Körper und ihre Gesundheit. Heute habe ich bei Matthäus nachgelesen, das ist auch ein Freund: »*Wer von euch kann mit all seiner Sorge sein Leben auch nur um eine kleine Zeitspanne verlängern?*«

Ist das nicht ein großartiger Satz? Niemand weiß, wann es so weit ist.

Der Tod ist ein Skandal, hat Canetti gesagt. Das ist ein großer Unsinn. Canetti gehört nicht zum Kreis meiner Altersfreunde! Der Tod ist eine simple Tatsache. Der Skandal ist das Leben. Es geht einfach weiter.

Und es ging weiter, unser Leben. Auch wenn mir die Welt am Anfang ganz egal war. Damals, als es passiert war. Oder das, was wir unter Welt verstehen, die Politik und die Nachrichten und der ganze

Müll. Fußballeuropameisterschaft. Damals gab es noch eine Mannschaft namens UdSSR. Andropow? Tschernenko? Schon gehört? Und das alles war mir plötzlich so was von egal. Ich war immer ein engagierter Linker, immer, und als du geboren wurdest, habe ich meine Bemühungen verdoppelt, gegen Atomraketen, für den Weltfrieden ... Als deine Mutter starb, war das auf einen Schlag wie weggeblasen. Wozu sollte ich eine Welt retten, die uns das angetan hatte?

Alles ist irgendwann das erste Mal. Und alles ist irgendwann das letzte Mal. Der erste Kuss, der letzte Kuss ... der unwiederbringlich letzte Kuss. Wie viele »das erste Mal ohne Betty« gab es in unserem Leben, Nora! Und ich habe nie dazugesagt, »das ist dein erster Kindergartentag ohne Mama« oder »das ist der erste Urlaub ohne Mama« oder »das ist das erste Bad im Meer ohne Mama« ... Ich wollte dich ja schonen: Hätte ich dich nicht schonen sollen? Ich weiß es nicht. Du machst als Eltern immer alles falsch. Das ist überhaupt die Definition von Eltern: Leute, die alles falsch machen.

Und bei den »ersten Malen ohne Betty« fielen mir die ganzen letzten Male mit Betty ein ... der letzte Urlaub. Das letzte Bad im Meer. Das letzte Glas Wein. Lauter Abschiede. Lauter Erinnerungen. Und sie trugen alle den Keim des Abschieds in sich. Eine Wehmut. Ein innerliches Lebewohl. Ihre Seele hat es gewusst. Hat es geahnt.

Und natürlich bildet man sich so was im Nachhinein immer ein.

Schau mal, ich kopiere dir hier ein Foto rein. Es zeigt uns, »das erste Mal auf Korsika ohne Betty«. In unserem Fischlokal in Porto-Vecchio, weißt du noch? Klar weißt du noch. Wir sehen wacker drein, alle beide. Wir lächeln. Aber siehst du die Traurigkeit? Die Augen lügen nicht. Und siehst du den Zusammenhalt? Ich finde, man sieht ihn genau. Wir waren ein tolles Team, du und ich. Tut mir leid, dass ich dich allein lasse. Immerhin, manche Dinge sind das erste und das letzte Mal gleichzeitig in einem Leben. Sterben zum Beispiel.

Wenn Betty dabei gewesen wäre, wäre unser Leben richtig schön gewesen. Nahezu perfekt. Aber sie war tot, und das hinterließ keine Lücke, wie man so sagt, auch kein Loch, keinen Krater, es blieb eine große Leere und eine Aura des Makels, die unser Leben umgab. Das lag auch am Blick der anderen, der Gott sei Dank nur zeitweise zu unserem eigenen wurde, denn ich war mir keines Makels bewusst.

Ich klinge vielleicht bitter, und ich weiß nicht, warum ich jetzt so in die Vergangenheit gehe und warum mir immer nur deine Mutter einfällt, immer sie. Und ich kann die Zeit jetzt wieder in mir spüren ... den Schmerz und die Bitterkeit. Wo immer wir auftauchten, es gab überall glückliche Paare! Plötzlich besteht deine ganze Umgebung aus glücklichen Paaren! Das liegt auch daran, dass sie ganz plötzlich glücklich werden, wenn sie dich sehen, weil ihnen dann bewusst wird, welches Glück es ist, einander zu haben. Es ist aber auf Dauer sehr anstrengend, andere Paare nur durch die Anwesenheit deines Unglücks glücklich zu machen.

Warum erzähle ich dir das alles? Weil ich es dir nie erzählt habe. Es war – du weißt schon – »zu intim«. Aber du sollst wissen, dass du das Kind einer großen Liebe bist. Deine Mutter hat mich zu mir selbst werden lassen. Ich bin durch sie erst erwachsen geworden. Durch sie ein eigener Mensch. Das klingt paradox, aber so war es. Sie hat mir eine Sicherheit gegeben, die ich nie hatte. Und wie sollte ich dir Sicherheit geben? Diese innere Sicherheit, dass alles gut ist und nichts passieren kann?

Wie sollte ich?

Nora, ich möchte, dass meine Reste sich mit Bettys Resten vereinen. Ich weiß, das ist eine Zumutung für dich. Aber es ist mein letzter, mein unbedingter Wunsch.

Du weißt, wo sie liegt.

Verzeih mir. Ich umarme dich. Dein Vater

36

Nora war blass geworden.

»Zahlen wir? Wir sollten uns dann auf den Weg machen«, sagte sie.

Bernhard fragte nicht nach, das rechnete sie ihm hoch an.

In der Sonne war es nun richtig heiß. Auf dem Hauptplatz steckten sie ihre Jacken in die Rucksäcke. Der Lederrucksack war bei der Rauferei im Gasthaus verlorengegangen, deshalb hatte Nora die Urne nun in einer Außentasche ihres Rucksacks untergebracht. Links die Urne, rechts die Trinkflasche.

»Welche Richtung?«, fragte Bernhard.

»Richtung Totes Gebirge«, antwortete Nora.

Ohne zu zögern, setzte sich Bernhard Richtung Westen in Bewegung. Nora folgte ihm.

»Wir gehen am besten den Bach entlang Richtung Admont.«

Schweigend zogen sie aus dem Städtchen aus. Der Wanderweg schmiegte sich an einen Wildbach. Sie konnten bequem nebeneinander gehen. Einträchtig genossen sie den Rhythmus des Wanderns, die prickelnde Luft, das Rauschen des Wassers. Noras Gedanken klärten sich. Allmählich schwanden Müdigkeit und Anspannung aus dem Körper. Sie musste ihm jetzt sagen, wohin die Reise gehen sollte.

»Betty, meine Mutter, ist 1984 bei einem Unglück ums Leben gekommen. Sie ist im Toten Gebirge in eine Doline gestürzt. Eine Doline ... das ist so eine Spalte, ein Krater, wie eine Gletscherspalte, nur eben im Kalkstein ...«

»Ich weiß, was eine Doline ist«, sagte Bernhard. »War sie nicht gesichert?«

»Nein. Sie hatten die Gefahr unterschätzt.«

»Sie hatten?«

»Meine Mutter war mit einer Freundin unterwegs, einer Schulfreundin aus dem Internat. Immerhin konnte die Freundin zur nächsten Hütte laufen und die Bergrettung rufen. Sie wusste allerdings nur noch ungefähr, wo sich die Absturzstelle befunden hat.«

»Der Schock … Im Schock vergisst man dann, eine Markierung zu machen. Und da oben sieht alles gleich aus …«, sagte Bernhard.

Nora erzählte weiter: »Die Bergretter haben gesucht und gesucht, und schließlich haben sie sie gefunden. Sie war über fünfzig Meter abgestürzt und muss sofort tot gewesen sein. Beim Versuch, meine Mutter zu bergen, ist allerdings die halbe Doline in sich zusammengestürzt und hat die Leiche begraben. Die Bergung wurde dann aufgegeben. Das wäre zu gefährlich gewesen.«

»Das muss schlimm gewesen sein, nicht einmal ein ordentliches Begräbnis machen zu können«, meinte Bernhard.

»Ich war damals heilfroh«, sagte Nora, »nicht hinter einem Sarg hergehen und vor allen Menschen weinen zu müssen. Es ist knapp unterhalb vom Elfenkogel passiert. Kennst du den?«

»Ja. Eigentlich schön da oben. Der Elfensee ist nicht weit.«

»Dort sollen wir die Asche verstreuen.«

»Wie bitte?«

»Dort oben sollen wir die Asche in die Doline werfen. Mein Vater möchte dort im Tod mit Betty vereint sein.«

»Dort oben gibt es Tausende Dolinen«, sagte Bernhard.

»Na ja, ist vielleicht übertrieben. Aber Dutzende.«

»Es gibt eine Gedenktafel, die im Boden eingelassen ist«, sagte Nora. »So können wir sie finden.«

»Das wird uns nichts helfen.«

»Na, sicher wird uns das helfen.«

»Nora, wir haben Ende April. Da oben liegen mindestens eineinhalb Meter Schnee.«

Nora blieb abrupt stehen. Daran hatte sie überhaupt nicht gedacht. Aber wenn sie so auf die umliegenden Gipfel schaute, war klar: Bernhard hatte recht.

»Das hat Klaus wohl nicht bedacht«, sagte sie.

»Und auch nicht, wie gefährlich das ist«, sagte Bernhard. »Die Dolinen sieht man ja nicht unter der Schneedecke. Da bricht man durch, und dann liegen wir alle drei da unten!«

Nora war verzweifelt. Sie wollte das jetzt abschließen, hinter sich bringen, nicht noch einmal von vorne anfangen. Ihren Vater zur letzten Ruhe bringen!

»Wir können doch nicht im Sommer wiederkommen!«, rief sie aus. »Jetzt sind wir schon so weit!«

»Wenn wir die genaue Stelle mit der Gedenktafel finden wollen, dann wird uns nichts anderes übrig bleiben«, sagte Bernhard. »Und ich denke, wir sind verpflichtet, die Gedenktafel zu finden. Wir können ihn ja nicht einfach in irgendein Loch da oben werfen.«

Sie marschierten weiter, schneller als zuvor.

»Und du hast davon nichts gewusst?«, fragte Nora. »Er hat dir das nicht gesagt?«

»Das musst du mir glauben, Nora: Kein Wort hat er davon gesagt.«

Nora ging weiter und weiter, immer schneller, und das tat gut, denn sie war ziemlich wütend, dass nun alles am blöden Schnee scheitern sollte.

Das Wasser warf sich den Berg herab, den sie hinaufstiegen. Der Bach toste. Ein Gespräch war nicht mehr möglich. Nora schwitzte, und sie spürte, wie gut ihr das tat. Auf der Anhöhe machten sie Pause und tranken. Bernhard schien müde.

»Wasser!«, seufzte Nora. »Gibt es etwas Besseres als Leitungswasser?«

»Kräuterlikör?«

»Erinnere mich nicht daran!«

»Du hast ja richtig Tempo gemacht«, sagte Bernhard und setzte sich auf einen Stein. Nora setzte sich neben ihn. Sie sahen ins Tal hinab, ein richtig breites Tal.

»Ich bin einfach so wütend, dass der ganze Plan jetzt scheitern soll. Aber er wird nicht scheitern. Wir werden das durchziehen.«

»Nora, glaub mir ... Wir können das nicht durchziehen. Du hast keine Ahnung, wie es da oben aussieht. Da ist tiefster Winter.«

»Dann werden wir die Tafel eben aus dem Schnee buddeln«, sagte Nora.

»Das Tote Gebirge ist extrem steil und schroff. Eine unwirtliche Gegend. Es heißt nicht umsonst Totes Gebirge.«

»Vorher hast du gesagt, es ist schön dort oben.«

»Ja, im August«, nörgelte Bernhard weiter. »Außerdem scheinst du deine Höhenangst zu vergessen.«

»Ich habe meine verdammte Höhenangst nicht vergessen«, fuhr ihn Nora an. »Aber wir zwei werden das schaffen. Und wenn du mir nicht hilfst, dann mache ich es allein, du Held!«

»Dann viel Spaß«, sagte Bernhard. »Helden sind für mich Leute, die bewusst etwas tun, von dem sie wissen, dass es ihnen schadet. Die Friedhöfe der Geschichte sind voll von ihnen.«

Statt darauf einzugehen, schulterte Nora ihren Rucksack und stapfte weiter.

Day by day, stone by stone, sang es in ihrem Kopf.

37

Am späten Nachmittag marschierten sie in Admont ein, Bernhard zwei Schritte hinter Nora. Sie hatten seit der kleinen Pause kein Wort miteinander geredet. Admont bestand aus ein paar Straßen und aus einem gewaltigen Kloster.

»Weißt du«, sagte Nora unvermittelt, »ich habe nachgedacht, und ich glaube, dass du dich ganz schön von deinen Gefühlen abgeschnitten hast. Ich meine, diese Pedanterie! In Socken blasen! Du glaubst, du kannst dein Leben so in Ordnung bringen, aber das stimmt nicht. Das Gegenteil ist der Fall. Das Einzige, was du unterdrückst, bist du selbst. Das Spontane in dir, das Kreative, das Lustige. Früher oder später wirst du mit einem Burn-out dasitzen.«

»Das ultimative Burn-out trägst du in Form von Asche mit dir herum.«

»Siehst du«, sagte Nora, »das ist der Unterschied zwischen uns. Ich bin ironisch, du bist sarkastisch.«

»Fertig?«, fragte Bernhard.

»Nein«, sagte Nora. »Ich möchte und ich werde meinen Vater zur letzten Ruhe geleiten, so wie er das wollte. Er war mein Leitbild. Mein Korrektiv, ein Leben lang. Mein Überich und auch mein Feind.«

»Und jetzt bin ich dein neuer Feind?«, fragte Bernhard.

»Da überschätzt du dich«, sagte Nora.

Bernhard versuchte, ihren Arm zu fassen, sie schüttelte ihn ab.

»Weißt du, wie du mir vorkommst?«, fragte er. »Wie ein Boxer, der den Halt verloren hat und ins Leere schlägt.«

Nora blieb stehen, aber nicht, um auf Bernhard einzugehen, sondern um eine Tafel zu lesen: »Benediktinerstift Admont ... Stiftskirche ... Kräutergarten ... Weltgrößte Klosterbibliothek ...«

»Ich werde mir hier ein Zimmer nehmen«, sagte sie.

»Wirst du nicht«, sagte Bernhard.

»Auch wenn du mein notarieller Begleiter bist, ich mache immer noch, was ich will.«

»Die haben aber keine Zimmer.«

»Woher willst du das wissen?«

»Nora, ich bin dreißig Kilometer von hier aufgewachsen. Seit der ersten Klasse Volksschule haben wir jedes Jahr den Schulausflug hierher gemacht. Ich kann dir jeden Schmetterling aus der Insektensammlung namentlich vorstellen.«

Nora seufzte ungeduldig.

»Ich glaube, ich brauche mal ein bisschen Zeit für mich allein«, sagte Bernhard.

»Das wird für uns beide gut sein«, meinte Nora.

Sie gingen weiter. Bernhard erklärte, es gäbe drei oder vier Gasthäuser mit Zimmern im Ort, die wären eigentlich alle gleich. Er schlug eines davon vor, von dem er sich am ehesten erwartete, dort keine Besoffenen am Stammtisch anzutreffen. Das Gasthaus lag an dem Bach, dem sie den ganzen Tag lang gefolgt waren. Bernhard hatte recht, alles schien ruhig und beschaulich, die Wirtin war nett und zuvorkommend. Es gab zwei Einzelzimmer, und auf ihrem

Balkon konnte Nora das Rauschen des Baches hören, das beruhigte sie. Sie kamen überein, den Abend getrennt zu verbringen.

Nora nahm ein heißes Bad, das entspannte sie. Danach zog sie ihr frisches Wechselgewand an und wusch das andere. Bevor sie die Socken aufhängte, blies sie hinein. Ja, das funktionierte wirklich gut. Sie würde sich später bei Bernhard entschuldigen. Sie rief Lilly an, weil sie ihre Stimme hören wollte, und Monster machte ihr das Vergnügen, in den Hörer zu schnurren, zweifellos, weil Lilly ihn durch wilde Streicheleinheiten dazu animierte. Nora erzählte ihrer Freundin von den Briefen des Vaters, die sehr berührend waren, aber zeitweise auch irritierend. Und von ihrer Wut darüber, dass die Reise nun scheitern sollte. Sie berichtete auch von Bernhards Vergangenheit bei der Spezialeinheit, und Lilly meinte, wenn so jemand sagt, etwas wäre zu gefährlich, dann solle Nora das gefälligst auch glauben und zur Kenntnis nehmen. Nora musste ihr recht geben und versprach, keine Dummheiten zu machen. Nach dem Anruf erhielt Nora ein SMS: »PS: Monster braucht dich zwar nicht mehr. Aber ich brauche dich noch! Umarmung, Lilly«

Als Nora gerade auf den Balkon gehen wollte, um eine zu rauchen, klopfte es wie wild an der Tür.

»Telefon. Für dich!«, sagte Bernhard und hielt ihr sein Handy hin. »Nimm schon! Ich verstehe kein Wort!« Er überreichte ihr das Telefon und verließ das Zimmer.

»Nora Weilheim«, sagte Nora. Das hatte sie schon als Kind von Klaus gelernt: Melde dich mit deinem ganzen Namen, das hat Stil und macht Eindruck.

»Charles Didier«, sagte der Notar. »Wie geht es Ihnen, Mademoiselle?«

»Ich weiß es nicht. Ganz ehrlich, ich weiß es nicht. Sagen Sie, Maître, glauben Sie eigentlich, mein Vater war am Ende ein bisschen verrückt?«

»Nicht im klinischen Sinn, nein, das sicher nicht. Aber er war – speziell. Ja, das schon. Existenziell.«

»Vielleicht werden wir unsere Mission nicht erfüllen können. Sie wissen, was wir tun sollen?«

»Ich kenne die Eckdaten, ja.«

»Es könnte am Schnee scheitern. Wissen Sie, das kann man sich in Paris wohl nicht vorstellen, aber in den Bergen hier liegt meterhoch Schnee.«

»Wenn ich persönlich etwas sagen darf, Mademoiselle: Sie sollten auf keinen Fall etwas riskieren.«

»Ja. Aber wenn ich scheitere, dann geht das gesamte Vermögen an Glixomed, und dann müssen meinetwegen Affen, Hunde und Katzen leiden.«

»Mademoiselle Nora! Ich bin an dieser Stelle vielleicht voreilig. Ich sollte Ihnen das nicht jetzt schon sagen … aber dieses zweite Testament gibt es nicht. Monsieur Klaus hat gemeint, falls Sie die Reise gar nicht unternehmen wollten, sollte ich es mit dieser Geschichte versuchen. Seien Sie versichert: Ihr Vater hat in keinem Augenblick daran gedacht, sein Vermögen an die Pharmaindustrie zu vererben.«

»Das war ein Trick?!«

»Wenn Sie so wollen, ja.«

»Was heißt, wenn ich so will! Das war ein Trick!«

»Sie haben recht. Jedenfalls entbehrt es jeglicher rechtlichen Grundlage.«

Nora atmete tief durch, und nach kurzem Schweigen sagte sie: »Ich weiß nicht, ob ich mich jetzt freuen oder ärgern soll.«

»Sie sollen sich nicht ärgern«, sagte der Notar.

Nora ging auf den Balkon und zündete sich eine Zigarette an.

»Ich bin mir sicher, Ihr Vater wollte nicht, dass Sie etwas Gefährliches machen. Wissen Sie, das Testament ist zeitlich nicht gebunden. Es war gewissermaßen meine Schuld, Sie so früh losgeschickt zu haben. Sie können die Reise auch im Sommer wiederholen.«

»Und mir all die Nachrichten noch einmal anhören? Und nochmal seltsame Dinge machen wie zu einem Kloster im Westen gehen? Und Magister Petrovits, wird der dann auch Zeit haben? Oder haben Sie vielleicht neue Nachrichten und andere Tricks für den Sommer auf Lager?«

»Ich habe genau genommen noch drei Nachrichten«, sagte der Notar. »Das ist auch der Grund, warum ich anrufe. Morgen ist Sonntag, und ich fahre mit Freunden zum Angeln. Ich weiß nicht, ob ich genügend Empfang haben werde, deshalb möchte ich Ihnen die Nachricht schon heute schicken.«

»Das ist kein Problem, Maître.«

»Charles.«

»Sie können sie gleich auf mein Handy schicken, Charles,

die Nummer haben Sie ja. Magister Petrovits sieht sich die Botschaften ohnehin nicht an. Sie hätten mich auch direkt anrufen können.«

»Ich wollte unseren beauftragten Mittelsmann nicht übergehen. Passen Sie auf sich auf, Mademoiselle Nora.«

»Ja, das werde ich tun. Au revoir.«

»Au revoir.«

Wenig später piepste Noras Handy.

»Bernhard? Hallo, Bernhard?«

Bernhard tauchte auf dem Nebenbalkon auf. Nora bedankte sich und gab ihm sein Handy zurück.

»Irgendwas Dramatisches?«, fragte er.

»Nein«, antwortete sie.

Dann ging sie ins Zimmer zurück, legte sich auf das Bett und öffnete die Datei.

Die fünfte Nachricht

Hallo, liebe Nora, ich versuche es heute wieder mit einem Video ... Ich bin müde, wie du vielleicht siehst, und etwas zu faul zum Schreiben. Und mir ist noch etwas Wichtiges eingefallen, falls es Probleme geben sollte, meine Reste da hinaufzubringen oder was. Mamas Freundin Edith weiß Bescheid. Sie war damals dabei, aber das weißt du ohnehin, ich habe dir die Geschichte ja einige Male erzählt. Ich kann mich noch erinnern, als du klein warst, wolltest du sie oft hören, die Geschichte von Mama und ihrer besten Freundin und wie Mama in die Felsspalte gestürzt ist. Doline, das konntest du dir nicht merken, das Wort, ich habe mich gewundert, warum du das so oft hören wolltest. Irgendwann war es genug, und du wolltest einfach nicht mehr darüber reden. Jedenfalls war Edith jedes Jahr an der Unglücksstelle, um Blumen niederzulegen. Am ersten Jahrestag war ich mit ihr dort, du wirst dich daran nicht mehr erinnern, klar, du warst fünf, du bist in Paris bei Lilly und ihren Eltern geblieben. Es war emotional, sehr, sehr emotional. Aber das ist so lange her, ich könnte beim besten Willen nicht mehr sagen, wie es dort genau aussieht. Und ich selbst war danach nie wieder in der Gegend. Nie wieder. Aber Edith ist von dort, sie findet auch blind und in der Nacht hin, und mit deinem Begleiter solltest du es schaffen, ich denke, er ist tüchtig, er ist sehr tüchtig.

Nora drückte auf Pause und ging ein paar Sekunden zurück. »Ich denke, er ist tüchtig, er ist sehr tüchtig.« Klaus sprach nicht von »einer Begleiterin oder einem Begleiter«, er gab also zu, dass er wusste, um wen es sich bei dem Begleiter handelte. Hatte er überhaupt vor, jemals einzugestehen, dass er Bernhard ausgewählt hatte? Aber es war ja egal, was machte das schon aus? Nora drückte wieder auf *play*.

Obwohl, um das Tüchtigsein geht es gar nicht so … Warte mal, hier liegt er, mein heutiger Freund, Meister Eckhart. Hier … warte bitte … ja … also: »Bist du gerecht, so sind auch deine Werke gerecht. Nicht gedenke man Heiligkeit zu gründen auf ein Tun; man soll Heiligkeit vielmehr gründen auf ein Sein, denn die Werke heiligen nicht uns, sondern wir sollen die Werke heiligen.« Ich weiß schon, Heiligkeit ist als Wort ein wenig aus der Mode gekommen, man denkt da unwillkürlich an eine Statue mit 'nem Lichtring um den Kopf … Aber ich hoffe, du verstehst, was ich dir sagen will. Ich weiß, dass du verstehst, was ich dir sagen will, bist ja mein kluges Mädchen. Weißt du, was alle Mystiker verbindet? Sie versuchen mit Worten etwas zu erklären, was man mit Worten nicht erklären kann. Ihre Erfahrungen und Erkenntnisse sind so einfach. Wir sind alle verbunden in einem Ausmaß, das unfassbar ist. Mir ist das jetzt so klar geworden!

Wir zwei haben einige Zumutungen des Lebens gemeinsam überstanden. Vielleicht heißt es das, mutig zu sein. Aber ich war auch … nicht mutig … Du wirst bald verstehen … Edith Wendl in Trautenstein, Grimmingstraße 9. Ciao, mein Schatz, ciao.

39

Man sagt nicht »auf den Sack gehen«, hatte Klaus ihr jahrelang eingebläut, als Mann nicht und als Frau schon gar nicht. Daran erinnerte sich Nora jetzt, als sie sich dachte, langsam ging er ihr mit seinen Weisheiten und Andeutungen auf den Sack. Aber immerhin, Mamas Freundin kennenzulernen empfand sie als Hoffnungsschimmer. Die würde sich an die Stelle erinnern, und dann konnten sie das Ganze doch hinter sich bringen. Und Klaus endlich seine letzte Ruhe gönnen. Dann würde das mit den gruseligen Botschaften aus dem Jenseits aufhören, und man könnte versuchen, wieder ein normales Leben zu leben.

Nora war es ganz angenehm, allein zu essen. Das war sie ja ohnehin gewohnt. Die Urne hätte ihr zweifellos gute Gesellschaft geleistet, dachte sie, es macht ja immer Freude, im Beisein einer Urne zu speisen, aber in Anbetracht der letzten Gasthaus-Erfahrungen ließ sie das gute Stück lieber im abgeschlossenen Zimmer.

Außer zwei älteren Ehepaaren saß niemand in der gemütlichen Zirbenholzstube.

»Sie essen allein?«, fragte die Wirtin besorgt.

»Mein Kollege ist nicht ganz fit«, sagte Nora. Kollege! Gut, dass ihr das hilfreiche, weil völlig unverbindliche Wort eingefallen war. Nora bestellte das Schnitzel, von dem sie seit ihrer Ankunft in Österreich geträumt hatte. Und ihr Traum wurde, was selten passiert, von der Realität übertroffen: Goldbraun in Butterschmalz herausgebacken, mit luftigen Wölbungen in der Panade, das Fleisch hell und zart, daneben ein cremiger und sanft süßlicher Kartoffelsalat, dazu bernsteinfarbenes Bier aus der lokalen Brauerei – gerade die einfachen Dinge der frühkindlichen Erinnerung konnten später so schwer wiederholt werden, weil die Vorgaben so genau waren. Hier hatten sich die Vorgaben in geradezu magischer Weise erfüllt. Folgerichtig hätte Nora die Wirtin fast umarmt, als sie den bis auf die Zitronenspalte leergeputzten Teller abservierte.

»Ja«, nickte die Wirtin und lächelte, sichtlich erfreut, »wenn so wenige Gäste da sind, dann koche ich so, wie ich früher für meine Kinder gekocht habe.«

Als Nora auf dem Balkon eine rauchte, sah sie Licht in Bernhards Zimmer. Obwohl es gerade erst neun Uhr war, fühlte sie sich bis ins Knochenmark müde. Sie wollte nicht mal den Fernseher anschalten.

Sie schlief fast zwölf Stunden lang, auch das kann ganz schön müde machen. Nach einer kalten Dusche und drei Tassen Kaffee spürte sie, wie Klarheit in den Kopf zurückkehrte und Tatendrang in den Körper. Sie hatte keinen Hunger, deshalb steckte sie das Croissant aus dem Gebäckkorb kurzerhand ein. Sie wollte jetzt schnell zusammenpacken und Bernhard mit totaler Marschbereitschaft überraschen.

Sie rief auf dem Balkon nach ihm – nichts.
Sie klopfte an seine Tür – nichts.
Sie öffnete die Tür zaghaft und rief nach Bernhard – nichts.
Sie trat in sein Zimmer. Keine Spuren eines Bewohners.
Bernhard war verschwunden.

40

Als Nora ins Freie trat, konnte sie ihn gleich spüren, den Föhn. Die warme, trockene Luft umspielte ihre Haare. Der Himmel milchig-blau, mit ein paar zerfledderten Wolkenfetzen. Es duftete nach Sommer.

Vor Stunden schon sei der Kollege gegangen, hatte die freundliche Wirtin gesagt. Nora holte ihr Handy aus der Jackentasche. Keine Nachrichten. Sie rief Bernhard an. Der hatte sein Telefon ausgeschaltet. Der Notar war angeln, und Lilly – Lilly würde ihr auch nicht helfen können.

Die Kirchenglocken läuteten und riefen nachdrücklich zur Sonntagsmesse. Nora sah ein Ehepaar Richtung Kirche gehen, in festlicher Tracht, sie bei ihm untergehakt.

»Können Sie mir bitte sagen, in welcher Richtung es nach Trautenstein geht?«, fragte sie.

»Immer da lang«, sagte der Mann und zeigte nach Westen. »Unter der Autobahn durch und dann weiter, steht angeschrieben.«

Nora bedankte sich. Sie ging los. Was sollte sie sonst machen? Wenn Bernhard vor Stunden gegangen war, würde er wohl nicht zurückkommen. Vielleicht war er vorausgegangen? Er wusste zwar nicht, wohin, aber Richtung Westen, das stimmte auf jeden Fall.

Day by day, stone by stone ... Nora hätte das Gehen so richtig genießen können, wenn sie nicht durch das Verschwinden Bernhards beunruhigt gewesen wäre. Sie überlegte kurz, umzukehren. Vielleicht würde er doch zurückkommen? Vielleicht hatte er nur einen Morgenlauf gemacht? Aber mit seinem gesamten Gepäck, das war nicht logisch. Sie rief ihn noch einmal an, ohne Erfolg.

Nach einer Stunde fand sie ihn.

Bernhard saß auf einer Bank unter dem zartgrünen Blätterdach eines Lindenbaums.

Er sah sehr blass aus. Verstört irgendwie, aber dabei jünger, wie ein pubertierender Jugendlicher.

»Bernhard!«, rief Nora.

»Hallo«, sagte Bernhard beinahe tonlos.

»Was ist mit dir? Jetzt habe ich mir schon echt Sorgen gemacht!«

»Ich hab's im Zimmer nicht mehr ausgehalten«, sagte Bernhard.

»Es tut mir echt leid wegen gestern. Ich glaube … es war der Föhn. Ehrlich, ich spüre den immer am Tag davor. Entschuldige. Ich hab mich wirklich wie eine Zicke benommen.«

»Das ist es nicht.«

Nora setzte sich neben Bernhard auf die Bank und trank einen Schluck.

»Was ist es dann? Was ist los? Du siehst schrecklich aus.«

»Es ist … die Gegend hier. Alles erinnert mich an meine Kindheit.«

»Numquam retro?«, fragte Nora.

»Ja«, sagte Bernhard. »Das hatte ich mir vorgenommen.«

Nora bot ihm einen Schluck zu trinken an, doch Bernhard schüttelte den Kopf. Sie versuchte es mit dem Croissant vom Frühstück, aber auch das lehnte er mit dem Hinweis auf Magenschmerzen ab.

»Schau, Bernhard«, sagte sie, riss ein Stück ab und stopfte es in den Mund, »ich verstehe wirklich, dass das hier für dich eine Art Horrortrip in Déjà-vus ist, und ich verstehe, es ist nicht leicht für dich. Aber wir haben das Ennstal morgen hinter uns.«

»Ich weiß nicht.«

»Aber ich weiß es«, sagte Nora triumphierend. »Ich weiß nämlich jetzt, wie wir zur genauen Absturzstelle kommen. Ich habe den Namen und die Adresse von Mamas Freundin, die damals mit ihr im Toten Gebirge unterwegs war.«

Sie sah Bernhard erwartungsvoll an, doch der hob nur müde den Kopf.

»Und was bringt uns das?«

»Wir können das Ding durchziehen!«, rief Nora. »Sie wird uns genau sagen, wo die Stelle ist.«

»Deshalb geht ja der Schnee nicht weg«, murmelte Bernhard.

»Wenn wir genau wissen, wo die Stelle ist, werden wir sie auch im Schnee finden«, frohlockte Nora. »Die Frau heißt Edith Wendl. Sie wohnt nicht weit von hier, in Trautenstein.«

Bernhard sah auf: »Grimmingstraße, Nummer 9.«

»Woher weißt du das?«, fragte Nora.

»Weil sie meine Mutter ist«, sagte Bernhard.

41

Gehen, gehen, gehen, durch den Wald, durch die Schlucht, übers Feld. Gehen, gehen, gehen.

Plötzlich klappte Bernhard regelrecht in der Mitte zusammen, ruckartig, und würgte grünen Schleim auf die Wiese im Straßengraben. Nora sah weg. Seit jeher tat sie sich schwer damit, jemandem beim Kotzen zuzusehen, ohne sich selbst auch übergeben zu müssen. Aber sie verstand, dass Bernhard die Geschichte naheging. Er war richtig verwirrt gewesen, hatte ihr lauter Fragen gestellt, die sie auch nicht beantworten konnte, ob Klaus ihn ausgewählt hatte, weil er der Sohn der Freundin seiner Frau war? Und warum hatte ihm seine Mutter nie erzählt, dass sie bei einem tödlichen Bergunglück dabei gewesen war? Und nicht bei irgendeinem, sondern beim Absturz ihrer besten Freundin?

Nora ging ein paar Schritte zur Seite und sah in den Himmel. Da oben war ihr Vater, vielleicht.

Die Reste ihres Vaters jedenfalls steckten in der Urne in der Seitentasche ihres Rucksacks. Sein Körper, zu Asche verbrannt. »Klaus«, murmelte Nora. »Papa. Hilf mir. Bitte hilf uns.«

Als Bernhard sich erholt hatte, gingen sie weiter. Bernhard atmete tief, aber unregelmäßig, wie ein verletztes Tier.

»Es ist mir sehr unangenehm«, sagte er.

»Muss es nicht sein«, sagte Nora. »Ich bin halb ohnmächtig vor dir im Staub gelegen. Ich habe geschnarcht. Ich habe wohltuenden Magenlikör gekotzt. Wir sind noch nicht einmal quitt.«

Eine Autobahn durchschnitt das schöne, grüne Tal. Sie passte hier überhaupt nicht her, wirkte unwirklich, ein brüllendes Ungeheuer aus einer anderen Welt, das ihren kleinen Wanderweg fressen wollte. Als sie unter der Fahrbahn durchmarschierten, verschwand Bernhard hinter einem Pfeiler. Nora ging weiter, sie wollte hier nicht bleiben, wollte wieder den Himmel über sich spüren. Als das Ungeheuer nur noch als fernes Rauschen zu hören war, setzte sie sich auf einen Baumstumpf, aß die Reste ihres Croissants und drehte sich eine Zigarette.

Bernhard wankte daher, ein Schatten seiner selbst. All die Spannung war aus seinem Körper gewichen. Er schien um mindestens zehn Zentimeter geschrumpft.

»Willst du dich ausruhen?«, fragte Nora.

»Nein«, sagte Bernhard. »Im nächsten Ort ist ein Bahnhof. Ich will heim, nach Wien. Ich bin krank.«

Es waren nicht die zwei Semester Psychologie, die sie neben ihrem Philosophiestudium absolviert hatte, sondern eher kleine Ansätze von Lebenserfahrung, die Nora zu der Überzeugung brachten: Bernhard war nicht krank. Er hatte Angst.

»Okay«, sagte Nora, stand auf, nahm Bernhard am Arm und zog ihn weiter. »Ich kann dich verstehen.«

Sie gelangten in einen dichten Auwald. Lianen hingen von den Bäumen, und man hätte sich nicht gewundert, plötzlich Affen auf ihnen schwingen zu sehen.

»Weißt du«, sagte Nora, »ich habe nachgedacht. Alle Kulturen begraben ihre Toten. Es gibt auf der ganzen Welt keine menschliche Gesellschaft, wo man die Leichen einfach irgendwo verrotten lässt. Ich möchte die Urne weder für drei Monate in irgendein Schließfach stellen noch in Paris auf mein Nachtkästchen. Und mir ist klar geworden: Nicht ich will es hinter mir haben, ich will, dass es mein Vater hinter sich hat.«

»Was soll das heißen?«, fragte Bernhard.

»Ich möchte, dass mein Vater seine letzte Ruhe findet, und zwar an der Seite meiner Mutter.«

»Das wirst du nicht schaffen«, sagte Bernhard.

»Doch, das werde ich schaffen«, sagte Nora, und sie glaubte sich.

42

Bernhard studierte den Fahrplan. In einer halben Stunde würde der Zug nach Leoben gehen, drei Stunden später konnte er in Wien sein.

Nora kaufte im Bahnhofskiosk Cola und Soletti und bewegte Bernhard dazu, sich auf einer Bank vor dem baufälligen Gebäude auszuruhen.

»Nimm«, sagte sie und hielt ihm die Soletti hin.

»Es ist nur ein Gerücht, dass Cola und Soletti helfen, wenn einem schlecht ist, in Wahrheit …«

»Mir hat es immer geholfen«, sagte Nora, »also erzähl mir jetzt nichts von irgendwelchen wissenschaftlichen Artikeln, sondern glaub mir einfach.«

Bernhard langte zu.

»Finde ich die Grimmingstraße leicht?«, fragte Nora.

»Wieso die Grimmingstraße?« Bernhards Stimme oszillierte zwischen Unglauben und Panik.

»Ich werde deine Mutter besuchen und sie fragen, ob sie mir hilft.«

»Du kannst doch nicht meine Mutter besuchen!«

»Doch, das kann ich«, sagte Nora. »Ich habe sogar den Auftrag dazu.«

»Aber meine Mutter … meine Mutter ist … sie ist furchtbar! Und erst mein Vater!«

»Ich will mich auch nicht von ihnen adoptieren lassen, ich will eine Auskunft, das ist alles.«

Bernhard stopfte hektisch Soletti in sich hinein. »Du wirst sie verwirren. Total verwirren. Das ist nicht gut für sie! Meine Mutter wird sich überhaupt nicht auskennen.«

»Dann komm eben mit und erkläre ihr, was los ist. Und

frag sie bei der Gelegenheit, warum sie dir nie erzählt hat, dass sie beim Tod ihrer besten Freundin dabei war.«

»Nein!« Bernhard stand auf und sah Nora eindringlich an.

Nun stand auch Nora auf und kam mit ihrem ganz nah an Bernhards Gesicht: »Du erledigst ein halbes Dutzend Feinde in ein paar Augenblicken, und du hättest es auch mit zwanzig riesigen Männern aufgenommen! Und dann fürchtest du dich vor deiner Mutti? Ich meine, findest du das nicht auch ein bisschen lächerlich?«

»Ich will nicht zurück«, presste Bernhard hervor.

Nora wurde jetzt laut: »Aber manchmal muss man eben zurückgehen, weil man noch etwas zu erledigen hat oder eine Rechnung offen oder eine Frage.«

»Ich habe alles erledigt.«

»Nein, das hast du nicht! Und dass du solche Angst hast, beweist es! Lüg dich nicht selbst an, Bernhard! Das passt nicht zu dir, denn du bist ein Held. Ja, für mich bist du ein verdammter Held! Und deshalb stell dich jetzt gefälligst deiner Vergangenheit! Und begreif endlich, dass du sie erst dann hinter dir lassen kannst!«

»Ich bin kein Held«, murmelte Bernhard.

»Doch! Du bist ein Held! Mein Held! Mein Vater hat auf dich vertraut! Und ich habe immer von einem verlässlichen Mann geträumt. Und jetzt willst du mich verlassen, weil du deine Mutter nicht sehen willst?! Sei doch froh, dass du eine hast! Ich würde viel dafür geben, eine Mutter zu haben!«

Bernhard sah Nora an. Sein Gesicht war weicher geworden.

»Du wirst für dich allein die Entscheidung treffen, ob du nach Wien zurückfährst – oder weitergehst«, sagte Nora, ganz ruhig. »Aber sei dir bewusst, dass es nicht irgendeine Entscheidung ist. Es ist eine Lebensentscheidung.«

Sie nickte ihm kurz zu. »Ich habe meine Entscheidung getroffen«, sagte sie, schulterte den Rucksack und ging. Nicht umdrehen, sagte sie sich vor, jetzt nicht umdrehen. Sie wandte sich nach rechts, nein, nicht hinüberschauen, nun gut, kann man nichts machen, er kommt nicht, dann eben nicht, sie würde es allein schaffen, irgendwie, und jetzt als Erstes würde sie mal zu dieser Frau Wendl wandern.

Nora hörte Schritte hinter sich. Bernhard ging neben ihr und sah sie an.

»Du, Nora?«

»Ja?«

»Trautenstein liegt in der anderen Richtung.«

43

Schön war der Weg nach Trautenstein nicht. Er führte zwischen Bahngleisen und einer vielbefahrenen Straße gerade nach Westen. Sommerlich brannte die Sonne vom Himmel. Noras Füße schmerzten in den neuen Schuhen. Immerhin, Bernhard schien es besser zu gehen.

»Und du kennst jeden Stein hier?«, fragte Nora.

»Jeden«, sagte Bernhard.

»Wenn du alles weißt, dann sag mir, wie das Wetter wird.«

»Das Wetter wird immer schlecht, wenn vorher Föhn weht. Die Frage ist nur, wann. Manchmal hält der Föhn drei Tage, manchmal nur einen.«

Nora beschäftigten viele Fragen, doch sie wollte Bernhard nicht überfordern. Aber eines wollte sie jetzt wissen: »Und warum heißt du eigentlich Petrovits und deine Mutter Wendl?«

»Das ist ganz einfach«, antwortete Bernhard. »Ich wollte nicht heißen wie mein Vater. Petrovits war der Mädchenname meiner Mutter. Nach Paragraf – hab ich vergessen – des Namensänderungsgesetzes konnte ich meinen Namen mit erlangter Volljährigkeit ändern.«

Auf einem Felsen, der etwas unmotiviert mitten im breiten Tal aufragte, thronte die Burg Trautenstein. Wenn sie alte Schlösser oder Burgen ansah, fielen Nora immer Geschichten dazu ein. Manchmal waren es freundliche Geschichten von Ritterlichkeit und Liebe, manchmal ging es darin um Mord, Folter und Verrat. Das hing ganz von der Burg und ihrer Ausstrahlung ab. Trautenstein war eine Mord-, Folter- und Verrat-Burg. Aber sie wollte Bernhard nicht fragen, was früher hier geschehen war, weil sie einträchtig schweigend nebeneinanderher gingen. Es wäre ihr wie Smalltalk vorgekommen, und das hätte sich in diesem Augenblick nicht richtig angefühlt.

Im Schatten der Gruselburg war eine kleine Siedlung entstanden. Zwar längst in demokratischer Zeit, und dennoch wirkten die Häuser hier so, als würden sie sich unterordnen.

Obwohl sie schon die ganze Zeit nichts geredet hatten, schien Bernhard noch stiller geworden zu sein. Sie gingen durch die Siedlung. Ein Haus glich dem anderen. Keine Menschen, keine Hunde, keine Kinder. Die Sonne verschwand hinter der Burg. Ihr Weg war plötzlich in Schatten getaucht. Vor einem grau gestrichenen Haus, das zur Hälfte aus einer Garage bestand, blieb Bernhard stehen. Es unterschied sich von den anderen dadurch, dass der Garten verwahrlost wirkte. Hier hielt sich wohl nie jemand auf. Bernhard stand unschlüssig vor dem Gartentor. Er war sehr blass.

»Sie hat uns längst gesehen«, sagte er. »Sitzt immer am Fenster, hinter ihrer Gardine verbarrikadiert. Starrt raus und säuft. Immerhin ist mein Vater nicht da. Oder zumindest sein Auto. Wenn er das noch hat.«

»Wann warst du das letzte Mal hier?«, fragte Nora.

»Vor elf Jahren«, antwortete Bernhard.

»Willst du lieber allein … oder soll ich mitgehen?«, fragte Nora.

»Bitte komm mit.«

Er griff über das Gartentor, öffnete es von innen, so wie er es tausendmal gemacht hatte. Sie stiegen die Treppe zur Haustür hinauf.

Die Tür ging auf, ohne dass Bernhard geläutet oder geklopft hätte.

Eine Frau stand da und musterte die beiden aus dunkelbraunen Augen. Sie war klein, schmal, mochte keine fünfzig Kilo auf die Waage bringen. Graue Haare mit ein paar dunklen Strähnen umrahmten ein zartes Gesicht, das trotz der vielen kleinen Falten mädchenhaft wirkte. Sie schien nicht sonderlich überrascht, eher skeptisch, mit einem Anflug von Ironie. Oder war es Sarkasmus?

»Na, habt ihr euch endlich gefunden?«, sagte Edith, und es klang etwas spöttisch.

»Was heißt gefunden?«, fragte Bernhard, und es klang nach Konfrontation.

»Ach, ihr wisst es noch nicht«, sagte Edith. »Das sieht Klaus ähnlich. Na, dann kommt mal, ich will euch reinen Wein einschenken. Und mir reinen Schnaps. Ha!«

Und noch bevor sie sich an den schmierigen Küchentisch gesetzt hatten, der vor dem gardinenbewehrten Fenster stand, und noch bevor Bernhards Mutter auch nur ein weiteres Wort gesprochen hatte, und noch bevor Nora die Urne auf den Tisch gestellt hatte, neben die Kaffeetassen und die Wodkaflasche, wusste Nora plötzlich, was Edith ihnen erzählen würde.

44

Die ganze Zeit über fragte sich Nora, warum sie das nicht schon früher gewusst hatte, denn wenn sie jetzt in sich hineinhorchte, dann war ihr zumindest bewusst, dass sie es geahnt hatte, irgendwo, irgendwie. Sie hatte bloß wieder nicht gut genug in sich hineingehört. Und auch nicht auf ihren Vater. Wie hatte er gesagt in dem letzten Video: Das Treffen mit Edith sei »emotional, sehr, sehr emotional« gewesen. Immer, wenn Klaus seltsame Wörter oder gekünstelte Wiederholungen verwendete, müssten eigentlich die Achtsamkeits-Alarmglocken schrillen. Aber nein, sie hatte sich doch ein klein wenig überlegen gefühlt. Klaus hatte sie eingelullt, hatte sie beide in diese seltsame Botschaftswirrnis geschickt, und am Ende war er doch schlauer gewesen und hatte Edith die ganze Arbeit überlassen. Und Edith erzählte. Stockend, zögernd und ohne viele Worte.

Damals, als sie bemerkt hatte, dass sie nach der sehr, sehr emotionalen Gedächtnis-Wanderung schwanger war, hatte Edith versucht, Klaus anzurufen, doch er hatte nie abgehoben. Hatte er ihr eine falsche Nummer hinterlassen? In der Zeit vor dem Handy und dem Internet sei es nicht so selbstverständlich gewesen, jemanden zu finden, erklärte sie. Sie beschloss, ihrem Mann nichts zu sagen. Das fiel ihr nicht schwer. Willi wollte schon längst ein Kind haben, und er machte sich keine Gedanken darüber, warum das vorher nicht geklappt hatte und dann plötzlich schon. So was sei ja auch nicht weiter abnormal.

Als Bernhard auf die Welt kam, hatte sie heimlich zwei Briefe nach Paris geschickt, mit Baby-Fotos. Klaus hatte nie reagiert. Er hatte die Briefe ignoriert, verdrängt, vor sich selbst weggesperrt. Erst kurz vor seinem Tod hatte er sie beim Aufräumen seines Schreibtischs wiedergefunden. Er hatte Edith angerufen und alles über seinen Sohn wissen wollen. Und dann hatte er sich diese ganze Geschichte ausgedacht.

Edith leerte ein weiteres Glas mit Klarem, als sie zu Ende erzählt hatte.

»Er hat sich immerhin entschuldigt«, sagte sie. »Und versprochen, er wird dich irgendwie anerkennen. Aber das ist deine Sache. Mich geht's nichts mehr an.«

Nora hatte unendliches Mitgefühl für Bernhard. Der saß da, immer kleiner werdend. Er schaffte es kaum, die Kaffeetasse zum Mund zu führen, so sehr zitterte er.

»Geht, Kinder«, sagte Edith nach einer halben Stunde. »Bald kommt Willi nach Hause, und es bringt uns allen nichts, wenn er euch hier sieht.«

Bernhard sah seine Mutter an und fragte, dem Schluchzen sehr nahe: »Wie konntest du all die Jahre mit dieser Lüge leben?«

»Schlecht, das weißt du ja«, sagte Edith mit fester Stimme, und wie zur Bestätigung spülte sie den Satz mit einem Glas Wodka hinunter. »Und Willi ... nach deiner Geburt hat er sich verändert ... so verändert ... als ob er geahnt hätte, dass etwas nicht stimmt«.

»Eine Riesenlüge, unser ganzes Leben«, sagte Bernhard, und Tränen flossen über sein so kindlich wirkendes Gesicht.

»Ich habe mich daran gewöhnt«, sagte Edith. »Und jetzt ist es zu spät. Schon lange zu spät.«

»Es ist nie zu spät«, schluchzte Bernhard.

»Das sagt sich so leicht«, antwortete seine Mutter. »Aber es stimmt nicht. Für mich ist es zu spät. Aber für dich nicht, Bernie.«

Bernhard sprang auf: »Für mich auch! Weil er jetzt tot ist!« Er packte die Urne, und einen Augenblick hatte Nora Angst, er würde sie gegen die Wand schleudern.

»Er war so eine feige Sau. So eine feige Sau!«, schrie er, und weil er gerade keine bessere Lösung für seine Impulse fand, warf er die Urne kurzerhand in den Mülleimer, der neben der Spüle stand.

Edith lachte und zündete sich eine Zigarette an. Nora sah zu. Sah einfach nur zu. Bernhard tat ihr so leid.

»Er war feig«, sagte Edith. »Er war schwach. Er war mutig. Er war stark. So sind Menschen nun mal. Der reinste Widerspruch.« Wieder lachte sie, heiser und rasselnd. Sie stand auf, die Zigarette im Mundwinkel, ging wortlos zum Mülleimer, bückte sich und holte die Urne heraus.

»Ich hab in diesem Leben schon genug geheult«, sagte sie, »mich bringt keiner mehr dazu.« Sie putzte die Urne mit den Händen ab und drückte sie Nora in die Hand.

»Hier, Prinzessin.«

»Was heißt Prinzessin?«

»So hab ich dich immer genannt, wenn ich an Klaus und dich gedacht habe. Für mich habt ihr immer da oben gewohnt, auf der Burg. Klaus wollte einfach, dass du seine Prinzessin bleibst. Keine Beunruhigung durch irgendwelche Geschichten da unten. Sicherheit. Ha! Sicherheit!«

Sie sah auf die Küchenuhr über dem Herd.

»Geht jetzt. Und nehmt das schön mit. Ich kann ihn hier nicht gebrauchen.«

»Wo liegt meine Mutter?«, fragte Nora.

»Unter dem Elfenkogel.«

»Aber wo genau?«

»Ich hab's mal markiert, auf einer Karte. So 'ner ganz genauen Karte. Die hat der Hans. Der Hans von der Sennalm-Hütte.«

»Komm«, sagte Nora zu Bernhard. Der stand auf, wie ferngesteuert, und wischte sich die Tränen von den Wangen. Edith ging zu ihm und umarmte ihn, schnell und heftig.

Sie gingen die kleine Treppe hinunter. Edith rief ihnen nach: »Tu, was du tun musst, Nora. Wenn du dran glaubst. Für mich ist so 'ne Urne nicht mehr als ein Aschenbecher. Hin ist hin.«

Nora drehte sich um und nickte. Edith lief ihnen nach, schnippte ihre Zigarette in die Wiese und fügte in einem seltsam rauen, gehauchten Tonfall hinzu: »Es war eine große Liebe. Betty und Klaus. Eine sehr große Liebe. Ich habe so etwas nie erlebt. Ich war nur sein – wie nennt ihr das beim Militär? Kollisionsschaden?«

»Kollateralschaden«, sagte Bernhard.

»Genau. Das war ich«, hauchte Edith. »Mich hat er nicht geliebt, das habe ich gewusst. Gemeint war Betty. So gesehen bist du auch das Kind einer großen Liebe, Bernie. Nur halt mit der falschen Mutter.«

Sie suchten das Weite, so schnell sie konnten. Bernhard rannte wie ein Irrer. Nora hielt mit ihm mit. Als sie die Siedlung und den Bannkreis der Burg und das ganze Tal hinter sich gelassen hatten, ließ sich Nora erschöpft am Straßenrand nieder. Sie brauchte jetzt dringend eine Pause. Es begann finster zu werden. Der Grimming machte in der Abenddämmerung seinem Namen alle Ehre, sah grimmig auf die kleinen, lächerlichen Lebewesen im Tal hinunter und schickte ihnen einen kalten Abendhauch von den schneebedeckten Gipfeln. Nora fröstelte. Sie holte ihre neu erstandene Jacke aus dem Rucksack und trank einen Schluck Cola.

Bernhard setzte sich neben sie und bebte, und das lag nicht nur an der Kälte.

»Du bist wütend, Bernhard.«

»Hab ich nicht allen Grund, wütend zu sein?«

»Doch. Aber …«

»Aber?!«

»Bernhard, ich kann nichts dafür! Bitte sei nicht auf mich wütend und eifersüchtig! Ich habe mir nichts mehr gewünscht als einen Bruder!«

»Dann musst du genauso wütend sein wie ich!«

»Ja. Schon.«

»Aber?«

»Ich weiß auch nicht. Da ist jetzt nichts. Außer – Zuneigung zu dir. Ich hatte ein ganzes Leben lang Zeit, wütend auf ihn zu sein. Und ihn zu lieben. Vielleicht liegt es daran.«

Nora fasste Bernhard am Arm.

»Und letztendlich hat sich ein Wunsch von mir erfüllt«, sagte sie. »Ich … ich habe jetzt wieder eine Familie.«

Bernhard schwieg. Er atmete schwer.

»Wir sind jetzt eine Familie?«, fragte er ungläubig.

»Na sicher«, antwortete Nora. »Zwar eine seltsame Familie, die zum gegenwärtigen Zeitpunkt aus zwei physisch kaputten und psychisch ramponierten Geschwistern besteht. Zwar eine sehr kleine Familie. Aber eine Familie.«

Bernhard begann zu weinen.

»Hör doch mal auf zu flennen! Du bist Soldat!«, sagte Nora.

Bernhard weinte wie ein Kind. Mittendrin sah er einmal auf, mit verrutschtem Gesicht, und schluchzte: »So siehst du das also? Wir sind eine Familie?«

»Ja«, sagte Nora, und auch sie hatte jetzt Tränen in den Augen, »und das mit der kleinen Familie, das kann sich noch ändern, du wirst eine unfassbar attraktive und clevere Frau finden, die deine Socken bügelt, und ich einen sensiblen und muskulösen Mann, dem ich mich überlegen fühlen kann, und dann wird es zahllose Nichten und Neffen geben, Cousins und Cousinen, und wir werden in den großen Ferien alle nach Korsika fahren, und wir werden jedes Jahr gemeinsam Weihnachten feiern.«

Und plötzlich kullerten Tränen aus Noras Augen, sie konnte es zuerst gar nicht fassen, es erinnerte sie an eine Platzwunde, die sie sich einmal am Kofferraumdeckel zugezogen hatte, das hatte nicht wehgetan, und doch war das Blut in Strömen geflossen, und auch jetzt … das tat doch nicht weh? Und die Tränen strömten und strömten, als wäre irgendein Damm gebrochen.

»Zum Glück habe ich meine Regenjacke an«, sagte sie, und dann rückte Bernhard zu ihr, und sie hielten einander in den Armen.

46

Nun war es richtig finster geworden. Bernhard und Nora gingen auf der Straße Richtung Ausseer Land. Bernhard meinte, sie sollten die erstbeste Unterkunft nehmen, die auf dem Weg lag, denn sogar eine Wanderung ins verschneite Tote Gebirge wäre weniger gefährlich als am Sonntagabend, wenn das Land flächendeckend alkoholisiert war, auf einer unbeleuchteten Landstraße zu gehen.

Nora philosophierte darüber, dass man sich manchmal in Zuständen befindet, von denen man meint, sie würden nie mehr aufhören, zum Beispiel ein Lachkrampf, oder das Herzrasen von einem starken Joint, oder ein Schnupfen, oder eben Weinen, und dass diese Zustände dann doch aufhören, weil kein Mensch es schafft, so lange in dem Zustand zu bleiben.

Es gäbe sehr wohl Menschen, die ihr ganzes Leben lang traurig sein konnten, meinte Bernhard, zum Beispiel seine Mutter. Nora ging nicht darauf ein. Vielleicht hatte sie mit ihrem philosophischen Exkurs auch etwas verallgemeinern wollen, was nur ihre Geschichte war: Nach einer gewissen Zeit »Drama« konnte oder wollte sie einfach nicht mehr. Dann musste etwas anderes her, und das fand sie auch immer. Jetzt hätte sie natürlich noch darüber nachdenken können, ob dieser Zugang oberflächlich-verdrängend oder gesund-selbstbewusst war, aber das tat sie nicht, weil sie die Nase voll und Lust auf ein Bier hatte.

In der Ferne sah sie ein großes, hell erleuchtetes, dampfendes Gebäude.

»Ich dachte, ihr habt in Österreich keine Atomkraftwerke«, sagte sie.

»Das ist eine Therme«, sagte Bernhard. »So ein Wellness-Ding mit heißen Quellen und hundert Saunen und so.«

»Gibt es da auch ein Hotel?«, fragte Nora.

»Ja«, antwortete Bernhard, »aber es ist entsetzlich teuer.«

»Ist das nicht egal, heute?«, fragte Nora.

»Scheißegal«, antwortete Bernhard.

Das war Nora schon aufgefallen, Bernhard hatte seine Sprache verändert, das Gestelzte war verschwunden, das war wohl nicht er gewesen, sondern gespielt, und Nora wollte gerne wissen, was sonst noch alles gespielt gewesen war. Aber vorher wollte sie ein Bier.

An der Rezeption des luxuriösen Spa-Resorts wurden die späten Gäste misstrauisch begutachtet. Die Zimmer erwiesen sich tatsächlich als ganz schön teuer, sogar für Pariser Maßstäbe. Ein kurzer Blick genügte, damit Nora und Bernhard sich auf das etwas günstigere Doppelzimmer einigten. Ihr neuer Beziehungs-Status erleichterte die Entscheidung.

Während Bernhard seinen Rucksack auspackte und dessen Inhalt akkurat in den Schrank legte oder hängte, nahm Nora ein Bier aus der Minibar, drehte sich eine Zigarette und setzte sich auf den Balkon, der fast schon eine Terrasse war. Ihr Zimmer befand sich im zweiten Stock. Nora warf einen kurzen Blick hinunter auf den riesigen, dampfenden Außenpool. Sofort benebelte der gewohnte Schwindel ihren Kopf, und bevor ihr schwarz vor den Augen wurde, wich sie lieber zurück, ließ sich auf eine Sonnenliege fallen, trank, rauchte und las, was Lilly ihr geschrieben hatte.

»Nora, ma cherie, also ganz ehrlich, du hast mir die Nacht verdorben mit deinem Anruf gestern, ich habe kein Auge zugetan! Auch Monster war beunruhigt, das schwöre ich dir, er ist immer herumgelaufen, als würde er dich suchen, aber ich konnte ihn mit einigen Streicheleinheiten ins Bett locken. Nora, Monster braucht dich noch! Und ich auch. Ganz im Ernst. Was du mir da gestern erzählt hast vom Schnee und den Bergen und von diesen … von diesen Spalten da, ich habe vergessen, wie sie heißen, das gefällt mir überhaupt nicht. Ich habe mir ein paar Filmchen auf YouTube angesehen, Nora, die Berge sind gefährlich. Schau dir mal so einen Lawinenabgang an, das ist der Hammer! Da hast du überhaupt keine Chance. Und dann gibt es noch Gletscherspalten und Blizzards und Yetis, das ist der reinste Horror!

Nora, du bist nicht Heidi! Deine Welt sind nicht die Berge, sondern die Bars. So eine Gebirgstour, das passt nicht zu dir. Das bist nicht du. Lass die Finger davon, und nicht nur die Finger, lass es einfach bleiben. Bitte. Und wenn du diesen absurden Gedanken nicht für mich aufgibst, dann tu es für Monster.

Du weißt, ich bin immer für ein kleines Abenteuer zu haben. Es muss halt lustig sein. Küsse. Lilly«

47

»Hätte ich mir gestern noch nicht gedacht, dass wir heute gemeinsam in einem Whirlpool liegen«, sagte Nora.

»Ich habe mir gestern viel noch nicht gedacht«, sagte Bernhard.

Sie hatten an der Bar einen Snack gegessen, das musste sein nach diesem entbehrungsreichen Tag. Das Spa blieb bis Mitternacht geöffnet, also hatten sie beschlossen, das teure Hotel noch ein wenig auszunutzen, wodurch es freilich auch nicht billiger wurde, wie Bernhard anmerkte.

»Es gab Augenblicke, da habe ich dich ein bisschen sexy gefunden«, sagte Nora. »Stell dir vor, du hättest auch nur irgendein Interesse an mir entwickelt! Ich meine, was hätte das geben können!«

»Ich habe dich sofort sehr interessant gefunden.«

»Das hast du aber sehr gut verheimlicht«, sagte Nora und spritzte Bernhard eine Handvoll Wasser ins Gesicht. »Aber wahrscheinlich war ich dir zu alt, stimmt's? Immerhin bin ich sechs Jahre älter! Oder nicht durchtrainiert genug? Auf was für einen Frauentyp stehst du eigentlich?«, fragte Nora.

»Ich mag Vamps«, sagte Bernhard. »So mit roten Mündern und High Heels, die können gar nicht hoch genug sein. Am liebsten Blonde mit riesigen Brüsten. Aber auch der natürlich Typ, ungeschminkt, mit kurzen Haaren und Lachfalten gefällt mir. Auch brünette, und rothaarige Frauen, die mit den grünen Augen, und die mit den blauen, und die mit den haselnussfarbenen, und die …«

Nora legte noch eine Handvoll Wasser nach und sagte: »Jetzt weiß ich es. Du hast es gewusst. Mein Vater hat es dir gesagt!«

»Ich hab dir ein bisschen was vorgespielt, Nora. Aber glaubst du wirklich, das war heute eine Theatervorstellung?«

»Nein. Glaub ich eigentlich nicht.«

»Aber er hat mir gesagt … damals, in Paris … Herrgott, er hat *Sie* zu mir gesagt, das gibt es doch nicht! Wie konnte er das aushalten?«

»Was hat er gesagt?«

»Er hat gesagt, widerstehen Sie unter allen Umständen erotischen Versuchungen, es gibt einen Grund dafür, den Sie erfahren werden.«

»Da hätte es doch klingeln müssen!«, rief Nora.

»Na sicher!«, rief Bernhard aus. »Drum ärgere ich mich ja nicht nur über ihn, weil er die letzte Chance verpasst hat, mir selbst die Wahrheit zu sagen, sondern auch über mich, weil ich so ein Esel bin!«

»Aber irgendwie hat man es doch auch gespürt? Findest du nicht? Dass da etwas nicht ganz stimmt zwischen uns beiden.«

»Hab ich mir auch schon gedacht. Aber vielleicht bildet man sich so etwas dann auch ein«, sagte Bernhard.

»Gehen wir in dieses Almhütten-Sauna-Dings?«, fragte Nora.

Sie stiegen aus dem Whirlpool und bedeckten sich schnell mit ihren Handtüchern.

»So ganz selbstverständlich ist es noch nicht, was, ich meine, so geschwisterliche Ungeniertheit …«, meinte Nora.

»Dazu fehlt uns eine gemeinsame Kindheit«, sagte Bernhard.

Sie gingen zu einer großen, etwas kitschig nachgeahmten Almhütte in der Mitte der Außenanlage. Es waren keine anderen Menschen mehr da. Im Inneren der Hütte duftete die heiße Luft nach Kiefernholz. Bernhard und Nora legten sich auf die breiten Liegen, er eine Stufe über ihr.

»Ich hätte gerne eine Kindheit mit dir gehabt«, sagte Bernhard.

»Ich auch«, sagte Nora.

Sie schwiegen eine Zeitlang.

Dann sagte Nora: »Eigentlich sollte ich ja versuchen, dich im Whirlpool zu ersäufen.«

»Weil ich dir was vorgespielt habe?«, fragte Bernhard.

»Hast du echt nicht darüber nachgedacht?«

»Worüber?«

»Du bist Miterbe«, sagte Nora.

»Was? Ich meine: Wie bitte?«, fragte Bernhard.

»Dass du als Jurist nicht darüber nachgedacht hast!«, sagte Nora.

»Ich habe keine Sekunde darüber nachgedacht«, sagte Bernhard, »und ich will auch jetzt nicht darüber nachdenken. Es ist gerade so angenehm.«

»Du musst auf jeden Fall deinen gerechten Anteil bekommen«, sagte Nora.

»Reden wir darüber, wenn wir das mit der Urne geschafft haben, okay?«, sagte Bernhard.

»Du bist also dabei?«, fragte Nora und setzte sich auf.

»Was hast denn du gedacht?«, sagte Bernhard. Nora nahm seine Hand und drückte sie.

Als sie wieder in ihr Zimmer kamen, spürten beide die Müdigkeit bis in die Knochen.

Bevor sie das Licht ausschaltete, schrieb Nora eine Mail an Lilly: »Liebe Lilly, ich will halt nicht lustig sein, sondern ich selbst. Vielleicht das erste Mal in meinem Leben. Kisses. Nora«

48

Eine Harfe spielte, leise, sanft, aber unbeirrbar. Nora tastete nach dem Handy auf ihrem Nachtkästchen. Das hatte sie aber ausgeschaltet, und es war immer noch ausgeschaltet.

Sie schaute auf die andere Seite des Doppelbetts. Bernhard hatte sich bereits aufgesetzt und drückte auf dem Display seines Handys herum.

»Weißt du, dass wir denselben Wecker-Klingelton haben?«, fragte sie.

»Echt – du auch – die Harfe?«

»Ja!«

»Ich hasse sie«, sagte Bernhard.

»Ich auch«, sagte Nora.

Draußen dämmerte es.

»Es ist sehr früh«, seufzte Nora.

»Wir müssen früh los, wenn wir es schaffen wollen«, sagte Bernhard.

»Habe ich geschnarcht?«, fragte Nora.

»Ich glaube, nicht. Ich habe geschlafen wie ein Stein.«

»Eigentlich ist es ja egal«, meinte Nora, »unter uns können wir uns ja jetzt gehenlassen.«

Bernhard verschwand im Bad, und Nora ließ sich ins warme Bett zurückfallen. Aber sie schlief nicht mehr ein. Sie schloss ihr Handy an das Ladekabel an und gab ihren Code ein. Eine Nachricht von Lilly: »Nora?! Wie geht es dir? *Ich selbst sein* – so etwas sagst du nicht! Mach mir keine Angst. Lilly«

Nora schmunzelte und drückte auf Antworten: »Ich mache mir manchmal selbst Angst. Aber meistens ist es der Magister. Wenn er mir seine 45er Magnum an den Kopf hält, schreibe ich seltsame Dinge. Aber sonst ist alles in Ordnung. Love. Nora«

Die Antwort ließ nicht lange auf sich warten. Sie lautete: »Nora! Bitteee!!«

Nora schrieb zurück: »Liebe Lilly, wirklich alles bestens, wenn auch verwirrend. Ich erzähle dir alles, wenn wir zurück sind. Muss jetzt los und bin schlecht zu erreichen. Küsse an Monster und dich.«

Bernhard kam aus dem Bad zurück.

»Ich geh schon mal vor«, sagte er, »du möchtest Kaffee, stimmt's?«

»Ein bisschen kennst du mich ja doch schon«, sagte Nora.

Als sie frisch geduscht und in perfekter Wanderkleidung im Frühstückssaal erschien, hatte Bernhard bereits frisches Gebäck, Käse und Marmeladen geholt. Sie waren die einzigen Gäste. Das Buffet war gerade erst geöffnet worden. Ein großer Cappuccino dampfte an Noras Platz. Sie stellte die Urne mitten auf den Tisch.

Bernhard hatte bereits alles geplant. Sie würden den Bus nach Aussee nehmen, der brauchte keine halbe Stunde, dann würden sie rechtzeitig zu Geschäftsbeginn beim Bergsteiger-Shop sein.

»Wieso Bergsteiger-Shop?«, fragte Nora.

»Wir müssen uns ausrüsten«, antwortete Bernhard. »Das ist kein Spaziergang, da oben.«

»Natürlich«, murmelte Nora, aber es wurde ihr ein wenig flau im Magen.

Das besserte sich im Bus nicht entscheidend. Sie fuhren zwar durch eine grandiose alpine Landschaft, aber wenn Nora auf die Berggipfel hinaufsah, bekam sie regelrecht kalte Füße. Sie musste sich eingestehen, dass sie Angst hatte. War es nicht vollkommen bescheuert, alle Warnungen in den Wind zu schlagen? Und Bernhard, den hatte sie da mit hineingezogen. Er würde sie nicht im Stich lassen … Wäre das nicht eine grausame Ironie des Schicksals, wenn sie nun – kaum, dass sie sich gefunden hatten – gemeinsam sterben würden?

»Müssen wir sterben?«, fragte sie Bernhard, der von seinem Handy aufsah.

»Auf jeden Fall«, sagte er.

»Ich meine, heute?«

»Der Wetterbericht ist nicht schlecht«, sagte Bernhard. »Der Föhn bricht erst am Abend zusammen, da sollten wir längst zurück sein.«

»Bricht zusammen ... das klingt ja furchtbar!«

»Es kommt eine Front aus Südosten. Schau mal hier, das Prognosevideo. Ich liebe diese Wetter-App. Siehst du, da dreht sich der Tiefdruckwirbel ein. Die drehen übrigens immer nach links, und die Hochdruckgebiete nach rechts. Faszinierend, nicht? Und hier ... wir sind hier ... die ersten Ausläufer sollten uns nicht vor achtzehn Uhr erreichen.«

»Was du alles weißt«, sagte Nora, und sie wusste selbst nicht so genau, ob es sich ironisch oder bewundernd anhörte.

»Wenn ich nicht Jurist geworden wäre, dann Meteorologe«, sagte Bernhard. »Und schau, das ist die Karte. Hier ist der Elfenkogel. Das ist im Prinzip keine Hexerei. Wir sollten trotz der Schneefelder in drei Stunden dort oben sein. Nach dem Anstieg gibt es keine großen Höhenunterschiede mehr. Es geht recht flach dahin. Mit Steigeisen sollte es kein Problem sein.«

Beim Wort »Steigeisen« wurden Noras Füße noch ein wenig kälter. »Steigeisen«, das klang nach Nanga Parbat, nach verschollen in der Antarktis, nach den Schrecken des Eises und der Finsternis. Worauf hatte sie sich da nur eingelassen?

»Schau«, sagte Bernhard und hielt Nora das Handy vor die Nase. »Post aus Paris.«

»Ich weiß nicht, ob ich dem jetzt gewachsen bin«, sagte Nora. »Und warum hat er sie dir geschickt und nicht wieder mir?!«

»Es ist eine Word-Datei«, erklärte Bernhard, statt zu antworten.

»Ich kann nicht lesen im Bus«, sagte Nora. »Sonst wird mir schlecht. Mir ist ohnehin schon schlecht.«

»Dann lies die Nachricht später.«

»Ich weiß nicht.«

»Und wenn etwas Wichtiges drinsteht? Für den weiteren Verlauf?«, fragte Bernhard. »Vielleicht hat er es sich ja anders überlegt, und wir müssen doch nicht hinauf? Vielleicht war das mit der Absturzstelle nur dazu da, damit ich zu meiner Mutter komme? Ich meine, Finten hatte er ja genug auf Lager.«

»Bernhard ... würdest du es mir vorlesen?«

»Wenn du wirklich willst ...«

»Bitte. Wir sind ohnehin fast allein im Bus.«

Bernhard öffnete die Datei und las:

Die sechste Nachricht

Geliebtes Kind!
Heute habe ich wieder Pascals Wette für Gott gelesen, großartig, man muss sich nur das Katholische ein bisschen wegdenken. Pascal schreibt, wir können nicht beweisen, dass es Gott gibt, ebenso wenig wie wir beweisen können, dass es Gott nicht gibt. In diesen Extremen schlägt er vor, auf die Existenz Gottes zu wetten. »Wette denn, dass er ist«, sagt Pascal, »ohne dich lange zu besinnen, deine Vernunft wird nicht mehr verletzt, wenn du das eine als wenn du das andere wählst ... Wenn du gewinnst, gewinnst du alles, wenn du verlierst, verlierst du nichts.«

»Gleich wird er mir wieder sagen, ich soll die schöne alte

Pléiade-Ausgabe nicht wegwerfen, denn irgendwann werden mir die ganzen alten Meister auch mal Freude machen«, ätzte Nora. »Ich weiß nicht, ob ich mir das jetzt wirklich anhören will.«

»Lass ihn halt mal reden«, sagte Bernhard und fuhr unbeirrt fort:

Ich verstehe das so: Es gibt nur zwei Möglichkeiten – es gibt keine dritte! Entweder, das alles hat einen Sinn, oder alles ist Willkür und Zufall. Entweder, dein Leben wird von einer inneren Weisheit geleitet, oder deine Freunde, deine Familie, deine Erfahrungen sind sinnlos und austauschbar. Und auch wenn ich wie wir alle den Sinn nicht erkennen kann, möchte ich auf den Sinn wetten. Das macht unser Leben einfach größer und erfüllter.

»Kannst du einen Sinn erkennen?«, fragte Nora. »Ich meine, irgendwie muss er doch geahnt haben, dass wir jetzt wissen, was gelaufen ist, wie kann er da von einem Sinn reden? Gerade dir gegenüber! Oder findest du das sinnvoll, dass er dich zwar getroffen, es aber nicht für wert befunden hat, dir zu sagen, dass du sein Sohn bist? Und warum wendet er sich nur an mich und nicht an uns beide?«

Bernhard sah Nora an und sagte: »Er sagt ja selbst, er kann den Sinn nicht erkennen. Und er konnte sich ja nicht sicher sein, dass wir bei meiner Mutter waren. Ich les mal weiter. Ist nicht mehr lang.«

»Mich macht das heute nervös!« Der Bus fuhr wild in eine Kurve und warf Nora fast von ihrem Sitz. »Und ich hasse diesen Bus!«

»Du bist auch ohne Brief nervös, Nora. Also komm.« Und Bernhard las weiter.

Deine Mutter kannte nur gute Tage. Sie konnte sich immer an Kleinigkeiten erfreuen, ein gutes Wort für jemand anderen finden,

Hoffnung schöpfen. Nichts ließ sie an der Güte und Weisheit des Universums zweifeln. Sie war ein Ausnahmemensch. Ich habe das immer gewusst. Sie hat nie gestritten. Nicht aus Faulheit, schon gar nicht aus Feigheit. Auch nicht, weil sie so nett war. Sie hat aus Überheblichkeit nie gestritten. Sie hat die Verstrickungen der anderen immer mitbedacht, den Ursprung der Aggressionen gesehen ... und auf dieses Niveau wollte sie sich nie herabbegeben. Sie war sanftmütig, aber sie hatte Autorität. Man hat ihr nicht einfach so widersprochen. Und weil sie so stark war, hat sie immer gegeben. Leben war für sie Geben.

Ich werde Doktor Lacombes Empfehlung nicht befolgen. Meine Krebserkrankung ist hoffnungslos, das hat er mir heute noch einmal bestätigt. Ich werde die Herztabletten nicht mehr nehmen. Es kommt mir absurd vor, Medikamente zu nehmen, nur um fit genug für das Sterben zu sein. Ich möchte kein Pflegefall werden.

Mir ist so bang, Nora, dich allein zu lassen. Aber ich freue mich so darauf, Betty wiederzusehen. Werde ich sie, wenn ich tot bin, sehen können? Sie umarmen? Mit ihr reden? Ich weiß es nicht. Aber ich wette, ich wette darauf!

Wenn nicht – bin ich im Nicht-Sein mit ihr vereint – in der Felsspalte unter dem Elfenkogel.

Leb wohl!
Dein Vater

49

Nora und Bernhard schwiegen. Sie sahen zum Fenster hinaus. Der Bus fuhr eine Serpentinenstraße hinab, und Nora fühlte sich gar nicht wohl.

»Kann man das Selbstmord nennen?«, fragte Nora.

»Er wollte zu deiner Mutter«, sagte Bernhard. »Er wollte nichts dafür tun, diesen Augenblick hinauszuzögern.«

»Warum habe ich von all dem nichts bemerkt?«, fragte Nora.

Der Bus hielt im Zentrum der kleinen Stadt am See. An der frischen Luft atmete Nora erleichtert auf.

»Hast du die Urne?«, fragte Bernhard.

Nora drehte ihm den Rucksack so hin, dass er sie sehen konnte.

»Weißt du«, sagte Nora, »wenn dir unser Vater auf die Nerven geht – wir können die Urne immer noch in den See werfen. Das ist auch ein schöner Platz.«

»Nein«, sagte Bernhard. »Wir machen das, was er sich gewünscht hat.«

»Sicher?«

»Vollkommen sicher.«

Bernhard kannte das Geschäft mit der Ausrüstung für Bergsteiger. Der Besitzer war sein Kumpel. Die zwei besprachen die Eckdaten des Tages: Das Wetter würde sich halten. Bis zum Elfenkogel waren etwa drei Stunden Fußmarsch zurückzulegen. Oben lag zwar noch viel Schnee, doch die Schneedecke war kompakt und recht gut zu begehen. Von Steigeisen riet Bernhards Freund ab, die würden Nora nur irritieren, wenn sie es nicht gewohnt war, damit zu gehen. Karabiner, Seile, Gurtzeug und anderes Zubehör lieh er ihnen – es wäre Unsinn, so viel Geld für die kleine Tour auszugeben. Bernhard bedankte sich sehr und bestand im Gegenzug darauf, zwei Eispickel zu kaufen und außerdem eine Sonnenbrille für Nora. Im Gehen erkundigte er sich, wo sie den Hans von der Sennalm-Hütte finden würden, denn der würde um die Zeit wohl kaum da oben sein.

»Wenn wir den nicht finden, brauchen wir gar nicht hinaufzugehen«, sagte Nora, als sie die Seepromenade entlangmarschierten.

»Das ist ein alter Mann«, meinte Bernhard. »Der wird schon zu Hause sein. Es liegt auf unserem Weg.«

In einem charmanten, altmodischen Geschäft erstanden sie Proviant, vor allem viel zu trinken, denn oben gäbe es wenig Wasser, erklärte Bernhard, und geschmolzener Schnee schmecke nicht gerade gut. Nora entdeckte zwar keinen Calvados, aber doch eine kleine Flasche Apfelbrand. Sie fand, zu einer Feierlichkeit gehörte das einfach dazu.

Die Häuser am Seeufer wurden spärlicher. In einem kleinen Waldstück zweigte ein Weg nach links ab. Dem folgten sie. Der Anstieg begann.

»Jetzt sind wir erst seit ein paar Tagen zusammen, und mir kommt es vor wie eine halbe Ewigkeit«, keuchte Nora.

»Ja«, sagte Bernhard. »Mir geht es genauso. Vor einer Woche haben wir einander bei Maître Didier kennengelernt … Das kommt mir vor … wie aus einem anderen Leben.«

»So viel wie in dieser Woche passiert oft in einem Jahr nicht«, sagte Nora.

»Gott sei Dank«, meinte Bernhard.

»Würdest du die Tage gerne löschen aus deinem Leben?«, fragte Nora.

»Um keinen Preis«, antwortete Bernhard.

Sie gelangten auf eine kleine Hochebene. Auf einer sattgrünen Wiese standen ein paar einfache Holzhäuser zwischen blühenden Obstbäumen. Auf eines der Häuser steuerte Bernhard zielstrebig zu. Eine Glasveranda zierte die Fassade, an der Spalierbäume emporwuchsen. Ein dürrer kleiner Mann mit grünem Lodenhut stach gerade das Beet um.

»Servus«, sagte Bernhard.

»Griaß di«, sagte der Mann und sah auf. Er hatte lachende, blaue Augen.

Bernhard brachte ihr Ansinnen vor. Der Mann antwortete in einer Sprache, die Nora kaum verstand. Wenn man sich nicht konzentrierte und nur auf die Melodie achtete, konnte man nicht einmal erraten, dass es sich um Deutsch handelte. Der alte Mann verschwand in seinem Haus.

»Die Karte ist oben in der Hütte«, erklärte Bernhard. »Aber der Hans ist so nett und gibt uns den Schlüssel.«

Mit verschmitztem Gesicht tauchte Hans wieder auf und reichte Bernhard einen Bund mit zwei Schlüsseln.

»Brav sein, da oben«, sagte er mit Blick auf Nora. Und mit Blick zum Himmel fügte er hinzu, sie mögen ihm den Schlüssel heute Abend zurückbringen, und zwar rechtzeitig, weil es in der Nacht schneien würde.

Bernhard bedankte sich, und Nora hob zum Gruß die Hand.

Sie marschierten los.

»Wir sind gut in der Zeit«, sagte Bernhard. Es war noch nicht einmal zehn Uhr.

50

Nach der Hochebene ging es durch einen dunklen Fichtenwald steil bergauf, bis zur nächsten, kleineren Hochebene. Es gäbe eine Sage, erklärte Bernhard, da wären diese Hochebenen die Stufen, auf denen ein Riese auf das Dach der Welt steigt.

»Dach der Welt ist gut«, sagte Nora. »Das ist ja doch nur ein Gebirgchen.«

»Damals kannte man eben keinen Himalaya und keine Anden. Aber dort drüben – siehst du den Gletscher in der Sonne glitzern – das ist der Hohe Dachstein. Da haben die Götter gewohnt.«

Wie auf ein Stichwort entdeckte Nora am Rand der Ebene, zwischen Lärchen gelegen, eine Kapelle hinter einer Einfriedung.

»Das ist der Bergsteigerfriedhof«, erklärte Bernhard. »Da liegen ausschließlich Menschen, die im Toten Gebirge ums Leben gekommen sind. Na ja, die, deren Leichen man bergen konnte.«

»Können wir hingehen?«

»Klar. Ich liebe Friedhöfe.«

»Das habe ich schon gemerkt. Aber dieser hier ist etwas kleiner als der Père Lachaise.«

Vor der Kapelle stand ein Brunntrog, ein ausgehöhlter, halbierte Lärchenstamm, in den ein dünner Wasserstrahl plätscherte. In den grauen, verwitterten Stamm war ein grober Schriftzug geritzt oder gehackt worden. Bernhard wies sie darauf hin.

»Niemand weiß, wie spät es ist«, las Nora.

»Schräg, nicht?«, sagte Bernhard.

»Sehr schräg.«

Sie drehten eine Runde um die Kapelle und lasen die Schriften auf den Grabsteinen. Die meisten Verunglückten waren zum Zeitpunkt ihres Todes etwa so alt wie Noras Mutter gewesen. Die beliebteste Grabsteininschrift lautete: »Sein/Ihr Weg zu Gott führte über die Berge.«

Sie tranken am Brunnen und füllten ihre Flaschen auf.

Sie stiegen weiter bergan, durch einen hellen Lärchenwald diesmal, auf eine weitere Hochebene. Sie bestand aus einer Wiese und einem kleinen See. Nora kam sich vor wie in einer Märchenwelt. Nun mussten sie sich durch Latschen ihren Weg bahnen, hüft- und bisweilen schulterhohe, zähe Nadelgewächse. Zum Glück kannte Bernhard die schmalen Pfade, die durch diesen alpinen Dschungel führten.

Nach den Latschen kam Geröll. Zwischen Felsen wand sich der Weg steiler und steiler bergauf. Langsam wurde es Nora mulmig. Von einer Hochebene hinunterzuschauen, das stellte für sie kein Problem dar, das war wie fliegen … Aber diese schmalen, steilen, ausgesetzten Pfade, die behagten ihr gar nicht. Als sie plötzlich bei einer eisernen Leiter ankamen, die es hinaufzuklettern galt, blieb Nora abrupt stehen.

»Nein«, sagte sie. »Das kann ich nicht.«

»Du darfst nur auf die Sprossen schauen. Sprosse für Sprosse. Day by day. Stone by stone.«

»Das schaffe ich nicht«, sagte Nora.

»Ich werde dich ans Seil nehmen, okay?«

»Das wird nichts nützen.«

»Du wirst immer einen leichten Zug nach oben haben. Das wird dir helfen.«

»Ich weiß nicht.«

»Oder wir kehren um, Nora. Für mich ist es kein Problem.

Klaus hat mich verleugnet. Ich fühle mich ihm gegenüber nicht verpflichtet.«

Nora legte den Rucksack ab, lehnte sich gegen die Felswand und trank einen Schluck.

»Ich möchte es auch für meine Mutter tun«, sagte sie. »Lass es uns versuchen.«

Sie staunte darüber, mit welch geübten Bewegungen und in welcher Geschwindigkeit Bernhard ihr und sich selbst das Gurtzeug angelegt hatte. Er erzählte ihr, das wäre eine Standardübung gewesen, aus dem Tiefschlaf heraus, Gurt anlegen, Seilsicherung vorbereiten und Gewehr zusammenbauen in weniger als einer Minute. Er erklärte ihr zwar einige technische Details, aber sie hörte nicht richtig zu, dazu hatte sie zu viel Angst.

»Darf ich dir die Urne abnehmen?«, fragte Bernhard. »Die ist ja doch ganz schön schwer.«

»Nimm nur«, sagte Nora. »Ist ja auch deine.«

Ohne Nora allzu sehr zu beachten, begann Bernhard die Leiter hinaufzuklettern. Nora spürte einen stetigen Zug an ihrem Hüftgurt. Bernhard fixierte einen Karabiner an der obersten Sprosse, eine zusätzliche Sicherung, sagte er, sie sei so behütet wie in Abrahams Schoß. Er hockte sich an das obere Ende der Leiter und zog am Seil.

»Eine Sprosse schaffst du, komm.«

»Natürlich schaffe ich eine Sprosse. Auch zwei. Und drei.«

»Na eben. Und vier. Und fünf.«

»Jetzt wird es aber sehr hoch.«

»Schau mir in die Augen, Kleines.«

»Macho.«

»Ich denke, von uns beiden bist du der Macho!«

»Was? Ich ein Macho?«, empörte sich Nora, und da spürte

sie schon Bernhards stählernen Griff um ihren Arm. Er zog sie hoch, als wäre sie eine Kinderpuppe. Schnell entfernte sie sich vom Abgrund. Es knirschte unter ihren Füßen. Das erste Schneefeld.

Bernhard setzte seine Sonnenbrille auf und reichte Nora ihre neu gekaufte. »Ich habe zwar gesehen, wie verächtlich du mich angeschaut hast, als ich meine Sonnenbrille getragen habe, aber du musst jetzt auch eine aufsetzen. Du wirst sonst ganz schnell schneeblind.«

»Du hast gemerkt, dass ich deine Sonnenbrille unsympathisch fand?«

»Nur ein Idiot hätte das nicht bemerkt. Weißt du, Nora, du gibst dir rein mimisch nicht besonders viel Mühe, deine Emotionen zu verstecken.«

»Oh, das ist peinlich.«

»Mir hat es gefallen. Man ist doch sonst von lauter Masken umgeben. Die Menschen leben so, als würden sie Poker spielen.«

»Jetzt klingst du schon wie unser Vater.«

»Ist mir auch gerade aufgefallen. Vielleicht ist das ein genetischer Defekt.«

Bernhard erklärte Nora, dass er auf den Schneefeldern vorangehen würde. Im Prinzip könne gar nichts passieren, sagte er, und falls doch etwas passiere, der Eispickel wäre auf jeden Fall die Lebensversicherung, und er erklärte ihr, dass der Pickel immer griffbereit sein müsse und wie man ihn anwenden könne, aber Nora hörte nicht richtig zu. Für alles, was sich »Pickel« nannte, hatte sie schon seit der Pubertät nichts übriggehabt.

Noch dazu erwies sich die Überquerung des ersten Schneefelds als Spaziergang. Ein Spaziergang mit Urne. Der Schnee war kristallin und hart, aber nicht rutschig, und es war wesentlich leichter, sich darauf fortzubewegen als auf dem Geröll. Bernhard ging etwa zehn Meter vor ihr, das leicht gespannte Seil verband sie wie eine Nabelschnur.

»Schau«, sagte Bernhard und zeigte nach rechts. »Das ist der Elfenkogel. In einer Stunde können wir dort sein.«

Nora hatte zu ihm aufgeschlossen.

»Und da vorne ist die Hütte. Bleib bitte trotzdem hinter mir.«

»Warum eigentlich?«

Ein paar hundert Meter weiter blieb Bernhard stehen. Er deutete Nora, näher zu kommen. Vor ihnen klaffte ein tiefes Loch im Boden. Nora wich zurück. In diesen Abgrund konnte sie unmöglich hinabschauen.

»Darum sollst du hinter mir bleiben«, sagte Bernhard. »Manchmal liegt noch Schnee über den Dolinen, und dann sieht man sie nicht. Okay?«

»Okay.«

51

Weil gerade Mittag war, gönnten sie sich auf der Sennalm-Hütte eine kleine Pause. Bernhard hatte alle Fenster aufgerissen, und der Föhn hatte die muffige, kalte Winterluft in wenigen Minuten aus den Räumen geblasen. Die Karte fand er genau dort, wo Hans es ihm beschrieben hatte. Er breitete sie auf einem Tisch aus. Es war eine genaue Geländekarte, wie Geometer oder das Militär sie verwenden. Penibel hatte Hans darauf alle tödlichen Bergunfälle der letzten vierzig Jahre vermerkt.

»Ein einziger Friedhof, hier oben«, bemerkte Nora.

»Hier, der Elfenkogel«, zeigte Bernhard. »Und hier, der Eintrag ... Es ist die Schrift meiner Mutter.«

»Weilheim, Lisbeth«, las Nora. »†23. 7. 1984. Nicht geborgen.«

Schweigend saßen sie vor der Hütte und aßen etwas Brot und Käse. So richtig Appetit hatten beide nicht. Der schöne Tag, die Wanderung, die prächtige Landschaft – all das konnte nicht darüber hinwegtäuschen, dass sie einem Begräbnis beiwohnten.

Gewissenhaft schloss Bernhard alle Fenster und die Türen der Hütte.

»Packen wir's«, sagte er. »Möchtest du ihn in der letzten Stunde tragen?«

»Ja«, antwortete Nora.

Der Elfenkogel lag in Sichtweite, eine runde, erhabene Gestalt. Links von ihnen erstreckte sich das Tote Gebirge, so weit das Auge reichte. Eine Mondlandschaft aus Felsen, Schnee und Latschenfeldern. Sie hörten etwas pfeifen. Nora erschrak. Da stand ein Rudel behörnter Tiere, keine fünfzig Meter von ihnen entfernt. Die Tiere beäugten sie neugierig, mit Vorsicht, aber ohne Scheu.

»Unser Vater war auch Steinbock, hast du das gewusst?«, fragte Nora. »Steinbock, Aszendent Steinbock, darauf war er wahnsinnig stolz, obwohl er sich sonst nichts aus Sternzeichen machte.«

»Ich eigentlich auch nicht«, sagte Bernhard. »Und diese hübschen Tiere sind Gämsen.«

Rechts von ihnen lag das Tal mit dem See, der freundlich zu ihnen hinaufleuchtete, blau und silbrig glänzend. Das große Hotel, ein Bauklötzchen. Ein Matchbox-Auto, einsam auf der Landstraße. Über allem im Hintergrund der Dachstein-Gletscher.

»Die Menschen spielen Leben«, sagte Bernhard. »Das mag ich so an den Bergen. Du bist da oben, und alles wird zu einem Kinderspielzeug, und es wird dir so klar – die Menschen spielen Leben wie Kinder Fangen oder Räuber und Gendarm. Ein unschuldiges Spiel. Und hier oben wird ganz klar, das da unten ist nicht das wirkliche Leben. Aber ich weiß schon, hier oben ist es auch nicht … es ist immer dahinter. Ach, ich kann es nicht gut ausdrücken.«

»Ich hab zwar nur die Hälfte verstanden«, rief Nora nach vorne, »aber es hat sehr schön geklungen. Papa wäre stolz auf dich.«

Bernhard zog tadelnd am Seil.

Mit der Gehzeit von einer Stunde hatte Bernhard sich ein wenig verschätzt. Das Gelände sah auf der Karte und aus der Ferne flacher aus, als es tatsächlich war. Einige Kuppen mussten überwunden werden. An den südlich exponierten, ausgeaperten Stellen versperrten Latschen den Weg. Sie brauchten etwa eine halbe Stunde länger als geplant, um den Fuß des Elfenkogels zu erreichen. Auf der Hälfte des riesigen Schneefelds hatten sich bereits Schatten breitgemacht. Bernhard stellte seinen Rucksack ab und holte die Karte hervor. Auch Nora entledigte sich des Rucksacks. Gierig trank sie aus ihrer Wasserflasche.

Mit der Karte in der Hand ging Bernhard ein paar Schritte Richtung Süden und zeigte zu einer kleinen Vertiefung.

»Es muss ganz nah sein«, sagte er.

Dann war er plötzlich weg.

52

Vom Erdboden verschluckt: In der Sekunde wusste Nora, dass diese Redewendung Realität werden konnte. Kein Schrei, gar nichts. Ein Loch im Schnee. Einfach verschwunden. Nora zog es die Beine unter den Füßen weg. Sie lag auf dem Rücken und rutschte hilflos über die glatte Schneefläche. Pickel, schoss es ihr durch den Kopf, Pickel. Mit den Fingerspitzen erreichte sie gerade noch ihren Rucksack, das bremste ihre Geschwindigkeit ein wenig, sie drehte sich auf den Bauch, riss den Eispickel aus seiner Schlaufe, und dann gab es gar nicht viel nachzudenken, denn zugehört hatte sie ohnehin nicht wirklich. Aber was sollte man mit einem Pickel auch anderes machen, wenn man hilflos über eine Schneefläche glitt?

Nora schlug den Eispickel mit voller Wucht in die Schneedecke. In der Sekunde wurde das Abrutschen gestoppt. Sie keuchte. Sie spürte, wie schwer Bernhard an ihr hing. Mein Gott, warum war der so schwer? War er tot? Sie schrie nach ihm, einmal, zweimal, laut, verzweifelt. Keine Antwort.

Nora drehte den Kopf. Sie befand sich gefährlich nah an der Spalte, in die ihr Bruder gestürzt war. Sie wollte, sie musste sich einen Sicherheitsabstand erkämpfen. Aber sie wusste nicht, wie das gehen sollte. Der Pickel steckte ganz gut im Schnee, aber nicht gut genug, um das Seil daran zu befestigen. Und sie konnte keinen Zentimeter Seil gewinnen. Bernhard war einfach zu schwer.

»Bernhard! Bernhaaard!«

»Nora?«

O mein Gott, hatte sie das geträumt, oder war das tatsächlich seine Stimme gewesen?

»Bernhard! Bist du verletzt?«

»Ich weiß nicht. Hast du den Pickel?«

»Ja!« Noras Stimme überschlug sich. Gleich würde sie losheulen.

»Hör zu, Nora, und mach jetzt ganz genau, was ich dir sage. Liegst du oder stehst du?«

»Ich liege auf dem Bauch und halte den Pickel!«

»Gut gemacht, Nora. Du schlägst jetzt mit deinen Schuhspitzen zwei Löcher in den Schnee.«

Nora begann wie eine Irre gegen den Schnee zu treten. Hörte Bernhard die Verzweiflung ihrer Versuche, oder ahnte er sie?

»Nora! Alles ist gut. Lass dir Zeit. Mach gute Löcher, ja? Gute, tiefe Löcher, die dir Halt geben!«

Nora atmete durch, dann machte sie sich in aller Ruhe und Entschlossenheit an das Schlagen von zwei Löchern. Erst das eine. Das gab schon mal Halt. Dann das andere. Day by day, stone by stone …

»Ja, ich hab's!«

»Bist du stabil? Wirst du dich und mich dort ohne Pickel halten können?«

»Ich glaube, schon.«

»Du musst dir sicher sein!«

»Ich bin mir sicher.«

»Dann nimm den Pickel aus dem Schnee und setz dich hin.«

Es fiel ihr nicht leicht, weder von der Kraft noch von der Idee her, den Pickel aus der sicheren Schneedecke zu hebeln. Aber sie tat es. Drehte sich blitzschnell um und sicherte ihre Füße in den Mulden.

»Sir, geschafft, Sir!«

»Der Stiel des Pickels, da ist eine Spitze dran!«

»Ja!«

»Ramm die in den Schnee!«

»Ja!«

»Wie tief ist der Schaft drin?«

»Bis zur Hälfte.«

»Ist da irgendwo ein Stein? Irgendwas, womit du den Pickel tiefer reinklopfen kannst?«

Nora sah sich um. Ihr Rucksack lag neben ihr.

»Eine Urne«, schrie sie.

»Dann mach«, rief Bernhard.

Nora drosch die Urne auf den Pickel, der ein T bildete und immer tiefer im Schnee versank.

»Ist der Schnee dort fest?«

»Wie Eis.«

»Gut. Jetzt befestigst du das lose Ende der Schnur an deinem Hüftgurt, ja? Aber fest. Und du lässt die Füße in der Mulde. Du musst stabil sein. Mein Fels! Das ist meine Zusatzsicherung. Verstanden?«

»Ja.«

»Bevor der Pickel ganz drin ist, rutschst du nahe dran, löst den Karabiner von deinem Hüftgurt und hängst ihn am Schaft ein.«

»Aber da hängst du dran!«

»Das Ende des Seils ist an deinem Hüftgurt befestigt. Lass mich trotzdem nicht fallen. Wenn's leicht geht. Da geht's noch ziemlich weit runter.«

Nora befestigte das Ende des Seils an ihrem Gurt. Immerhin, sie kannte von den Ferien auf Korsika ein paar Bootsknoten, die mussten im Gebirge auch halten. Nora rutschte so nah wie möglich an den Eispickel. Zehn Zentimeter, ein paar Sekunden, länger würde sie Bernhard nicht halten müssen. Sie ging die Bewegung im Geiste durch. Sie öffnete den Karabiner, sie hielt nun Bernhards ganzes Gewicht, die Schnur glitt hinunter, ein Stück, ein kleines Stück nur, der Karabiner erreichte den Schaft des Pickels, öffnete sich durch das Gewicht von selbst und glitt darüber. Nora atmete auf.

»Ja! Ich hab's geschafft!«

»Jetzt schlag den Pickel ganz in den Schnee.«

Sie schlug mit der Urne fest zu. Das Metallgehäuse war inzwischen vollkommen verbeult.

»Okay, gut gemacht. Hast du dein Handy?«

»Ja!«

»Dann wähl den Euro-Notruf!«

»Was?«

»112!«

Nora zitterte so stark, dass sie ihr Telefon nicht bedienen konnte. Reiß dich zusammen, reiß dich zusammen, schrie sie sich selbst an, und dann atmete sie einmal durch, und dann konnte sie zumindest das Handy ruhig genug halten, um 112 einzugeben.

»Es geht nicht!«, brüllte sie. »Wir haben keinen Empfang! 112 geht nicht!« Ihre Stimme kippte, sie stieß einen verzweifelten Schrei aus.

»Nora!«, rief Bernhard. »Hör zu. Du bist jetzt ganz ruhig. Es gibt keinen Grund zur Panik. Du schaltest jetzt dein Handy aus, okay? Und dann schaltest du dein Handy wieder ein, klar? Statt der PIN gibst du 112 ein.«

»Alles klar«, sagte Nora, aber das kam entsetzlich jämmerlich aus ihr hervor.

Sie machte alles, was Bernhard ihr gesagt hatte. Es dauerte, bis sich das Handy aus- und wieder eingeschaltet hatte. Es dauerte so lange, wie es noch nie gedauert hatte. Nora hörte sich atmen. Wie ein Walross, dachte sie, wie ein hundertjähriges Walross. Wie ein hundertjähriges, asthmatisches Walross!

Endlich ging das Handy wieder. Sie drückte 112. Nichts.

»Wir haben keinen Empfang! Es geht nicht!«, rief sie.

»Du hast jetzt alle Netze zur Verfügung. Irgendwo geht es sicher. Geh einfach weg. Und zwar genau den Weg, den wir hergekommen sind!«

»Nein.«

»Bitte, du musst!«

»Ich muss dich sichern, das ist alles, was ich muss!«

»Der Pickel sichert mich. Geh jetzt!«

»Und wenn er dich nicht sichert?! Ich lass dich nicht allein.«

Jetzt brüllte Bernhard auch, und jetzt klang auch er verzweifelt.

»Nora, wenn ein Schneesturm kommt, sind wir beide hin! Du gehst jetzt an eine Stelle, wo du Empfang hast. Von dort rufst du an, gräbst dir ein Loch, bleibst sitzen und deckst dich zu. Du lässt das Handy eingeschaltet, dann kannst du geortet werden. Sie werden dich in Sicherheit bringen, und dann mich. Hast du mich verstanden?«

»Ja«, sagte Nora. »Ich habe dich verstanden. Aber das werde ich nicht machen. Ich lasse dich nicht allein.«

»Nora!«, schrie Bernhard. »Du bist das sturste, bockigste Geschöpf auf Gottes Erden!«

»Ja«, schrie Nora zurück.

Stille. Wind kam auf. Er blies über die Schneefläche, ungewöhnlich warm, nein, heiß. Wie hatte das Herr Magister

Petrovits genannt? Die Wetterwalze. Nora schaute auf, kniff die Augen zusammen. Im Süden stand eine tiefschwarze Wolkenfront.

»Bernhard?«

»Ist mein Rucksack in der Nähe?«

»Ich glaube, das Seil ist lang genug, um hinzukommen.«

Nora stand zitternd auf. Ihre Beine gehorchten ihr nicht gleich. Sie waren von der Anspannung steif geworden. Sie stakste los, den Pickel nicht aus den Augen lassend. Sie überprüfte noch einmal den Knoten an ihrem Gurt. Im Rückwärtsgang erreichte sie den Rucksack, setze sich hin, rutschte mit dem Rucksack zum Pickel zurück.

»Ich hab ihn.«

»Du bist toll, Nora. Seitentasche links unten. Da sind noch drei Seile und einige Karabiner.«

»Ja!«

»Du knüpfst die Seile zusammen und hängst die Karabiner in eine Schlaufe.«

»Ja.«

Nora zitterte immer noch, aber sie wunderte sich trotzdem, wie sehr sie funktionierte.

»Okay!«

»Sicherung überprüfen. Hängst du auch am Pickel?«

»Ja, immer noch!«

»Dann musst du jetzt vorkommen und das Seil zu mir runterlassen. Du legst dich auf den Bauch und rutschst zur Spalte, und wir nehmen Sichtkontakt auf.«

Nora legte sich auf den Bauch. In einer Hand hielt sie ihr Sicherungsseil, in der anderen das Rettungsseil. Sie rutschte vor. Sie senkte den Kopf.

Sie sah in den Abgrund.

»Hi«, sagte Bernhard. »Ich kann dich sehen.«

»Ich dich nicht. Es ist alles schwarz …«

»Lass das Seil runter. Vorsichtig.«

Sie tat es. Das Seil begann zu schwingen, so sehr zitterte sie, aber sie musste das jetzt schaffen, Bernhard die Karabiner nicht auf den Kopf fallen lassen, das Seil zu ihm manövrieren, in die Tiefe schauen. In den dunklen Abgrund. Es ging. Es funktionierte!

Bernhard nahm die Karabiner.

»Okay, du kannst loslassen.«

»Und jetzt? Soll ich dich raufziehen?«

»Das kannst du nicht. Ich knüpf mir einen Prusik und eine Trittschlinge, dann schaff ich's allein. Wird aber ein bisschen dauern. Du setzt dich zu deinen Fußlöchern und hältst einfach still.«

Nora robbte zurück und setzte sich hin. Stabil. Ein Fels musste sie sein. Es wurde dunkel. Die Wolkenfront hatte sich vor die Sonne geschoben.

53

Nora saß vor dem Abgrund. Es schüttelte sie regelrecht durch. Der Wind hatte zugelegt, er fegte jetzt eisig über die Hochebene. Sie war aber zu apathisch, sich ihre neue Thermojacke anzuziehen, die neben ihr im Rucksack steckte. Sie starrte unentwegt auf das lebensrettende Seil, das sich ab und zu drehte, bewegte, spannte und wieder entspannte. Was hatte sie angerichtet mit ihrer Sturheit, alle Warnungen in den Wind zu schlagen, der ihr jetzt um die Ohren pfiff? Was hatte Klaus angerichtet mit seiner abstrusen Idee einer Wanderung mit Nachrichten? Und wie würde das ausgehen? Wenn sie das alles lebend und unbeschadet überstanden, würde sie ihr Leben ändern. Wann und wie, das wusste sie natürlich nicht. Es war wohl auch nicht der richtige Zeitpunkt für Vorsätze. Aber ändern würde sich ohnehin etwas. Denn nach dieser Woche würde Nora nicht mehr derselbe Mensch sein wie vorher. Und Bernhard auch nicht.

Gelegentlich fetzte der Wind die Wolken auseinander. Nora sah, wie die Sonne unterging, hinter dem Sitz der Götter.

Eine blutige Hand ragte aus dem Abgrund. Das erinnerte Nora an ihre Zombie-Film-Phase Ende der neunziger Jahre.

»Mein Pickel«, keuchte Bernhard.

Hektisch wand Nora seinen Eispickel aus der Befestigung an der Seite des Rucksacks. Sie rutschte zum Abgrund und reichte ihm den Schaft. Sie zog, so fest sie konnte, aber sie spürte, dass er keine Kraft mehr in der Hand hatte. Der Pickel fiel in den Schnee, und Bernhard rutschte ein Stück zurück. Sie drückte ihm den Pickel nochmals in die Hand. Sie kontrollierte ihre Seilsicherung, kniete sich an den Abgrund, und dann – dann erlebte sie dieses Phänomen, das sie nur aus gewissen, nicht besonders vertrauenswürdigen Nachrichtensendungen kannte, das Phänomen, wie man über seine eigenen Kräfte hinauswachsen konnte, und sie beugte sich hinunter und packte Bernhard an seinem Hüftgurt und zog ihn einfach zu sich in den Schnee. Da lag er und keuchte. Seine Beine waren in einer seltsamen Seilkonstruktion verfangen, die Münchhausen-Methode, sich aus einer Spalte zu retten, erklärte er später, aber sie verstand nie genau, wie er das gemacht hatte. Sein Gesicht war rot vor Blut, seine Haare verklebt. Aus seinen wunden Handflächen pulsierte ein Blutstrom in den Schnee.

Bernhard kroch Richtung Pickel, Nora mit ihm, dort keuchte er weiter. Sie flößte ihm Wasser ein.

»Schnaps«, sagte er. »Ein Schluck Schnaps.«

Sie reichte ihm die Flasche. Einen Schluck trank er. Eine Handvoll verrieb er über den Schürfwunden in seinem Gesicht.

»Wir müssen weg«, sagte Bernhard. »Schnell weg.«

Er rappelte sich auf. Kontrollierte zunächst alle Seilsicherungen. Gab Nora Anweisungen, ihm seinen Rucksack umzuhängen und ihren eigenen zu schultern.

Er reichte ihr den Schnaps.

»Trink«, sagte er, »das tut dir jetzt gut, aber nicht zu viel.«

Sie nahm einen Schluck und hätte sich fast übergeben, so scharf war das Zeug. Aber immerhin breitete sich sehr schnell Wärme im Körper aus, und das Zittern beruhigte sich.

Bernhard versuchte Noras Eispickel aus dem Schnee zu ziehen, aber seine wunden Hände waren dazu nicht in der Lage. Nora half ihm, gemeinsam gelang es ihnen, das Ding zu bewegen, ein bisschen, und noch ein bisschen, und dann kam der Pickel, und Nora stolperte zurück und stieß mit dem Fuß gegen die Urne, die immer noch verbeult im Schnee herumlag.

Sie sahen zu, wie die Urne sich langsam in Bewegung setzte, sich drehte, einmal, und noch einmal, und dann nahm sie Schwung auf und kullerte Richtung Abgrund, drehte sich, einmal, zweimal, rollte, verharrte kurz, rollte weiter und fiel in die Spalte.

Es dauerte lange, sehr lange, bis sie den metallischen Ton des Aufschlags hörten.

Nora und Bernhard sahen einander an. Dann umarmten sie sich und schluchzten, ohne genau zu wissen, ob es vom Lachen oder vom Weinen kam.

54

Ein Rest von Dämmerlicht lag über dem Toten Gebirge, als sie in der Ferne die Umrisse der Sennalm-Hütte sahen. Erste Schneeflocken flogen ihnen um die Ohren. Bernhard beschleunigte noch einmal. Sie waren gerannt, regelrecht gerannt.

Nun brannte ein Feuer im Tischherd der Stube. Nora und Bernhard saßen davor und starrten in die Flammen. Sie hatten nichts geredet, auf dem Rückweg nicht und in der Hütte auch nicht. Bernhard hatte allerdings die Geistesgegenwärtigkeit gehabt, 112 zu wählen. Um dem Kommandanten der lokalen Rettungsleitstelle zu sagen, sie wären auf der Hütte und in Sicherheit, und sie würden erst absteigen, wenn es die Verhältnisse wieder zuließen. Keinen Augenblick zu früh. Die Männer der Bergrettung, alarmiert vom alten Hans, hatten sich gerade für den nächtlichen Einsatz bereitgemacht.

Die Holzscheite knackten. Die Schnapsflasche war leer. Der Sturm drückte den Schnee gegen die Fenster.

Bernhard raffte sich auf und legte die Karte auf den Tisch.

»Schau mal«, sagte er. »Drei sind unmittelbar neben der Hütte erfroren. Im Schneesturm verlierst du die Orientierung und gehst im Kreis, immer wieder im Kreis, und irgendwann gibst du auf. Fünfzig Meter neben dem rettenden Gebäude.«

»Gebirgchen, habe ich gesagt«, sagte Nora und warf fröstelnd einen Blick zum schneeverdeckten Fenster.

»Nora …«, murmelte Bernhard, aber er hatte offensichtlich vergessen, was er eigentlich sagen wollte.

»Ja?«

»Bist ein feiner Kerl. Ich bin froh, dass ich dich hab.«

Nora umarmte ihn. Sie weinte still. Tränen, woher kamen all diese Tränen?

Bernhard streichelte ihr übers Haar. Dann nahm er einen Kugelschreiber von der Kommode.

»Komm«, sagte er.

Sie beugten sich über die Karte.

Neben »Weilheim, Lisbeth, †23. 7. 1984. Nicht geborgen.« schrieben sie:

»Weilheim, Klaus, 27.4.2015. Begraben.«

Teil III

Paris

1

Nora fiel Bernhard in die Arme. Sie erinnerte sich nicht daran, sich je derartig darüber gefreut zu haben, einen Menschen wiederzusehen. Lilly vielleicht, nach den langen Sommerferien, die Nora auf Korsika verbrachte, ihre beste Freundin aber in der Normandie, am anderen Ende Frankreichs. Mit ihrem Vater war es anders. Klaus war ja immer da. Immer da gewesen.

Auch Bernhard wollte Nora nicht mehr loslassen.

»Wir nehmen ein Taxi«, sagte sie.

»Tut mir leid wegen der Verspätung«, sagte er.

»Kein Mensch kann was für Flugverspätungen«, sagte Nora. »Ich glaube, nicht mal die Leute von den Airlines. Gut siehst du aus.«

»Danke. Du auch.«

»Neuer Anzug?«, fragte Nora, während sie sich durch das Menschengewimmel des Flughafens schlängelten. Das Teil saß perfekt: Der Stoff wirkte einfach, aber edel, und auch dem blauen Hemd, das Bernhard offen trug, sah man an, dass es aus bestem Hause stammte.

»Ich habe die Garderobe ein wenig aufgerüstet«, antwortete Bernhard. »Immerhin habe ich dreitausend Euro Honorar bekommen.«

»Drei Riesen für den Spaziergang, das ist total überbezahlt«, sagte Nora mit gespielter Empörung.

Auch der Taxifahrer schien empört, als Nora ihm die noble Adresse nannte, zu der sie gebracht werden wollten.

»Rue du Faubourg Saint-Honoré?«, fragte er nach und zog eine Augenbraue hoch. »Wollen Sie vielleicht zum Präsidenten?« Und so, wie er das aussprach, wurde ganz deutlich, was er vom Präsidenten hielt.

»Nur zum Notar«, sagte Nora.

»Notar?« Der Taxifahrer zog die andere Augenbraue hoch. Es wurde ziemlich deutlich, was er von Notaren hielt.

»Es ist heiß«, sagte Bernhard.

»Sommer in Paris«, antwortete Nora. »Ich liebe es. Die Leute fahren alle aufs Land oder ans Meer. Die Stadt ist leer. Na ja, ganz leer ist sie nie. Maître Didier ist noch da. Er fährt erst im August in die Ferien.«

»Ich bin wirklich gespannt, was er da für mich bereithält.«

»Ein Testament, das hat er doch gesagt. Er hat sich wirklich gewundert, dass du nicht früher gekommen bist.«

»Ich musste ja auch mal arbeiten«, sagte Bernhard. »Und ich gebe zu, so ganz eilig hatte ich es nicht, mit dem Testament. Ich meine, was, wenn er uns jetzt wieder auf eine Wanderung schickt? Vielleicht sollen wir jetzt auf dem Jakobsweg pilgern oder so was ...«

»Ich fürchte mich auch«, sagte Nora und kicherte.

»Weißt du, das Ganze war echt anstrengend. Ich meine, emotional.«

»Es war auch körperlich anstrengend!«, rief Nora. »Und wenn du nicht gewusst hättest, wie man aus nichts als altem Mehl und Schnee Fladenbrot backen kann, wären wir glatt verhungert auf dieser Hütte.«

»Ja, das war sehr viel Schnee ...«

»Hast du deine Mutter noch einmal besucht?«

»Nein. Aber wir telefonieren regelmäßig. Ich weiß nicht ... Es ist plötzlich ... Ich kann normal mit ihr reden.«

»Das ist doch schon was.«

»Ich will Ende August ein paar Tage in der Therme verbringen, dann werden wir uns sehen.«

»In dieser teuren Therme?«, fragte Nora. »Hast du geerbt?«

»Nein«, antwortete Bernhard. »Aber es gibt da ... also ...«

»Du willst eine Frau beeindrucken mit diesem schicken Hotel!«

»Wieso weißt du das gleich?«

»Weil ich eine Frau bin.«

Bernhard erzählte Nora, wie er seine Liebe kennengelernt hatte, sie arbeitete auf dem Jugendgericht und war das Schönste und Beste, was ihm passieren konnte. Nora frohlockte, dass es ja dann bald etwas werden könnte mit dem Familienurlaub auf Korsika. Sie musste allerdings eingestehen, dass sie selbst keinen Schritt weitergekommen war in diese Richtung. Sie hatte keinerlei Ambitionen, ja nicht einmal ein bisschen Lust auf eine Partnerschaft.

»Soll ich hier stehen bleiben?«, fragte der Taxifahrer. »Hier, vor diesem Palast?«

Nora bejahte und bezahlte.

Tatsächlich – zwei Monate zuvor war auch ihr das Stadtpalais, in dem Maître Didier residierte, wie ein Palast vorgekommen. Der Portier schien ihr damals überlebensgroß. Jetzt grüßte sie und erklärte, was sie wollten, ganz ohne Schüchternheit.

»Glaubst du, ich bin erwachsen geworden?«, fragte sie Bernhard.

»Nein, zum Glück nicht«, antwortete Bernhard und lachte.

»Wieso nicht?«, fragte Nora.

»Weil Erwachsene nicht solche Fragen stellen.«

2

»Nun ja«, sagte der Notar, »bitte, nehmen Sie Platz.«

Bei der Begrüßung waren Nora und Maître Didier nur ganz knapp an einer Umarmung vorbeigeschrammt. Bei all der Distanz waren sie einander menschlich nahegekommen. Als Nora nach der Wanderung nach Paris zurückgekommen war, hatte sie Maître Didier erzählt, dass sie einen Bruder gewonnen hatte, der nun seinen gerechten Anteil bekommen müsse. Es sei für alles gesorgt, hatte der Notar damals geheimnisvoll gesagt.

»Wissen Sie«, fuhr der Maître fort, »eine Testamentseröffnung ist kein Staatsakt, das ist im Prinzip eine sehr einfache Sache. Und ich kann Ihnen jetzt schon versichern, dass es im Falle dieser Verlassenschaft keine Komplikationen gibt.«

»Keine Besonderheit?«, fragte Nora. »Ein Kuriosum vielleicht? Eine Eigenheit?«

Maître Didier lächelte undurchschaubar.

»Nun, ich breche somit das Siegel. Der Umschlag enthält, wie Sie sich überzeugen können, den letzten Willen des Herrn Klaus Weilheim, geboren 1940 in Bad Godesberg, Stadt Bonn …«

»Ist das jetzt der letzte Wille? Oder der vorletzte? Oder der allerletzte?«, wollte Nora wissen.

»Wir sprechen vom letzten Willen, in jedem Fall«, sagte der Notar milde. »Ihr beider Herr Vater hat den Willen verfügt. Er hat nur eben auch verfügt, dass das Testament sozusagen stückchenweise zur Kenntnis gebracht wird.«

»Gibt es noch viele Stückchen?«, fragte Nora. »Ich meine, nur, dass wir uns vorbereiten können, falls es noch Schwestern und Brüder gibt, oder Tanten und Cousins …«

»Mademoiselle, bitte folgen Sie nun meinen Ausführungen«, sagte der Notar, diesmal mit einiger Bestimmtheit.

Und er las alle Geburts- und Sterbedaten vor, die Totenscheinnummer, die Adresse des Erblassers und die Adresse des in diesem letzten Willen begünstigten Erben: »Magister Bernhard Petrovits.« Sprich Bärnaaar Bädrowiss.

Bernhard erbte dreihundertfünfzigtausend Euro, geparkt auf einem biederen österreichischen Sparbuch.

»Ist doch super!«, rief Nora. »Ich frage mich nur, woher er die Kohle hatte.«

»Keine Wanderung?«, fragte Bernhard skeptisch nach. »Keine Nachricht?«

»Doch«, sagte der Notar und machte eine Pause. Jetzt kommt der Hammer, dachte Nora. Klaus gehörte zur Mafia. Er hatte Geld unterschlagen. Oder es kommt die nächste Wanderung. Wir sollen die beiden wieder aus der Doline rausholen. Wir müssen ins Tote Gebirge übersiedeln. Wir sollen doch heiraten, weil Bernhard gar nicht sein Sohn ist.

»Ich habe hier noch einen Brief von Monsieur Klaus. Und eine Schatulle.«

Er übergab Bernhard das Kuvert und Nora die Schatulle.

»Müssen wir das jetzt öffnen?«, fragte Nora.

»Sie können damit machen, was Sie wollen«, sagte der Notar.

Nora und Bernhard verständigten sich mit einem Blick. Sie würden erst später nachsehen, was die beiden letzten Geschenke enthielten.

»Das war's?«, fragte Nora.

»Das war's«, bestätigte der Notar.

Noch zwei Unterschriften, und der Akt war geschlossen.

Maître Didier begleitete Nora und Bernhard persönlich zur Tür.

»Viel Glück«, sagte er und konnte seine Rührung nicht unterdrücken. »Allez.« Sprach's und drückte erst Nora und dann Bernhard fest an seine Notarsbrust.

3

»Ist ja toll«, sagte Bernhard, als sie die Wohnung in der Avenue de l'Abbé Roussel betraten.

Mithilfe von Lilly und der gesamten Gästeschar von Pierrots Café hatte Nora die Wohnung ihres Vaters sanft entrümpelt und ihre kleine Wohnung im zweiten Arrondissement aufgelöst. Ersteres erforderte Zeit und Fingerspitzengefühl, Letzteres war angesichts der Größe ihrer Wohnung schnell geschehen. Ivan hatte zwar rebelliert, er würde sicher nicht helfen, Nora in diese wohlstandsverwahrloste Bürgergegend zu übersiedeln, zumal sie noch immer nicht mit ihm geschlafen habe, aber natürlich war er es dann gewesen, der am tüchtigsten angepackt hatte.

Die Möbel gereinigt, neu ausgemalt, ein paar nette Accessoires wie Lampen, Kerzen, Teppiche und helle Vorhänge in Pastelltönen besorgt: Noras neue Wohnung sah aus, als wären die Deko-Spezialisten von *Schöner Wohnen* gerade erst gegangen.

»Schau mal, der Drachenbaum blüht«, sagte Nora, um Bernhards sprachlose Begeisterung irgendwie zu beenden.

»Wer?«

»Die Topfpflanze! Du hast sie irgendwie anders genannt. Lateinisch oder so.«

Bernhard betrachtete die Pflanze mit den großen, grünen Blättern. Ein ziemlich verrückt aussehender Blütenstängel wuchs recht willkürlich aus ihr hervor. Es wirkte, als wäre die Pflanze selbst überrascht davon. An dem Stängel leuchteten aufgefädelt die weißen Blütensterne.

»Wie heißt sie wirklich?«, fragte Nora.

»Die Topfpflanze?«

»Ja! Du bist doch der Spezialist!«

Bernhard lachte. »Ach, das war noch so ein Trick von ihm. Damit du dich ein bisschen über mich lustig machen kannst und dich schön überlegen fühlst. Er meinte, was du außer Veganern noch sehr kurios finden würdest, sind Leute, die Topfpflanzen mögen.«

»Ich habe nie mit ihm über Topfpflanzen geredet!«

»Er hat mir gesagt: Lassen Sie so einen Satz fallen wie: Topfpflanzen sind mein Hobby. Er hat sich kaputtgelacht darüber.«

»Der Satz ist schon sehr gut«, schmunzelte Nora. »Und wie heißt sie also?«

»Wer?«

»Die Topfpflanze!«

»Ich habe doch keine Ahnung. Ich habe ein paar lateinische Namen auswendig gelernt, das sollte reichen, hab ich geglaubt, und es hat auch gereicht. Jedenfalls, um mich in deinen Augen völlig lächerlich zu machen.«

Nora ging zu Bernhard und drückte ihm einen Kuss auf die Wange. »Es tut mir so leid«, sagte sie. »Aber du warst wirklich sehr lustig.«

Ein Knurren erklang, und gleich darauf schoss Monster unter dem weißen Sofa hervor.

»Oh, er ist eifersüchtig«, sagte Nora und streichelte den

roten Kater. »Er hat sich noch nicht richtig eingewöhnt hier.«

»Wollen wir?«, fragte Bernhard.

»Ich weiß nicht, ob wir wollen. Aber wir sollen«, antwortete Nora.

Sie öffneten den Brief. Er war von Hand geschrieben.

»Bitte lies du ihn vor«, sagte Bernhard. »Du kennst die Schrift besser.«

Und Nora las.

Die siebte Nachricht

Meine lieben Kinder!
Wir sind eine ganze Generation, die ihre Gefühle nicht zeigen konnte. Wir Kriegskinder. Wir Kinder von Kriegseltern. Wir sind zwischen Luftangriffen, Ruinen und Toten aufgewachsen. Wir durften unsere Gefühle nicht zeigen. Wir haben gelernt, dass es schlecht ist, zu weinen. Oder sich zu sehr auf etwas zu freuen. Oder zu enthusiastische Liebesbekundungen zu machen. Es hieß: Zähne zusammenbeißen. Ein Indianer kennt keinen Schmerz! Das soll keine Ausrede sein. Ich möchte euch nur erklären, wie ich war. Ich hatte als einzige Berührung von meinen Eltern ab und zu eine Ohrfeige. Es gab keine Umarmungen. Ich habe das nie gelernt. Heute denke ich so oft daran, euch einfach in die Arme zu nehmen und zu drücken, nachts, vor dem Einschlafen. Aber ich weiß, ich werde es nie tun. Das Ende ist nah.

Ich hatte Gefühle, aber mein Leben war wie von ihnen abgeschnitten. Könnt ihr das nachvollziehen, irgendwie? Ich weiß, ihr seid ganz anders. Jedenfalls Nora ist anders.

Bernhard, dich kenne ich nicht, und das war wahrscheinlich das größte Versäumnis meines Lebens. Meine große, meine übergroße Schuld. Ich kann dir nur so viel sagen: Ich mochte dich gleich, als ich dich sah, und es tat weh, dich zu siezen. Aber für die Wahrheit hat mir bereits die Kraft gefehlt.

Ich fand es einfach wunderbar, dass Nora so einen prächtigen Bruder bekommen würde. Als deine Mutter mir erzählte, dass du im Notariat arbeitest, bin ich erst auf die Idee gekommen, diese Reise »unter notarieller Aufsicht« zu erfinden.

Ich habe die Briefe deiner Mutter nie geöffnet, weil ich zu feig war. Vielleicht ahnte ich, was drinstand? Ich weiß es nicht mehr. Damals war alles so schwer für mich. Ich wollte Verwirrung vermeiden. Verunsicherung. Jetzt vererbe ich sie. Die Briefe, und die Verunsicherung. Das ist mir bewusst, und es tut mir leid.

Ein Wort zu dem, was ich euch hinterlassen habe. Bernhard, dein Anteil ist kleiner, dafür sofort einsetzbar. Das Geld ist absolut sauber, keine Sorge. Als Leo ahnte, dass der Konkurs nicht mehr zu verhindern sein wird, hat er seine liebsten Mitarbeiter mit einer Abfindung bedacht, bevor die Bank sich alles nimmt. Es sollte natürlich nicht an die große Glocke gehängt werden. Aber es ist alles korrekt gelaufen.

Nora, die Avenue de l'Abbé Roussel soll dich an nichts binden, schreib dir das hinter die Ohren! Wenn du woandershin willst, dann verklopp das Teil oder vermiete es so teuer wie möglich. Auch die ganze Einrichtung kannst du wegwerfen. Ich hänge an nichts. An keinen Dingen jedenfalls. Der Müll eines Lebens! Sinnlose Ansammlungen. Ach ja, das vielleicht doch, weißt du, da hab ich ja die schöne alte Pléiade-Ausgabe, wirf die nicht weg, irgendwann werden dir die ganzen alten Meister auch mal Freude machen.

Ich hab euch unendlich lieb.
Euer Vater Klaus

Benommen saßen Nora und Bernhard auf dem weißen Sofa und schauten ins Leere.

»Das muss alles erst einsickern«, sagte Bernhard.

»Und jetzt diese Schatulle«, sagte Nora. »Wenn wir schon dabei sind.«

Sie öffnete das kleine Kästchen. Es enthielt zwei goldene, verschlungene Ringe. Dazu ein winzig zusammengefaltetes Blättchen Papier.

Das sind unsere Eheringe. Bettys Ring, mein Ring. Wir haben sie eigentlich beide nie getragen. Aber jetzt habe ich sie vom Juwelier so ineinanderlöten lassen. Mein letzter Wunsch (aber dann ist wirklich Schluss): Macht euch gemeinsam auf zum Elfensee und werft sie dort hinein. Vom Elfensee wird der Almfluss gespeist, und die Traun, und die Donau, und dann das Schwarze Meer, und ich glaube, dass ein winziger Bruchteil unserer Liebe immer mitfließen wird, und das reicht, um halb Europa mit Liebe zu überschwemmen. Der nahe Tod hat mich reichlich kindisch gemacht. Lebt wohl.

4

»Wir waren ohnehin schon lange nicht mehr gemeinsam wandern«, sagte Nora.

»Von Wandern hat er nichts geschrieben«, meinte Bernhard. »Wir können auch mit dem Hubschrauber rauffliegen!«

»Aber es ist sicher sehr schön da oben, im Sommer. Was meinst du, wenn du im August in der Therme bist, könnten wir das doch machen? Falls du mir deine Liebste zeigen willst …«

Nora ging ins Arbeitszimmer, um ihren Tabak zu holen. Bernhard folgte ihr. Auf dem Schreibtisch lag eine leergegessene Kartonbox von Monsieur Chen.

»Kanton-Gemüse-Reis«, erklärte Nora, fast entschuldigend. »Tut mir gut, mal weniger Fleisch zu essen.«

»Hier sieht es richtig nach Arbeit aus«, bemerkte Bernhard.

»Ja«, sagte Nora, und sie klang sehr kleinlaut, »ich versuche zu schreiben.«

»Was?«

»Ein Buch.«

»Wie soll es heißen?«

»Der Arbeitstitel ist … *Urne im Handgepäck*. Aber der kann nicht bleiben. Klingt wie eine ganz seichte Fernseh-Schmonzette.«

»Und was sind das für schöne Bücher?«, fragte Bernhard und zeigte auf eine ganze Reihe, die in einem Regal neben dem Schreibtisch stand.

»Das sind die Klassiker der Pléiade-Ausgabe. Bis jetzt macht mir aber ehrlich gesagt nur ihr äußeres Erscheinungsbild Freude.«

Sie gingen auf den Balkon. Nora bastelte sich auf dem weißen Balkontischchen eine Zigarette und zündete sie an.

»Schau«, sagte sie und sah hinunter in den Hof.

Bernhard sah hinunter. Der Hof war begrünt, exotisch aussehende Büsche, Miniatur-Wiesenflächen und Kieswege umrahmten einen winzigen Teich.

»Ganz nett«, meinte Bernhard.

»Ich meine, dass ich hinuntersehen kann! Schau! Ich halte mich nicht mal am Geländer an! Es macht mir keine Angst.«

Sie sahen gemeinsam auf den Teich. Zwei behäbige Goldfische drehten ihre Runden.

»Was für ein Riesenaufwand«, sagte Bernhard. »Statt dass er uns zusammenbringt und sagt – sieh mal, das ist deine Schwester, hier, das ist dein Bruder.«

»Ich habe viel darüber nachgedacht«, sagte Nora. »Er wollte, dass wir nach und nach selber draufkommen. Einerseits, weil er feig war. Andererseits, damit wir nicht vor den Kopf gestoßen sind. Ich meine, wenn Maître Didier uns einfach gesagt hätte, hallo, das ist Ihr Bruder, darf ich vorstellen, das ist Ihre Schwester, das wäre schon ein ziemlicher Hammer gewesen. So konnten wir uns aneinander gewöhnen.«

»Ich habe mich nie an dich gewöhnt!«, protestierte Bernhard.

Nora boxte zärtlich gegen seinen Oberarm.

Sie gingen in die Wohnung zurück. Nora öffnete einen Schrank und händigte Bernhard den Mantel aus, den er im April vergessen hatte.

»Hier, dein Mantel«, sagte sie. »Ich habe überlegt, ob du insgeheim wusstest, dass du wieder hierherkommst.«

»Ich dachte nicht im Traum daran«, sagte Bernhard und betrachtete das Stück, als würde es ihm gar nicht gehören. »Ist der Mantel schön?«

»Nein«, antwortete Nora und lachte.

»Ich glaube, er passt nicht mehr zu mir.«

»Unten ist eine Tonne für Altkleider.«

»Und, was machen wir jetzt?«, fragte Bernhard.

»Was würdest du gern machen?«, fragte Nora zurück.

»Du könntest mir ein bisschen Paris zeigen. Paris echt, und nicht Paris Klischee. Weißt du noch?«

Nora nickte.

»Und dann«, fügte Bernhard hinzu, »möchte ich in das Restaurant gehen, in dem Klaus so gerne mit dir war. Und dort will ich die Entenleberterrine essen, um die ich dich damals so rasend beneidet habe.«

Ende

Lust auf mehr von René Freund?
Dann lesen Sie hier weiter…

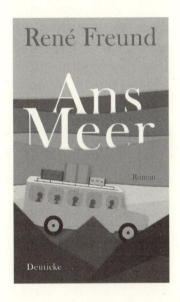

Auf den nächsten Seiten finden Sie eine Leseprobe
aus René Freunds neuem Roman »Ans Meer«,
der im Deuticke Verlag erschienen ist.

1

Als Doris den Anruf erhielt, wusste sie sofort, was sie zu tun hatte.

Sie lief die Treppe hinunter, zur Haustür hinaus, zum Gartentor. Sie stieg in ihr Auto und versuchte zu starten.

Wenn jemand sie fragte, was für ein Auto sie hatte, antwortete sie: »Ein rotes.« Sie gehörte nicht zu den Menschen, die sich Automarken merken. Irgendetwas Französisches. Vielleicht aber auch italienisch.

Wie so oft sprang der Kübel nicht an. Entnervt zog sie den Schlüssel ab, steckte ihn dann gleich wieder an. Der Motor gab ein armseliges Jaulen von sich, und Doris spürte ein ganz ähnliches Jaulen aus ihrer Kehle kommen. Nicht jetzt! Bitte nicht ausgerechnet jetzt!

Sie schlug mit beiden Fäusten auf das Lenkrad, bis es richtig wehtat. »Aaahhh«, brüllte sie, sprang aus dem Wagen und lief die Treppe wieder hinauf.

»Deinen Autoschlüssel, schnell.« Peter lag auf dem Sofa und öffnete mühselig die geschwollenen Augenlider.

»Was?«

»Wo ist dein Autoschlüssel?«

»Was willst du mit meinem Auto?«

»Wegfahren.«

»Es hat 410 PS, du solltest nicht…«

»Jetzt. Sofort. Wegfahren.«

So etwas war Peter von Doris nicht gewohnt, und da er

zu erschöpft war, nachzufragen, sagte er nur: »Auf der Kommode.«

Doris schnappte den Schlüssel und lief die Treppe hinunter. Wie oft hatte sie sich über dieses Auto lustig gemacht. Angeberisch. Monströs. Peinlich. Ein Klimaschädling erster Ordnung. Aber für ihr Vorhaben konnten 410 PS und eventuell eine gewisse Rammkraft nicht schaden.

2

Diesen Tag in seinem Leben würde Anton, der Busfahrer, nie vergessen. Später schien es ihm sogar, als hätte sein halbes Leben aus diesem Tag bestanden. Aber davon ahnte er noch nichts, als er vor dem Gemeindeamt von Allmau hielt. Es war 06.34 Uhr, und die Schulkinder bewegten sich träge zur Tür, die er mit einem Seufzen öffnete. Genau genommen waren es zwei Seufzer. Die Tür seufzte, und Anton seufzte auch.

Die meisten Kinder hatten ihre Ohren zugestöpselt. Anton beschlich der Eindruck, sie hörten dann nicht nur nichts von ihrer Umwelt, sondern sahen auch weniger. Aber das verstimmte ihn nicht. Eher verstimmte ihn, dass es ihm aus Sicherheitsgründen verboten war, seine Ohren ebenfalls zuzustöpseln.

»Guten Morgen«, sagte Helene.
»Guten Morgen«, sagte Anton, der Busfahrer.
»Guten Morgen«, sagte Ferdinand.
»Guten Morgen«, sagte Anton.

Ein Busfahrer trägt viel Verantwortung. Vor allem ein Linienbusfahrer. Er muss jeden Tag dieselbe Strecke zeitgerecht zurücklegen, um morgens alle Kinder und Jugendlichen aus den Dörfern in die diversen Schulen der Stadt zu bringen. Und nachmittags wieder zurück. Im Winter war es in der Früh noch finster und manchmal am Nachmittag schon wieder. Im Sommer bekam man im Bus kaum Luft vor lauter Hitze, denn die Fenster konnte man nicht öffnen, und wenn Anton den Schalter der Klimaanlage auf »EIN« stellte, änderte sich dadurch nur, dass der Schalter eben auf »EIN« stand. Bei nassen Straßen, bei glatten Straßen, wenn er müde war, wenn es ihm nicht so gut ging, immer, immer musste Anton dieselbe Strecke ohne Fehler, ohne Unfall, ohne große Verzögerung zurücklegen.

Trotz der großen Verantwortung empfand Anton seinen Job nicht gerade als erfüllend. Seinen Kindheitstraum, Busfahrer zu werden, hatte die Realität dieses harten Berufs an die Wand gefahren. Jede Fahrt war zwar irgendwie anders, aber jede Fahrt war auch irgendwie gleich: Zuerst lärmten die Volksschulkinder, und wenn die ausgestiegen waren, machte sich Stille breit, denn die älteren Jugendlichen dämmerten in einer Art Wachkomazustand ihren höheren Schulen entgegen. Eines aber hatte sich der Busfahrer vorgenommen: Er würde diesen Kindern wenigstens das Grüßen beibringen. Denn wer anständig grüßen kann, tut sich im Leben erheblich leichter. Im Grunde legt ein Gruß das Fundament dafür, dass man überhaupt jemanden kennenlernen kann. Ohne Grüßen hätten wir keine Freunde, ohne Gruß würde man niemals einen Partner finden, ohne vorhergehendes Grüßen kann man auch keine Kinder zeugen. Jedenfalls würde es als ziemlich unhöflich angesehen. Ohne Grüßen also keine Menschheit. Und selbst, wenn man dereinst an der Himmelspforte stünde, fand Anton, wäre ein höfliches »Grüß Gott« ziemlich angebracht.

»Guten Morgen«, sagte Anton.

Erik sagte nichts. Anton hörte den rhythmischen Bass durch Eriks Kopfhörer dröhnen. Als der Jugendliche geistesabwesend an ihm vorbeischleichen wollte, tippte Anton ihm an den Arm.

»Ausweis?«, fragte er mit der strengsten Miene, die er aufsetzen konnte.

»Was?«, fragte Erik zurück und nahm einen Stöpsel aus dem Ohr. Der Bass wummerte. Wahrscheinlich ist er längst taub, dachte Anton, oder sein Gehirn ist durch die Schwingungen weich geworden.

»Wie bitte heißt das«, sagte Anton.

»Wie bitte was?«, fragte Erik.

»Hast du einen Ausweis?«

»Guten Morgen«, sagte Erik.

Die Kinder hatten ohnehin alle einen Ausweis, aber wenn einer nicht grüßte, griff Anton zum Erziehungsmittel der Ausweiskontrolle. Anton und die Tür seufzten. Blinker, Rückspiegel, weiter ging es. Ein kräftiger Föhnwind erwärmte diesen Spätfrühlingsmorgen. Zwei Monate noch, dann würden die Sommerferien beginnen. Das war die traurigste Zeit für Anton. Auch im Sommer fuhr er jeden Tag in die Stadt, denn ein Linienbus muss seiner Linie natürlich treu bleiben, nur fuhr Anton in der Ferienzeit meistens allein, und da konnte man sich ganz schön einsam fühlen.

Nächster Halt, »Auf der Wies«, Antons Lieblingshaltestelle. Sie sah so aus, wie sie hieß. Noch nie war hier jemand aus- oder eingestiegen.

Jendorf.

Die Jugendlichen hatte Anton bereits alle erfolgreich zu grüßenden Mitgliedern der Gesellschaft gemacht. Eva und Raphael zum Beispiel, die jetzt zustiegen. Sie waren noch müder als die Kinder, weil man mit siebzehn ja nicht vor zwei schlafen gehen kann, und wenn dann um sechs der Wecker läutet, war das natürlich eine kurze Nacht.

»Guten Morgen«, flüsterte Eva und tat sich ein bisschen

schwer damit, ihre Gitarre erfolgreich durch die Tür zu fädeln.

»Guten Morgen«, murmelte Raphael.

Anton und die Tür seufzten. Blinker, Rückspiegel, weiter ging es zur nächsten Station. Auf in die Stadt, auf zur Schule. Wie immer. An diesem Tag aber würden sie weit über dieses Ziel hinausfahren.

3

Vergeblich suchte Doris so etwas wie einen echten Schlüssel an diesem Autoschlüssel. Sie fand nichts. Und selbst wenn sie etwas gefunden hätte, in diesem Auto gab es kein Zündschloss. Sie schlug wütend auf das Lenkrad ein und sah dabei die Buchstaben auf dem Display: Bremse betätigen und Startknopf drücken.

Sie tat beides. Das bedrohliche Gurgeln des Motors vibrierte in ihrem ganzen Körper.

»R«, das musste der Rückwärtsgang sein. Und dann?

»D« wie Doris. Das war einen Versuch wert.

Die Beschleunigung fühlte sich an wie ein Flugzeugstart, Herzklopfen und dieses Ziehen in der Magengegend. Zum Glück waren die Bremsen mit denen ihres uralten Modells nicht zu vergleichen, sonst wäre sie unverzüglich in das Heck des Autos vor ihr gekracht.

Überholen. Einholen. Zurückholen. Doris raste mit ziemlicher Hemmungslosigkeit über die Landstraße, und nach ein paar Schreckminuten fand sie, es fühlte sich richtig gut an.

4

Die Kinder lachten. Anton hörte öfters seinen Spitznamen. Er wusste genau, dass sie ihn »Bärli« nannten. Dicke Menschen gelten ja gemeinhin als gemütlich, und da passte »Bärli« eigentlich ganz gut. Sagen wir mal, richtig respektvoll war »Bärli« natürlich nicht, aber mit Schaudern dachte Anton daran, dass andere Busfahrer »Silberrücken« oder »Fischkopf« hießen, und da war ihm »Bärli« eigentlich lieber. Außerdem war Anton gar nicht richtig dick. Fand jedenfalls er selbst. Bärig vielleicht irgendwie, aber sicher nicht dick.

Dick sicher nicht, aber vielleicht träge? Zu wenig kämpferisch? Gestern war da dieser hustende Mann gewesen. Auf dem Balkon seiner Nachbarin. Anton hatte ihn nicht gesehen, und es ist vielleicht schwer vorstellbar, dass ein hustender Mann auf dem Balkon der Nachbarin ein echtes Problem darstellt. Anton aber bekam den Ton dieses Hustens nicht mehr aus seinem Kopf. Jedes Mal, wenn er es wieder hörte, schnitt es ihm ins Herz, ja, es schnitt, so fühlte sich das jedenfalls an in seiner breiten Brust. Dem Hustenton nach zu schließen war der andere sicher jünger als Anton (das war leicht), reicher als Anton (das war noch leichter) und leichter als Anton (das war am leichtesten). Anton hätte beleidigt sein können oder gekränkt, er hätte vielleicht sogar wütend sein müssen, aber er war eigentlich nur traurig. Und an diesem Tag war er so traurig, dass er während der Fahrt seufzte, ganz ohne seine Tür.

Seit die Buslinie privatisiert worden war, fuhr Anton einen uralten Bus. »Ausgelagert«, hatten die das genannt. Anton war als Fahrer des öffentlichen Verkehrsverbunds entlassen worden, um gleich darauf von der privaten Busgesellschaft wieder angestellt zu werden. Bei den Politikern heißt so etwas »die Kräfte der Wirtschaft spielen lassen«; oder »unternehmerische Freiheit« oder »Liberalisierung des öffentlichen Verkehrs«. Für Anton bedeutete diese Freiheit, dass er weniger Geld bekam, dafür aber mehr Arbeit. Und einen schäbigen Bus. Die private Gesellschaft hatte die uralten, gelben Postbusse zusammengekauft und sich nicht einmal die Mühe gemacht, sie neu lackieren zu lassen. Immerhin, wenn bei diesen Bussen etwas defekt war, konnte es Anton meistens selbst reparieren, und ehrlich gesagt, die Busse waren zwar nicht komfortabel, aber so richtig kaputtgehen konnten die gar nicht. Die modernen Busse glitten lautlos über die Straßen, aber ständig leuchteten irgendwelche Warnlichter auf. Man musste dann in die Werkstatt, und dort hängten sie den ganzen riesigen Bus an einen winzigen Computer an. Der Computer sagte, es sei alles in Ordnung; der Werkstattleiter sagte, es ist alles in Ordnung. Anton fuhr weg, und zwei Kurven weiter leuchtete das Warnlicht wieder auf. Daraufhin kehrte Anton in die Werkstatt zurück, und der Chefmechaniker sagte: Das Warnlicht spinnt eben ein bisschen. So lief das jedes Mal. Aber wie gesagt, nur mit den neuen Bussen.

In Altbach stieg Deniza zu. Sie war das einzige Kind, das in Altbach zustieg. In Altbach gab es deutlich mehr Begräbnisse als Taufen, und wenn die Kirchenglocken läuteten, fragten sich alle, ob es schon wieder die Totenglocke war. »Deniza«: So stand es in ihrem Busausweis. Nicht Denise oder Denisa, so hießen die Einheimischen, sondern Deniza. Irgendein »Migrationshintergrund«, so nannte man das heute. Anton machte da keinen Unterschied, wer einen Ausweis hatte oder eine Fahrkarte löste oder zumindest grüßte, fuhr mit, und basta. Insgeheim dachte er, die Altbacher könnten für das bisschen Migration ruhig dankbar sein, so ganz auf sich allein gestellt wären die doch längst ausgestorben. Nebenbei bemerkt sprachen die Kinder mit dem sogenannten Migrationshintergrund meistens besser Deutsch als die Einheimischen. Denizas »Guten Morgen« klang um einiges klarer und schöner als das genuschelte »Muoagn« der Eingeborenen.

Aber wie gesagt, wenn einer einen Ausweis hatte, war es Anton gleichgültig, wie er »guten Morgen« sagte, so wie ihm eigentlich fast alles gleichgültig war. Nur wenn jemand stänkerte oder raufte, und das waren wiederum oft die Burschen mit dem sogenannten Migrationshintergrund, dann stellte Anton widerwillig, aber unmissverständlich klar, dass er der Chef in diesem Bus war, und weil er alle gleich behandelte, glaubten ihm das auch alle. Alle, bis auf Anton selbst, der wusste, er hatte jedes Jahr ein bisschen weniger mitzubestimmen, ein bisschen weniger zu sagen. Aber für diese Bürschchen reichte es noch. Anton hatte 1,90 Meter, 110 Kilo und einen dichten Vollbart vorzuweisen. Wenn Anton nur die Stirn runzelte, verstummten auch die nervös herumhüpfenden Fliegengewichtskickboxer.

Ein einziges Mal hatte sich einer beweisen wollen, vor ungefähr zwei Wochen war das gewesen. Kevin, ohne Migrationshintergrund, dafür aber aus neureichem Haus, wie man an den teuren Markenklamotten erkennen konnte, die freilich noch viel zerrissener aussahen als echt zerschlissene Kleidung. Kevin mit dem Irokesenhaarschnitt, ein alter Bekannter. Immer auf der Suche nach Ärger in Form von Rangeleien um einen Sitzplatz oder ein Mädchen oder beides. Vor zwei Wochen war es um einen Sitzplatz neben einem Mädchen gegangen, und Kevin, dieser energydrinktrinkende Kapuzenjackenheld, hatte sich an Ferdinand vergriffen und ihn einfach auf den Boden gestoßen. Da lag Ferdinand ziemlich verblüfft, denn das Raufen war er gar nicht gewohnt, weshalb er sich auch nicht gegen die Tritte wehrte, die Kevin ihm mit seinen wuchtigen Lederschuhen versetzte. Anton war dazwischengegangen, hatte Kevin zurückgehalten, bis sich Ferdinand wieder aufrappeln konnte. Als er ihn losgelassen hatte, war Kevin in Angriffspose gegangen und hatte geschrien: »Was willst du, fetter alter Mann mit deinem Scheißdreckbus?!« Anton musste darüber lachen. »Scheißdreckbus«, das fand Anton lustig. Außerdem zutreffend. Doch nichts provoziert wütende Menschen mehr als ein herzhaftes Lachen, und so hatte dieser Hoodieträger doch tatsächlich versucht, Anton ein paar Fausthiebe zu versetzen. Anton konnte Kevin allein durch die Reichweite seiner mächtigen Arme auf Distanz halten, ohne ihm auch nur das kleinste Irokesenhaar zu krümmen, und an der Kapuze ließ er sich problemlos aus dem Bus hebeln.

Seit zwei Wochen murmelten also auch die Streetfighter von der Hoodie-Fraktion irgendeinen Gruß, »Seass« sollte wohl »Servus« heißen, egal, Anton verbuchte es als guten Willen. Aber diese Jungs fuhren ohnehin nur eine Station innerhalb der Stadt, die grünen Wiesen und die frische Luft auf dem Land mieden sie wie der Teufel das Weihwasser.

»Guten Morgen«, sagte Deniza, zeigte ihren Ausweis vor und strahlte voller Tatendrang. Sie war immer voller Tatendrang.

»Guten Morgen, Deniza«, sagte Anton, und er sprach es wie Denisa aus, so hatte das Mädchen es ihm beigebracht.

Autor

René Freund, geboren 1967, lebt als Autor und Übersetzer in Grünau im Almtal. Er studierte Philosophie, Theaterwissenschaft und Völkerkunde. 1990 hängte er seinen Job als Dramaturg am Wiener Theater in der Josefstadt an den Nagel und veröffentlicht seitdem regelmäßig Hörspiele, Sachbücher, Theaterstücke und Romane.

René Freund im Goldmann Verlag:

Liebe unter Fischen. Roman

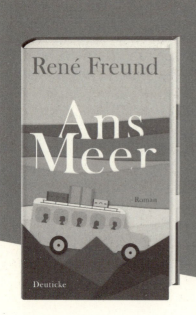

Einmal im Leben mutig sein! Ein Roadtrip mit dem Linienbus ...

Es ist ein ziemlich übler Tag im Leben von Anton, dem Fahrer eines Linienbusses auf dem Land. Vor kurzem hat er sich verliebt: in Doris, seine Nachbarin. Doch letzte Nacht hat er auf ihrem Balkon einen Mann husten gehört. Dann steigt auch noch die krebskranke Carla in den Bus, die ein letztes Mal das Meer sehen möchte, und zwar sofort. Es ist heiß, und die Gedanken rasen in Antons Kopf. Mut gehört nicht zu seinen Stärken, aber hatte Doris nicht gesagt, dass sie Männer mag, die sich etwas trauen? Wenig später hören die Fahrgäste im Linienbus eine Durchsage: »Wir fahren jetzt ans Meer.« Ein herzerwärmendes Buch voller Humor über eine bunt gemischte Schar von Fahrgästen auf ihrer Reise in den Süden.

144 Seiten. Gebunden. wwww.deuticke.at